# 死亡賦格

盛可以——著

獻給生於一九六〇年代的中國人——

# 目次

第一部 007
第二部 151

# 第一部

# 1

精神上歷經兵荒馬亂的人，事後大多沉默。滿腔熱血化爲死水，信仰流浪成狗。他們讓心院荒蕪，腦海長草，在沼澤中過著野花覆蓋的日子。他們患有精神關節炎，到陰天便隱隱作痛。沒有膏藥。他們痛。他們忍。他們通過各種途徑分散注意力，比如撈錢，比如移民，比如搞女人。

源夢六屬於最後一種。他生於一九六〇年代，長得瘦高、孱弱、蒼白，短髮柔軟順貼，修剪出很講究的鬢角，膚色乾淨，白大褂總似初雪，不帶瑕疵。他通常在手術時戴上無框眼鏡，平時說話緩慢，從不惹麻煩，沒有不良習性，惟一的缺點是嗜好婦女。他本人認爲這不算缺點，「如果男人都不敢承認自己熱愛婦女，國家還談什麼希望」。

身爲沉默的大多數之一，源夢六混得不錯。人類在源源不斷的疾病中前進，他天生一雙輕薄透明的巧手，用柳葉刀給自己劃來利益似乎並不出奇。悄悄說一句，其實源夢六是個詩人，但他對此深有忌諱，從不提詩壇「三劍客」那一檔子事。他的檔案裡沒寫詩人這一筆，履歷像新的手術刀一樣乾淨，不沾血腥。

那年「寶塔事件」以後，源夢六多少有點怪異，一條心理上的喪家犬，夾著別人看不見的尾巴，攜帶永遠光鮮的外表，偷偷嗅著街頭小巷的歷史氣味。他想早日看到歷史被剝光衣服的身體，他對這件事的期望，猶如對某個新鮮女人的想像一樣強烈：他想知道這個女人被放倒的樣子，她的聲音和面孔，他的身心將會有什麼樣的激動和震顫。他堅信，所有僞裝的女人一旦剝光，就會回歸眞實——因爲身體不會說謊。

他要活到老而不死，很早就開始養生，比如科學地攝取熱量，細心地伺候胃，每天要消滅幾顆生大蒜，讓蒜氨酸、蒜氨酸酶、維生素、纖維素及粗蛋白微量元素暢通血脈。身爲一個健康的人，源夢六沒有痔瘡，沒有信仰，沒有潰瘍，沒有理想，沒有牙齦炎，牙齒不白，卻是乾淨，牙縫裡從來不會夾雜五穀雜糧。他不愛說話，每天喝足夠的水保持嘴唇濕潤鮮活，因爲吃蒜，他又自創了一種水劑消除口腔異味，後來這項專利成了許多口臭患者的福音。

源夢六還會玩一樣樂器——吹塤，能吹出那種無比感傷的音調。

年屆三十閱人無數，源夢六仍是光棍一條。他遇到的姑娘並不乏味，她們有腦有胸，腰是腰，臀是臀，兩腿光滑，手臂細長，床上床下收放有度，人前人後分寸不失……沒能和其中哪位修成正果，並非他命犯孤鸞煞，壞事兒的只是某種想法——他總覺得杞子還活著。

每年春夏之交，源夢六都會發一種怪病，皮膚瘙癢，過敏，起紅斑，肌肉痙攣，抽搐，腦袋裡咣噹直響，幻覺更爲嚴重。他抽打身體，用高溫發燙的水，把自己泡得像初生嬰兒渾身通紅。他有過幾個處得稍久的姑娘，犯病的時候，爲討稚嫩姑娘歡心，不惜口乾舌燥，誰也不信他的病要獨自去某個地方待一陣才能好轉。有的姑娘認定這是偷歡的藉口，有的姑娘稍深刻一些，略知他的個人經歷，便嘲笑他背著歷史的包袱，告訴他人生苦短，要及時行樂。有一個姑娘很識大體，她咬緊牙關替他拔去幾根白髮，溫柔地囑咐他注意安全。女人的心裡都醞釀著一個隱祕的春天，東風一吹，萬物復甦了，霎時便紅濤綠浪的。春天要來鮮花要開，誰也阻擋不了。他並不因此悲傷，內心反倒讚賞。

在郊外的房子裡，源夢六關門閉戶，拉上窗簾，把房間弄成洞穴，像螞蟻一樣，搬回一大堆食品囤在家裡，有時多天不出門，望著窗外，那兒有野草山坡，有幾棵簡單的樹，他漸漸產生幻覺，他看見地上橫七豎八地躺著許多人，太陽當頭烘照，那些人昏厥、脫水、電解質紊亂、抽搐……場面混亂嘈雜，救護車、槍聲、火焰將黑夜燒得通紅……他發現自己並不能在女人的懷裡獲得慰藉，後來投靠耶穌，逢週末揣上英語版《聖經》，去本市華麗的教堂，但他高估了上帝，成爲一個基督徒的結果，只是發現了讚美詩的催眠奇效，他在教堂的木椅上做相同的夢，夢見自己在圓形廣場上演講，被人群包圍。他總在自己激烈演講時驚醒，滿面通紅，眼睛充血，心窩冰冷，渾厚的「阿門」聲過後，隨紛紛站起來的人們走向街頭，漫無目的。

他走完整條北屏街，穿過遭金融危機和風波襲擊的大都市，城市的光鮮吸引不了他。街邊的樹一天天變粗，路面更寬更漂亮，人們有著營養良好的氣色。他低著頭走路，地面漸漸變紅，他一直走到城邊，那兒有條護城河，水也猩紅黏稠地流動。他暈眩，靠在刻有浮雕的石欄上，欄杆已修復，比原來更完好，被損毀的，得到天衣無縫的彌補，那些蹂躪與傷害的裂紋，也在事過境遷中被蒸蒸日上的生活填平。

能聞到隱約的血腥味，有時從樹葉花草間散發出來，有時來自下水道，有時是從某類人的身上，即便他們洗了澡，抹了香水，披上了華麗的外衣。源夢六栽花種草，果樹、園囿、虛僞和諧的田園詩意不能改變他無所適從的內心。他的靈魂從沒平靜過。時常聽見黑夜的狗吠蟲鳴，夜風來去，夾雜刺耳的嘲笑聲。他無可挑剔的生活，正像平靜的小河，蜿蜒流過平原，穿越大地，匯入煙波浩淼的大海。幸福變得可恥，內心充滿疑慮，彷彿四周正醞釀某種陰謀，一個巨大的陷阱在等著他。他每日心裡察究更多的，是如何使肉體舒暢。他上夜總會，外出開會時勾搭女醫生，在別人的婚禮上引誘伴娘，在火車上俘獲女大學生，兩相情願地幹那些事情，也會將女人帶回家，奉獻他的溫情與尊重，神情嚴肅地操弄她們。

他將女人總結成兩類，一是喜歡革命的，二是不喜歡革命的。喜歡革命的女人精力充沛不安分，她們主動，喜歡將他騎壓；不喜歡革命的，則一味地閉著眼睛，表情痛苦，暗自享受被蹂躪的快愉，高潮來臨時也只是死咬嘴唇。他說不上哪類更令他著迷，最終他總是想起杞子，想像她在床上的樣子，更多的時候，他只是想著他和她在一起的時光。

痛苦折磨著他。

這一次源夢六走得比較遠，聽從了某個姑娘的建議，來到一個草嫩魚肥、山水玲瓏的地方。他在湖邊的小餐館裡坐下，豐乳肥臀的老闆娘知道嘗鮮如聽戲，都是奔著角兒來的，磕磕絆絆地數出湖區的四珍——野芹菜、野藜蒿、蘆筍和蓼米，好像老鴇兒細點青樓名豔，野性、嬌憨，百媚千紅，專爲遠道而來的客官去乏消暑。源夢六有點暴食暴飲的勁頭，炸銀魚、蒸鱖魚、紅燒鯉魚，外加四珍，滿滿點了一桌，喝了點白酒，吐了一地的骨頭，臉紅到了脖子根上，連毛孔裡也散出了酒味。他吃完有點倦乏，在懶風中打了一會兒盹，被突兀的轟鳴聲吵醒，只見湖面上有幾艘機帆船如坦克挺著炮管機槍，正把五顏六色地聒噪人群送上島去。

他摸出塤來，想吹上一曲，但人多嘈雜，便把它擦了擦，放回口袋，剝了幾顆蒜，一路咯嘣嚼著，撿條僻靜的路走了。

房屋零零星星。人煙漸漸消失。

白雲燦爛。群鳥低飛。

他一路前行，翻過幾道坡，穿過幾處荒涼地帶，一個急拐彎之後，看見了白牆青瓦屋，門口有悠閒的牲畜，湖面停著一艘帆船。

這一帶的湖光山色有點不同，濁黃的湖水一望無際，有種世事蒼茫的寥落。白鳥姿勢優雅地落在船帆上。烏鶝斡練箭一樣衝擊水面，叼起一條銀魚。當雲燒起來，湖水也燒起來了，漁船在烈火中隱約，像是受困的鳥。

猛然聽到鳥的慘叫聲，似有子彈在頭頂嗖嗖飛射。他趕緊勾了頭。

湖鄉景色恬美安靜，小路亂草橫生。空氣潮濕。梔子花樹上開滿了肥白的花。絲瓜藤花黃瓜瘦，芙蓉花粉紅，楠竹沖天，青瓦房上的炊煙，像戲子的水袖。

刺鼻的腥味沖淡了詩意。晾在竹竿上的魚，眼珠突起，一副死不瞑目的樣子。

一個穿得鮮紅的漁婦走向源夢六，手裡拿著一根魚叉走，那身血紅令人暈眩。她皮膚粗糙，臉色黯淡，與衣服色彩形成強烈反差，表情躺在紅色裡發黑，有一種安於貧命的老態。也許是落了灰塵，或者是光線的作用，蓬亂的頭髮彷彿鍍了一層銀邊，像荻花一樣懶洋洋地浮動。

漁婦起先神情惶恐，好像這輩子從沒見過生人。當明白他想租船，便搬了竹椅讓他坐下，給他煮了一杯濃釅噴香的當地擂茶。

房子很舊，似乎還帶些傾斜，外牆刷著紅色標語。

遠處的湖水妖豔情色，碎波明滅。水鳥突然斜刺裡飛進岸邊的水杉林；蘆荻長成了湖岸線，一直延伸到看不見的地方；荻花灰白蓬鬆，毛茸茸的，在微風中懶散又黏稠。

太陽完全升起來了，大雁像種子播撒向天空。

他一口喝乾了擂茶，嘴裡嚼著黃豆芝麻渣上了船，解了纜繩，把船蕩開。

太陽威風凜凜。白雲肥潤，天空像藍寶石，看上去光滑透明。源夢六將船划過一片濕地，大面積的浮萍開著金黃的小花，密密匝匝的，黃金一般流淌著，漫過低矮的樹叢、蘆蒿，水葫蘆及不知名的水草，流向遠方。蘆蒿叢上面架著鳥巢，幼鳥不驚不慌，閒啄著夥伴身上的羽毛。偶爾有隻單腿獨立的濕鶴，縮著脖子打盹。水蛇游過，畫出八字形波紋。

他鬆開槳，摸出仕女塤對著遼闊的湖面吹了一曲，曠古肅穆，水波震顫。困倦時便雙手枕腦，仰面朝天躺下去，在刺鼻的魚腥味中閉上眼睛。

## 2

夏天的氣溫高達攝氏五十度，陽光煞白灼人，街上到處是爆米花似的昆蟲屍體。要複述一條五十年前的街道，比你想像的難。

從地圖上看，大泱國是草履蟲的形狀。首都北屏是一座滾圓的城市，像草履蟲身上的伸縮泡，發揮排泄、維和的功能。北屏的氣候很差，土地沙漠化了，每年秋天的風沙季節，城市被轟炸那樣沙塵翻滾，到處灰頭土臉。冬天極冷，夏天酷熱，空氣裡總是飄著一股怪異的麵包味。

北屏大街如一條飽腹的巨蟒橫臥，突起的腹部是五十萬平方公尺的圓形廣場，這裡是大泱國著名的旅遊景點。二〇一九年，圓形廣場上多了一尊手舉火炬的裸體女神，雕像通體透明，眼睛鑲鑽，紅色的雷射在黑夜朝天幕噴出宣傳標語、天氣預報和時事新聞，偶爾插播一首詩，誰的詩歌被有幸噴上天幕，便能一舉成名。

遺憾的是，大泱國的語言並不優美，文字很難看，比如「民主萬歲」——「W1Orj IdINOr!」，形狀像蝌蚪，發音彆扭，彷彿嘴裡含著一口熱湯，燙得舌頭打轉，嘴巴抽筋，全面調動面部肌肉，連鼻孔也要靈活張翕，朝外噴氣，鼻音渾厚沉重，好比母驢發了哮喘。

北屏街寬得浩浩蕩蕩，江水一樣空曠冷漠，人站在街邊，就會產生時空渺茫的混亂感。圓形廣場彷彿客廳一般，被有潔癖的主人收拾得一塵不染，平整的地面透出圓潤的光澤，低矮的建築物遠遠的圍守著，像矗立的礁石。

現在，從廣場出發，沿著北屏街一直往東走，到博物館左拐，便是琉璃老街，兩邊幾乎全是賣舊貨古玩的店鋪，櫥窗裡都是些青花瓷瓶、人頭雕塑、舊寶劍、鏽大刀、青銅器……恍惚間便感到街上飄蕩著怪異的幽靈，在你的耳邊竊竊私語。有時冷不盯看到某人帶著遺老遺少式的狂妄表情，目空一切卻又失落尷尬，那必定是個北屏土著，沒落貴族，他身上罩著一股妖魔似的靈光，你靠近不得。

琉璃街上原先有座著名的天主教堂，在「寶塔事件」中被砸毀，後來有信徒在裡面上吊自盡，傳說他患有嚴重的抑鬱症。教堂沒有得到修復保護，不久便連根拆毀，原地蓋建了一棟商業大樓，整條街也變成了步行街。如今，我們只能從檔案館的歷史資料中看到這條老街的舊日榮光。

沿著琉璃街直走到底，經過一段神話風格的浮雕圍牆，繞開幾棵老樹，赫然一塊巨石牌匾，上面鑿刻「國家青年菁英智慧總局」一排蝌蚪形大字。大門是花崗岩的，有古典氣派，旁邊是兩棵無皮無葉的古樹，松鼠把樹幹爬得光溜溜的。總局建築以西班牙風格為主，混合著青瓦屋頂和綿延的拱廊，充滿神祕和歷史感，自然公園和各種娛樂設施又使它像一個度假村。比智慧局更廣為人知的是那片半圓廣場，正牆繪了宗教題材的壁畫，邊廊從兩邊延伸到草地。人們管這兒叫雙軌牆，是重要思想流派的發源地，後來逐漸商業化，被垃圾廣告填充，雙軌牆從此消失。這似乎也暗示著人們不再需要這樣的陣地，各種思想和意識已經像麵包、牛奶一樣，融入了公民的日常生活。

源夢六剛分到文學部，與人合租了一所老四合院，房東是個一年四季戴頂瓜皮帽的清瘦老頭，喜歡年輕人，尊敬知識，只要是智慧局的人一律廉價出租。在時局動盪、物質匱乏的年代，老百姓對年輕的菁英們抱很大的期望，免不了照顧和保護他們。

房子很舊，青磚牆，木格窗，沉著低調，從前是達官貴人的府邸，它的優點是乾淨、安靜，出行方便。源夢六租住西廂，面積二十平方公尺左右，算不得寬敞，兼吃飯、睡覺、讀書、會客。窗檯的玫瑰原本就有，從不開花，後來，蔫不拉嘰時被一個姑娘侍弄活了，長了花苞，還開落過幾回。院裡的百年老槐色暗皮糙，枝椏攀過青瓦屋頂，鵝黃嫩葉入夏便老，並長出很多肉蟲，懸吊著，身體透明的綠，像塊琥珀或者潤玉，攀著自己吐出的細絲在風中擺盪，拉一地的黑屎粒，散發刺鼻的青幽氣味，這些經過了消化系統的物什，氣味鮮活濃郁，彷彿來自新生的樹葉，怪異的芬芳使人迷惑。

源夢六不愛刮鬍髭，經常通宵寫詩，頭髮蓬亂。這時的他正是見姑娘就血脈僨張的年紀，與蓬勃年輕的黑春、白秋，稱爲詩壇「三劍客」。

這天早晨，源夢六一覺醒來，感覺空氣裡有絲異樣的氣氛。暖氣似乎壞了，衣物冰涼，屋子裡冷得出奇。他掃一眼窗外，發現槐樹上的鳥也閉了嘴，正警覺地四下打量。

他瑟瑟地穿衣下地，一邊側耳收聽隔壁收音機裡的新聞節目：

「……本台記者報導，今天凌晨，圓形廣場驚現一堆寶塔形狀的怪異排泄物，引起海量群眾圍觀……目前還不能斷定這堆排泄物的主人是否屬於地球，員警已於第一時間趕到現場保護糞便並維持秩序……相關專家正在前往圓形廣場的路上……假如少數敵對分子膽敢乘機鬧事，必將嚴懲不貸！」

播音員把字句咬得嘎嘣嘎嘣的響，好像嚼著一嘴打鳥的鐵子彈，尤其是說到「必將嚴懲不貸」時，口吻蓄足了威脅，彷彿「砰」地朝天放了一槍，將鐵子兒全噴了出來，無線電受干擾，收音機裡一陣劈哩啪啦的爆炸聲。

源夢六有種不好的預感，草草洗漱一番，用手抹掉鬍髭上殘留的水跡出了門。

外面冷風刺骨，他忘了繫圍巾，只好抱緊自己，躬腰頂風前往智慧總局。

鐵鉛色的天空肅殺冷漠，好像孤曠的眼睛。一隻黑鳥拔刺一聲，像顆子彈從樹叢裡射向蒼穹。天色陰冷，似乎要下雪了。

源夢六打算叫幾個人一起去圓形廣場看熱鬧，一路上發現到處騷動不安，人們都在談論那堆奇怪的糞便，已經升級到了恐慌的程度。雙軌牆上也出現了激烈的言論，批判政府辦事不力，對糞便的事反應太慢，做出結論的時間太長，還不如請專家們把糞便吃了省事。

源夢六看了心裡發笑，心想人們也忒小題大作了，一堆糞便而已，難道眞會有什麼生化怪物來吃了北屏麼，瞎起鬨。當然，他知道不排除人們多少有點借機洩憤的意思，這幾年社會太亂了，嚴重點說，民不聊生，富的到處買別墅，窮的全家共一條褲，蝕蟲把國家咬得千瘡百孔。但是，鬧來鬧去毫無作用，兩口子吵架一樣，吵完還得在一個屋簷下，睡一張床，蓋一張被，誰也沒有能力改變這種局面。

源夢六覺得有點無聊，想著不如去青花酒館喝上一杯，吃點什麼，那樣更有意思。他心裡惦著燒酒和花生米，人卻鬼使神差地溜達到了圓形廣場。

圓形廣場的人多得超出想像。有的人已經晃了很久，臉上有掌握資訊的得意。

源夢六聽了他們的交談，大致了解到，那是一坨深褐色的、帶著蕎麥味的東西，稀軟有韌性，高達九層，底部那層直徑達五十公分，階梯圓餅似的層次分明，呈螺旋式上升，像寶塔一樣還有個比較藝術化的尖頂。

群眾裡頭的人分爲三派，一派是沒有危機感的人，他們感興趣的是，一個什麼樣的屁眼才能畫下這樣完美的傑作；一派是無所謂站在哪邊，比較中立，只是對糞便好奇，希望專家們趕緊下出結論；一派是唯恐天下不亂，反正活得夠無趣手裡心裡家裡都沒什麼寶貝，希望混水摸魚在亂世發達。

好奇心被攪起來了，源夢六忍不住朝裡頭擠，打算親自瞻仰一下這堆糞便。沒想到北屏市有這麼多人，此刻正如羊群般聚在一起，公羊母羊山羊綿羊麻羊黃羊藏羚羊小尾寒羊……牠們摩挲著，蹭著犄角，咩咩地小聲叫喚。瞅熱鬧的、上班溜小號的、旅遊觀光的、閒著無事的……表情像各式面具扣在臉上，麻木、期盼、疑慮、緊張、興奮、熱切，他們晃動臃腫的身體，鼻子凍得發紅，嘴裡冒著白氣，說到激動時，把籠在袖子裡的雙手抽出來在空中劃幾下。人們像是爲了看一場天文奇觀而擠在一起，寒氣逼人的街道變得暖烘烘的。

和平紀念碑直插雲霄，碑上雕刻的文字飛瀉。

源夢六根本擠不進去，裡面戒備森嚴，威嚴的武警、身著校服的中學生和幼稚園的孩子圍成三層密實的人牆。空地上灑了水，地面已經結冰，泛著的爍冷光。天空陰霧重重，太陽像裹在蠶繭裡，露出一點灰白色的啞光，紀念碑的影子落下來，地面像裂了一條縫。

源夢六擠出一身汗，沒有見著糞便，倒是感冒發燒，大病了一場。

當天的晚間新聞花大篇幅報導了這件事，明確表示那是猩猩的排泄物，順帶批評了社會上關於外星人和生化怪物的謠言，配備語音的畫面，是專家戴著白手套研究糞便的鏡頭，還不同角度地給了專家的面部特寫，他們緊皺的眉頭充分表示對糞便的重視與學術上的嚴謹，其嚴肅性不容懷疑。

第二天的報紙出現了同樣的內容，標題基本一致，大約是全國通稿。但是絕大多數人不相信那是猩猩糞便，有的人買了報紙聚在街邊焚燒，大罵新聞灌水，要求政府說出糞便的眞相。

政府不可能輕易修改自己的結論，媒體眾口一詞，有一家站在客觀立場就「寶塔事件」提了幾點疑問的報紙，其主編因「瀆職」立刻被撤職，寫稿的記者被炒了魷魚。這件事激發了人們的「正義感」，大家更加確信糞便的事情沒這麼簡單，不滿情緒加劇，沒幾天便有人上街抗議，隊伍越來越龐大，聲勢一下造了起來。

人們在誕生糞便的地方聚集。糞便已被取走，地面被仔細地洗刷乾淨了。證據一旦消失，眞相便永無可能，誰也無法推倒專家的論證。糞便的確存在，很多人親眼見證了它的怪異，只是那些人無一例外地沉默了。

外星人來到地球的消息不脛而走。有人看見天空中有不明飛行物，描述得有模有樣；還有人夜裡撞到神祕的龐然大物，天一黑就關門，再也不敢走夜路。

因爲糞便的出現，北屏市民的日子不再平靜。

雙軌牆上的大字報對「寶塔事件」有十分詳盡的分析，還提到了幾個新聞鏡頭，指出其中的漏洞，專家們憑肉眼斷定那是猩猩糞便，其實非常草率，最權威的專家也得借助科學儀器檢測化驗，公布糞便ＤＮＡ資料才有說服力。

一個署名「怪物」的作者寫道：「不管三七二十一，先下個結論把人糊弄好了再說，這一招叫維穩，眞相僅在少數人手裡，這樣下去，總有一天連頭頂上的太陽也會被他們遮蔽。」

源夢六心想「怪物」言重了，一堆糞便而已，沒必要拔那麼高，但心裡承認短文寫得不錯，不愧是智慧局的人才。他漫不經心地讀著大字報，突然發現黑春和白秋也爲糞便的事寫了詩，並且寫得充滿力量，他激動得咳個不停。

源夢六感冒發高燒，他不願去醫院，他認爲醫院是一個把好人整壞、壞人整死的地方，有人感冒被割掉闌尾，有人膽囊炎被切了肝，這不是開玩笑，是確有其事。源夢六不信任醫院，他有自己的辦法，刮痧、喝白開水、蒙頭大睡，兩天後燒退了，好轉了。當他重見天日般，兩腿軟綿綿地在院子裡走動，伸著懶腰，聽見隔壁收音機裡的專家聊糞便的問題，說到不知情的人們，被人煽動在圓形廣場集會，破壞了社會平靜，造成非常不好的影響，希望他們盡快解散回家燒飯帶孩子，女主持人也附和著勸青年朋友盡快解散回家吃飯。

源夢六身體輕飄飄的，差點被風吹了起來。一陣咳嗽之後，他感覺腹中飢餓，需要弄點東西塡飽肚子。於是到房東大爺的店裡要了兩杯雙皮奶，幾張芸豆餅，聊了一會兒天，與糞便有關。

大爺說話缺牙漏風，圓形廣場正熱鬧，智慧局的人今天大部分都會過去，你們是知識分子，咱老百姓沒文化，不懂，但是相信你們，你們怎麼著，都是對的。

源夢六稍稍吃了一驚，智慧局的人集體行動，可不是小事。他迅速喝光乳酪，嚥下芸豆餅，攔了一輛小三輪直奔圓形廣場。

不過，車還沒出琉璃街，便被人群堵住了，他只好下來步行。

在琉璃街與北屏街相交的路口，只見浩浩蕩蕩的遊行隊伍，穿著統一的白色T恤衫，額頭上纏箍著紅布帶，舉著標語條幅：

「我們要開會」

「捉住外星人」

「查驗糞便DNA」

「活在真實中」……

人們夾道歡迎，還附和著隊伍唱起了新編的〈寶塔歌〉。個別原本羞澀的人，突然變魔法似的從懷裡拿出標語，竄進遊行隊伍舉起來，漸漸面容光亮，一下子精神煥發。

街邊的樹枝光禿禿的，鳥巢突兀。灰濛濛的天空，什麼也看不見。

當源夢六意識到自己昂首闊步走在隊伍中，如夢初醒，不覺又是一陣驚愕，他不知道自己是如何接過旗杆衝在前面的，他一慣謹慎本分，這樣的做法完全不合乎他的性格。

慌亂中打算退場，幾個戴藍帽子人的擠了過來，其中有個削臉尖嘴，對源夢六說道：「我們工人聲援你們，智慧局的，都是好樣兒的。」

源夢六聽了這話，心裡得意，手不覺舉得更高，扯斜了橫幅。他這才注意到，合舉橫幅的是個姑娘，剪著寸頭，瓜子臉，膚色細白，單眼皮，眼睛漆黑溫和。

他感到心臟瞬間停止了跳動。

短髮姑娘抬頭刷了他一眼，順著她那飛快冷漠的一瞅，他的心活過來，並且加劇跳躍，只覺得整個人像蟬蛻了殼，一縷陽光打在身上，產生了一種溫暖新鮮的生命喜悅。正是這溫熱的歡喜刺激了他，他跟著大夥喊出了他的第一聲口號，那聲音就像用石片兒打了一個水漂，單薄得連他自己聽了都覺得羞愧。他的心怦怦撞擊胸膛，放開嗓門又喊了幾聲，或許是注入了勇氣，嗓音頓時變得圓潤洪亮。他在自己的吶喊聲中獲得自信。他假裝對短髮姑娘毫不在意，誇張地表演他的激情與風度。他知道她在他身邊，像鳥兒停在樹上，柔弱安靜。他心裡歡喜。

短髮姑娘彷彿正頂著侵襲的風暴迎頭而上，嘴唇緊閉一言不發。

路上不斷有人棄杆離隊，立刻有人填補，隊伍發了酵似的膨脹臃腫。

忽然，一群來歷不明的人衝散了隊伍，片刻騷動混亂之後，源夢六被塞進一輛無牌大巴車，車窗密封，車裡一片漆黑。

半小時後，車內燈亮了。

眼睛適應車內光線，源夢六發現滿滿一車人，短髮姑娘就在他身邊，臉色雪白，神似夢遊。

車搖搖晃晃。他故意朝她相反的方向扭了一下頭，再回頭時順勢調整了角度，以便能大膽看她而不被察覺。

她的嘴型很漂亮，嘴唇紅潤飽滿，嘴角上翹，鼻子小巧挺拔，鼻翼上長著幾粒微斑，目光低垂，順著她自己的鼻梁往下，落在他站立的地方。

生之喜悅再次敲擊源夢六的內心，他微微側過身體，將她囊括在視線範圍以內，繼續看她。

她身高不到一米六，她旁若無人，眼皮也不抬一下。她的頭髮烏黑發亮，有股洗髮香波的味道——這氣味也許來自她的身體，她潔白的皮膚，或者她特殊的表情。

隨著汽車的搖晃，他與她的距離和角度都發生了變化。現在，她已經正對著他了，像是面對一堵牆，盯著他風衣的第四顆鈕扣，彷彿在研究扣子的質地。

他俯瞰她，只覺得越看越近，越看越是她。

車拐彎抹角地晃了一個多小時，終於停下來。突然躥出幾個狂放不羈的壯漢，將車內人分成幾撮，然後帶去不同的地方。

臨時審訊室光線昏暗，潮濕陰冷，天花板中間吊著一只燈泡，竹蔑罩子上落滿灰塵，水泥牆疙瘩不平，濁黃色地面很髒，劣質瓷磚爆裂，踩上去嘎吱嘎吱響。屋裡只有一張書桌，兩條狹長木凳，空氣不妙，炒菜的油煙和下水道的氣味混雜，令人反胃。

源夢六與短髮姑娘都被帶到這兒，另外還有建築部的年輕人蕎木，一個外地農民和一個中學生。

不久，進來兩男一女，職業特徵不明顯，面相模糊，但是風格相似，帶著一種曾經混過街頭小巷的江湖氣息。姑娘鼻尖聚了一堆雀斑，她端坐著，攤開筆記本，解開筆套。另外兩個男人，甲把腿架在桌子上，乙的屁股搭在桌沿。三雙眼睛斜乜著被帶進來的幾個人。

「放鬆點，咱們隨便聊聊。」甲的面部肌肉有點僵硬。

「得了吧，我們有不聊的自由。」屋子裡像冰窟一樣冷，年輕人蕎木好像很熟悉這種模式，他說著回頭看了看夥伴們，只見他們臉色烏青。

氣氛怪異，源夢六懷疑自己被黑社會當作人質綁架了。

「爲什麼在大街上聚眾鬧事？你們不知道這嚴重地影響了交通和市民的正常生活？」甲並不理會別人的話，「說吧，說完你們就可以回去了。」

「爲了一坨排泄物，」農民心直口快，「那標語上不都寫得清清楚楚嗎？」

一直沙沙記錄的雀斑姑娘抬起臉，甲那表情似乎想把農民爆打一頓。

「他說得沒錯，就是爲了糞便。」短髮姑娘也突然插了一句。

外面下起了鵝毛大雪，審訊室的玻璃窗很快被雪封了一半，屋子裡更加昏暗。源夢六肚子餓了，老是咕嚕咕嚕地響，這令他心裡不安。此時，他已經知道短髮姑娘名叫杞子，物理部的，芳齡二十三。杞子說話很有意思。他們問她爲什麼參加遊行，她說因爲和男朋友分了手，心裡不痛快，昏頭昏腦地上了街，哪裡人多就往哪裡鑽，她並不關心什麼糞便的問題，她想的是愛情，她遊行是爲了愛情，爲了酣暢呼吸。

杞子說到糞便和愛情，氣氛突然輕鬆了，甲和乙也開始對愛情說三道四。不過他們很快發現這離題太遠，趕緊回到糞便的問題上來。

雀斑姑娘說，她從小就聽她爸爸講動物世界，認識的動物有好幾百種，她對動物的了解遠勝過了解人類。她說大猩猩的糞便是麻花，而不是寶塔，而且大猩猩的糞便對環境保護相當重要，所以保護森林而不保護動物是錯誤的……

「童年能有一個講動物世界的老爸，這太幸福了。」甲表示羨慕。

乙在抓住事物本質時不顧立場：「爲什麼那堆糞便從新聞節目裡出來就縮小了十倍，難道糞便突然風乾了？」

大家放肆地笑，要請雀斑姑娘她爸出來指證糞便。雀斑姑娘說她老爸只是個民間讀書人，沒有學院背景，也無專業職稱，說話沒人信，講了也白講，信了也白信。

甲也犯愁，五官往一堆擠。「如果不是猩猩糞便，這裡頭到底有什麼蹊蹺？」

雀斑姑娘敲敲桌子，提醒甲乙注意角色身分。

不久有人送來食物，水和麵包，都是涼的。農民吃不慣麵包，一邊嚼嚥，一邊抱怨政府不講道理，「說句話都犯法，我只是背了一袋子花生進城來賣，說了一句支持他們……你們讓我餓著肚子，給我啃這種一股餿味的東西。我的老婆還等著我這筆賣花生的錢去喝喜酒，喝喜酒要添新衣裳，我得去市場給老婆扯布料，事情沒辦妥，天都黑了，家也回不去了，她一定在家裡罵我死鬼，把錢胡亂花了，喝多了倒誰家炕上了……我要是回去把這番遭遇告訴她，她一定會氣得跳起腳來罵我胡說八道。」

農民把嗓門擠得尖細模仿他老婆的語氣：「什麼？爲一堆糞便？什麼東西拉什麼屎，咱同牲口打交道這麼些年還不知道？騙那些乾手淨腳的城裡人容易，糊弄咱，那是狗嘴巴上貼對聯——沒門！」

農民那強烈的農村口音像一群飛出簷洞的蝙蝠。他說完瑟瑟地掃一眼大家，像是要找一個證人似的，一邊舔掉沾在嘴角的麵包屑。

「我老老實實種田，按時上繳，政府讓幹嘛就幹嘛，要我挖桑田種水稻，我就種水稻，要我栽麻就栽麻，一切都是他們定，他們說多少錢一斤就多少錢一斤，他們要是不收，麻就只能爛在家裡。像我這樣的人，只求老婆孩子熱炕頭，吃餐飽飯，我哪有閒功夫在街上陪你們耍！」農民說完往身上摸索著，掏出一個癟菸盒，發現沒打火機，又悶悶地將菸塞回去，彷彿已經深吸了一口煙並分作幾段吐了出來，歎了口氣：「農民的苦，你們誰知道吶！」

燈是壞的，屋裡完全黑了，只有街燈微弱的餘光投在視窗。農民的聲音在屋子裡盤旋，像隻蒼蠅一樣嗡嗡地飛。沒人理他。不久這聲音沒了，農民打起了鼾。

人逐個離開了地下室，最後只剩源夢六與杞子，在條凳上各坐一頭，互相看不清對方的面孔。

「智慧局眞是太大了……竟然現在才第一次遇到你。」他說。

「我見過你，你是著名詩人，不過還好，你一點都不擺譜。」

「……在哪兒見過我？」

「報紙上。誰不知道詩壇三劍客？你寫的詩，很不客氣地說，我非常喜歡。」

「噢，你們物理部的人也對詩歌感興趣？」

「我們也有文學社，可惜氛圍到底還是差了點兒。」

「參加我們的文學沙龍吧，每週都有論壇和詩歌朗誦會。」

「也許我是個沒被發現的好詩人……不過，我手頭正在做一項科學研究。」

「哦？機器代替人腦思考之類的構想？」

「一台神祕機器，前期工作快做完了，我相信很快會有結果——至少在理論上。你好像在嘲笑我？你嘲笑我就是嘲笑科學。」

「哪敢。我聽說你們物理部滿多有想像力的……天才。」

「你說是瘋子也沒關係，瘋子和天才沒有界線。對於詩人來說，科學幻想也許聽起來不可思議……比如，你信不信有這樣的機器，它能探測到世界各地的資訊，世界上每一個人的基因資料，還能準確運算風暴雷電，借助自然界的力量，能神祕地把世界最優秀的物種全部掠爲己有？」

「我認爲你的說法有欣賞和探討的價値，眞有這種機器也不能用於掠奪……」

「……它還有自動會議決策、智囊團、分析形勢提出方案，解決國家疑難雜症等功能，它能直接和人對話，它的方法比人更人性化。」

「人性化？除非它和人一樣有七情六欲……這機器，他是男是女？」

「思想有多遠，我們就能走多遠——永遠不要懷疑科學，源夢六。」她戲謔地點他的名。

「對對對，人類想上月球，就上了月球，想下地獄，就下了地獄。」源夢六十分愉快。

可是，杞子被帶走了。

不久他也離開了地下室。

路燈昏暗。行人裹得密不透風。

黑夜摻雜在雪裡頭，黑白分明。

## 3

天色忽然暗了，烏雲翻滾，風發飆的時候，巨浪彷彿開欄放出的群馬，「訇」地一聲打到船身，船頭揚起前蹄騰空，把源夢六掀進船艙，撞得暈頭轉向。雲朵旋轉變幻，幾聲驚雷過後，癲狂的雲奔湧彙聚，飛速擰轉，瞬間扭成一道雲柱，湖水拔地而起，直插雲中，湖面漩出一個巨大的黑洞，帆船被挾裹著急劇飛旋，源夢六眼前一黑，身體和意識被黑洞一口吃了。

不知過了多久，他睜眼看見透明的月亮，像薄麵餅攤在天空。樹林黑魆魆的，裡面發出窸窸窣窣的聲音，樹葉翻著亮光，彷彿有無數雙眼睛正在窺視。他的身體橫在爛船中，兩條腿浸在水裡，冷得牙齒打顫，他哆嗦著罵了一句，想撐著船沿站起來，船徹底解體。

他渾身濕淋淋的，向岸邊蹚去，帶出閃亮的波紋與響聲；上了岸，盲目地大喊了幾聲，聲音也黑魆魆的，顫抖著，說不清是寒冷還是膽怯。彼時月色清冷，灘岸上的貝殼反著光，四周蒙著一層蛋清色的霧。他雙手環抱，光著腳，一身破布爛條，深一腳淺一腳地走著，心裡巴望看到燈火。

月亮是一個紈褲子弟，穿著綾羅綢緞，一路跟隨與譏笑這個形容狼狽的乞丐。

他就像大象身上的蝨子，在毛髮森林蠕動，身體被反彈的枝條抽打，身上火辣辣地痛。

翻過山坡，月亮躲起來了，突然陷入無邊的黑暗與寂靜，夜鳥的怪叫聲毛骨悚然。

他摸黑走著，路上想著他的姑娘取暖。隋棠也是一個可愛的姑娘，報到那天嘴裡嚼著口香糖。她長得太像杞子，令源夢六一瞬間短了呼吸。她主動要求當他的助手，他的心思更是迷亂。有一次，他把她比作一朵暗香流動的百合花。依據自己對姑娘的了解，他知道這種大俗大雅的比喻，隋棠已經照單全收，她晚上必將照著鏡子，臉頰粉紅，搔首弄姿，黑眼睛裡有花花世界。

早晨，陽光從樹林裡刺下來，扎在地上。源夢六被沙紙般粗糙的舌頭舔醒，猛然見獅子碩大的臉盤，頓時全身發軟。再看時發現獅子慈眉善目，鳥兒在牠頭頂跳躍歌唱，另外的獅子正低頭吃草，羚羊、麋鹿和袋鼠在牠們身邊嬉耍，動物們眼裡開著鮮花，牠們耳朵彈拔，尾巴輕搖。

一個和諧的動物社會。

源夢六的心情頓時美好。他摘了些果子，迅速塡飽肚子，在一個積水潭邊，洗了洗鬍子拉碴的臉，編了一雙草鞋，用樹枝當拐杖，一連走了好幾天。森林裡頭盤根錯節，有時像猩猩一樣攀爬，有時打滾，有時蹚水。他來到一個奇怪的地方，彷彿經歷過一場大火，不見雜花野草和飛鳥爬蟲，放眼全是面目猙獰的烏亮石頭，地貌乾燥、荒涼，遠處的山峰帶著鋸齒映在天幕上。一塊石頭大得驚人，表層帶些細密的氣孔，看上去彷彿還有餘溫，散發一股地獄般的陰森劣氣。

他躺下去便睡著了，不久被螞蟻咬醒，身上起了很多紅疙瘩。他重新上路。

前面唯一的通道，是山壁上一條怪異的石縫，像一道巨大的、結痂的傷口。他摸索著，順著懸崖邊一尺來寬的小道走了幾十公尺，鑽進石縫，裡面更是狹窄。他小心地往前挪動，瘦癟的體形似乎專爲這狹縫而生，膝蓋磨出血，額頭擦破皮。他聞到青苔的味道，接著飄來一陣花香，繼而聽見了泉水流淌的聲音，像姑娘們的嬉笑打鬧，漸漸的，打鬧聲變得宛轉悠揚，突然間好像猛然打開了車窗，聲音嘈雜，像野獸低吼示威。他還來不及分辨那聲音，便聽到野獸一聲咆哮怒吼，猛地撲了過來——從天而降的巨大瀑布狂瀉，一落到谷底。崖上鮮花亂顫，水霧撲面。他腳底踩空，一頭栽了下去，落進了深潭。水面開著大牡丹花，他像下到熱鍋裡的餃子，隨著浪頭翻滾顛簸，水珠子像石粒砸過來，幾乎將他擊暈。

草地柔軟，太陽稀薄覆蓋身體，耳朵裡爬進嘰嘰喳喳的鳥叫。源夢六游上岸便倒地不動，渾身疲軟，朦朧地看到一個美麗的姑娘朝他走來，長髮披散，一絲不掛，像椰樹兒身上掛著沉甸甸的果子，看似隋棠，走近了卻像杞子，姑娘朝他俯下身來……

疲憊不堪的源夢六做了一個春夢，醒來神情恍惚地回想杞子。十年已遠，她的相貌刻在他心裡，不落灰塵，對她的愛也沒有絲毫消退，之後也不再有類似的愛情。那時，杞子和另一個叫舜玉的姑娘頻繁地出現在他的日記本裡。在「寶塔事件」中，杞子逐漸成爲核心人物，源夢六無聊得和富家女舜玉逛北屏城的戲院、商場，下館子，舜玉心裡裝著黑春，他想著杞子，兩人各懷鬼胎，搭伴消遣，彼此安慰。

合影裡的「三劍客」充滿自信與理想主義的朝氣。黑春的目光憂患堅韌，一望便能感知他的影響力；白秋頭髮齊肩飛卷，浪漫飄逸；源夢六完全是文弱書生的作派，規順的邊分頭，白襯衣，喉結突出，兩手低垂交握，節骨清晰，目光像一隻謹慎膽小的兔子，透露出對美好社會的信任與熱愛。他一直覺得自己應該把手搭在黑春的肩膀上，或者插進自己的褲兜裡，而不是低垂交握，像個怕踢掉卵蛋的足球隊員。

相片的背景是智慧局的雙軌牆，牆上貼滿了大字報，後來一切無可救藥地消逝，照片失血、發黃、生皺摺，與時代的隔閡日益鮮明。現在人臉上沒有那種表情了，它只屬於一九六○年代出生的人。

這張照片是源夢六詩歌歷史上的寶貴資料，它使他的悲傷變得具體，也是他接近內心的唯一途徑。他既後悔留下照片勾起回憶，又慶幸有了它，讓過去的浪漫青春有跡可尋。如果說他和黑春之間曾因某個姑娘造成了縫隙，那絕不是裂縫，而是一道詩意，若干年後仔細再想，還是一樣。那時的國家搖搖欲墜，經濟滑坡，秩序混亂，政府腐敗之風很盛，國家和個人的命運都很迷惘。柔若無骨的大眼姑娘舜玉，眼光一睒，能掀起驚濤駭浪，黑春不為所動。舜玉始終是值得回味的，她最終在混亂中被流彈擊中，等待救治的病人排到了醫院門外，她在那兒因失血過多慢慢死去，彼時大泱國的國旗正迎風飄揚。

源夢六坐起來，從天而下的瀑布轟鳴，像是無數坦克隆隆地開了過來。

## 4

那年四月間，百花全開了，卻又下了一場雪。老槐樹綠葉滿枝，葉尖從薄雪中刺出來，帶著寒冷與春意，水靈活潑。源夢六在樹下轉著，琢磨出國的事。智慧局以升職為誘挽留他，他假裝被白頭領導說動了心，嘴上答應考慮考慮。對於詩人來說，姑娘比權力更有吸引力，更有那要愛不要命的詩人，這類道理老領導顯然沒整明白。

審訊室一別，源夢六一直惦著杞子，她漆黑的眼神偶爾掠過心底，彷彿雪從花骨朵上滾下來，一陣花枝亂顫的明媚。愛意像地下泉源源不斷。通常他寫幾首詩就能暫獲平靜。憑心而論，杞子是個好姑娘，她有古典美女們胸咳嗽的嬌弱，也有大泱國女性特有的孤傲冷硬，尤其是她不同尋常的事業野心，他想到曾經把她的科學構想當成瘋話而感到羞愧。

他記著她的樣子，蒼白、瘦小、短髮、挺鼻梁、尖下巴，特殊的氣味，說話時的神態……當那一脈生之喜悅突然復活，他立刻找了一輛自行車，在智慧局裡狂奔，滿腦子胡想，抱她，吻她，親了她活潑調皮的胸部……他把自行車蹬得呼嘯呻吟，不料在圖書館門口撞見白秋，春情像受驚的鳥唰地飛了。

白秋衣架似的杵著一件軍大衣，袖了雙手，挨著路邊那排柳樹慢慢地走。源夢六放慢車速右腳點地煞了車，橫在白秋面前，喝了一聲。白秋應該是在肚子裡作詩，驚得退了半步，見是源夢六，給了笑臉，恍恍惚惚的，不過他很快回過神來，說源夢六兩眼放綠光，像條發情的狗。白秋天性敏銳，卻有一副遲鈍的樣貌，很難想像這樣一個人嘴裡迸出刻薄的話，手下寫出尖銳的詩，並且會用暴烈的方式結束生命。

他們在路邊調侃了幾句，興致上來，白秋提議去酒館，源夢六原本是頭腦發熱，春情鳥一飛，早就冷靜下來，放下杞子，與白秋去了琉璃街上的青花酒館，這是他們的根據地。酒館老闆自釀的中國式燒酒火辣辣的，對詩人特別大方，燒酒常常連賣帶送。當然，詩人們也許沾了酒館老闆女兒的光，老闆又何嘗不是沾了他女兒的光呢？他們在那兒搞各種文學沙龍，把青花酒館變成了北屏文人的集散地。

青花酒館是一幢老木房子，上下兩層，裡頭暖洋洋的，帶著中國式的喜慶。據說酒館老闆當過兵打過仗，曾遊歷中國，熱愛中國文化，喜歡吃中國菜，喝白酒，他從民間收集了一些舊古家具運回大泱國，把酒館搞得很有中國特色，無論是裝飾擺設還是服務員著裝。包廂裡頭更是講究，這間用三屏風攢接圍子羅漢床配夾頭榫雲紋牙頭酒桌，那間是壺門牙子霸王棖方桌配南官帽椅、開光坐墩，還有顏色香豔的軟墊，客人聊累了隨便躺靠；架格中擺著宋陶清瓷，牆上掛了古字畫，連掛衣架也是雕花的。文人們在這兒自由談論政治、理想、文學和女人，喝到半夜三更，蹲馬路牙子上嘔吐、罵娘、說心裡話，最後逐個兒消失在冷寂的黑夜裡。

起先，源夢六和白秋在大廳靠窗坐了，要了一碟油炸花生、堅果、鹵水拼盤、手撕魷魚，打了幾兩散裝燒酒，用一個收頸扁圓，厚薄不超過大拇指的青花瓷壺盛了，拿著酒壺對碰。喝了幾口，黑春等一干人撩起簾子進了酒館，隨後是黑衣白衣兩個姑娘，源夢六一望便立刻呆住了，眼神觸到彈簧似的收回來，手慌不迭伸到菸灰缸，捏起一根菸屁股塞進嘴裡，又「噗」地吐了出來。

黑春已經看見了，「喲喝」一聲，快步走過來，寒暄幾句，將他們趕上了二樓包廂。坐穩半晌，氣氛還沒到，暫無人在羅漢床上盤腿，都像開會那樣，把肘子支在酒桌上。服務員把原先的杯盞碗碟拎上來，擺開，白衣姑娘的臉正好印在服務員的胳膊肘彎裡，源夢六就這樣偷眼看了她兩回，最後竟碰見她從這個空隙裡遞過來的目光，心像火柴頭「嚓」地點燃了，冒起一團熱氣。

他們剛說了幾句熱乎話，酒館老闆進來了，一個五十出頭的老男人，頂著滿頭亂卷的銀髮，臉頰紅潤好像正害著肺癆，他那大塊頭的身體一落在開光坐墩上，坐墩立刻顯得弱小可憐。他放著平時洪亮開闊的嗓門不用，突然變了一個人，小聲說道：「酒，你們隨便喝，莫談政治，不要鬧事。」

一陣推杯換盞，他起身離開，到門邊卻又喚道，「舜玉，你過來一下，我跟你說點事兒。」坐在裡頭的黑衣姑娘站起來，扮了一個厭煩的鬼臉，不情願地跟過去了。

她身材不錯，模樣也過得去，是那種三好學生的樣子，適合當公務員或者從事教育事業。

「舜玉剛加入梅花黨，她爹由文學小青年熬成文學中老年，想舜玉當詩人，又怕她跟我們混壞了，」黑春擼擼頭髮，它們泛著油光，「可憐天下父母心啊！看來我們是雞肋，食之無味，棄之可惜。」黑春自嘲完畢，掃了一眼大夥，說道：「你們相互都認識的吧？」

幾個人交流了一下目光，還沒等大夥表態，黑春便指著白衣姑娘對源夢六說：「這位估計你不認識，杞子，物理部的才女，前男友是化學部的，特傻屄，前一陣幫人研造假古董，把人家的房子都炸飛了，自己在醫院躺了一個月，差點廢了。」

人多的時候，黑春總是主持全域，他說話有時誇張不靠譜，喜歡帶粗口。

白衣姑娘倒是俐落大方，笑著默認了。她將白色羽絨服掛在衣架上，身上是黑色低領緊身羊毛衫配低腰牛仔喇叭褲，於是顯山露水，處處小巧，處處玲瓏。

大家立刻七嘴八舌地盤剝下去，不時哈哈大笑。白秋說他和大董踢過球，人很帥，球踢得夠臭，滿場瞎跑，屢犯低級錯誤，臨門一腳總是亂陣，不是打中門框，就是射到天上。他們拿杞子的前男友尋開心，所有球員的弱智表現都算在杞子前男友身上，那個可憐的傢伙在酒局上倒盡了楣。不過這是常事，他們每回喝酒，總有一兩個不在場的人被拿到酒桌上來批鬥，有時還寫刻薄打油詩，民間流傳，在下次酒局上重溫。

他們啜著小酒，說得起勁。

源夢六面上無事，心裡活乏，他想著杞子，生之喜悅再次撞開了他的心門，此刻已然春色滿園。他自斟自飲，只覺得杞子膚色白得耀眼，像一盞射燈那樣從對角打過光來。他渴望和她獨處，握著她的小手，到一處僻靜的地方說點私房話。

舜玉重回酒局，他們對杞子前男友的貶損才告一段落。

舜玉長得稚嫩，長髮，眼大嘴小胸部平平，有兩顆犬牙和一對可愛的招風耳。她以主人的恣態，伸展修長的手臂往茶杯裡加茶、酒盞裡添酒，清泉叮咚流淌，她臉色像酒館老闆一樣紅潤，但是健康的。

「我爹剛才說，他聽到消息，可能要抓一批人，最好都老老實實的，不要成群結隊地出去。」舜玉說話已有梅花黨員的語氣。

「又來這一套了，」茶太燙，杞子端杯小心地喝了一口，「不用擔心，上回我被抓去，什麼事兒也沒有。」

「你被抓？犯了什麼事？」黑春吃了一驚。

杞子一頓，瞟了源夢六一眼，說：「犯了愛情。」

她對源夢六的那一瞥，雖說沒有洪浪滔天，卻是心照不宣的某種共謀。她曾經散發一圈光暈，幾乎貼著他的胸膛，他想，那時她便是信賴他的吧。

舜玉把眼睛瞪得比酒杯大，當然，這不代表她有多麼吃驚，她只是爲了讓睫毛變長，嘴巴變小，臉變尖瘦，顯出卡通又可愛的樣子，讓男生為此著迷，具體來說，她只是扮給黑春看，她對黑春的好，外人看著明白，黑春佯裝不知。他看著杞子，並且硬將話題扯到杞子前男友的身上：

「大董並非一無是處，他幫人僞造的古董可是賣過高價的，驚動了國家文物保護部門，差點定爲盜賣國寶罪坐牢。他把聰明用到正道上就好了，至少——用到愛情上來。」黑春盤起雙腿，接著說道：「杞子，你仔細看看，咱們幾個，不比大董差吧？你隨便挑，我看看哪個傻屄有福氣。」

明知黑春在開玩笑，源夢六心裡仍是一緊，忙低頭喝酒壓驚。

「黑春，你這是欲蓋彌彰，」白秋說道：「地球人都知道你害了相思病，晚上躲被窩裡用多國語言寫杞子的名字，現在她有檔期了，你就抓緊時機表白算了，別把大家都拉下水。」

大家起鬨，越發沒正經。

「嗐！都他媽胡說八道，」黑春眼裡有陰影一晃，像蝙蝠掠過，但馬上恢復明亮，一百八十度大轉彎，開始他的言論強項，「雙軌牆上有一首詩寫得好，『眞誠的人死了，虛僞的人活了下來；熱情的人死了，冷漠將他埋葬』……最好的統治是讓人們感覺不到他的存在；二流的是使人民感到親近；三流的使用行政措施；最壞的是採用暴力手段。諸位，你們怎麼看？」

「噓！小聲點，別讓我爹聽見了，他會把你們轟出去，他親口對我說的。」舜玉這回眞急了，朝黑春瞪大眼睛。

「好好好，現在轉娛樂頻道曲藝欣賞，夢六，亮出你的絕活，來一曲粉飾太平的。」黑春說道。

「我今天沒帶。」源夢六頓時緊張，他不想這個時候在杞子面前顯擺。

黑春一伸手，準確地從他上衣口袋裡掏出仕女塤：「你大爺的，嫌出場費低，裝屄吶。大夥來點掌聲吧。」

大夥劈哩啪啦地鼓掌起鬨。

「想聽哪首？」源夢六無奈，擦拭著塤問道。

「都成。你吹的，就沒有次的。」黑春說。

「那就〈傷別離〉吧，」源夢六喝口水潤潤嘴唇，「特別送給杞子和舜玉兩位姑娘。」

他雙手捏塤開始吹奏，幾秒鐘內就把在場的人全部拉下了地獄，每個人內心潛伏的傷感被放大，那種淒苦哀絕的旋律簡直令人肝膽俱裂。

酒局散場時，舜玉她爹朝源夢六豎起大拇指，「你的塤吹得太神了，比我強。」

5

源夢六鑽出暗無天日的深山，翻過長滿灌木叢的山坡，爬上山尖，放眼一望，看見了一座城，一座眞實的、長滿蘑菇建築的城，高聳的尖頂建築像參天古樹，將寧靜肅穆的氣氛拔起，空氣裡散發蕎麥香味和神祕氣息。

太陽照耀。從山上傾洩下來的河流穿過城市，黑石裸露，它滿身鱗光，一路歌唱，野菊花在岸邊跳舞。教堂的鐘聲敲打寂靜，聲音充滿了寬恕與安詳，彷彿在告誡人們，「人一切的罪過和褻瀆的話都蒙赦免，不可疑惑，總要信」。

源夢六往城裡奔去，像一匹脫韁的野馬，鬃毛飛揚，瞳仁放大，鼻孔裡噴著粗氣，忽然變成了滑翔的鳥，耳邊呼呼生風，樹木刷刷後退，疾如子彈。

當然，這只是他見到城市後產生的激動幻想。實際上他蹲在一塊條狀的石碑前，研究上面雕刻的文字，它們像黑春的字一樣精瘦孤傲，筆力遒勁，帶著刻字者的性格與體溫。

他明白他來到一個叫做「天鵝谷」的城邦。

大約二十分鐘後，他進了城。城太小，說是小鎮更爲貼切。街上很冷清，屋頂上飄蕩神祕的白煙。道路幽靜，樹木低矮整齊，翠葉密集發亮。建築物在樹叢中生長，風格完全相同，甚至窗戶上的花紋、大門的拉環、臺階上的石塊。樓層不過兩三層高，由漂亮的花崗岩塊壘砌，泥灰線條的石縫使建築透著古樸簡潔，屋頂像蘑菇，每扇格子窗戶飄著白色的亞麻紗窗，布上塗了透明的油料或琥珀，門窗敞開，屋子裡光線充足，看上去乾淨暖和，適合雪爐焙茶青梅煮酒、留客論英雄，把酒話桑麻。

一盤油光發亮的滷豬蹄擺在精緻發亮的白瓷盤中，宛如一朵盛開的肉蓮花，片刻只剩空盤碎骨。源夢六以手抹嘴，一邊打量屋裡的裝飾。牆上的巨幅蠟染布畫是最奪目的部分，那是一幅狩獵圖，有男人、馬匹、弓箭、梅花鹿，場面混亂緊張。餐桌由幾塊圓木頭拼成，桌邊保持木頭的形狀，表面弄得很平整，木紋清晰，有幾處小孩的手筆，像拉丁字母。立櫃上的青花瓷器，形狀好，花紋典雅，有歷史的味道。用樹藤編做的椅子，散發草木的新香。房間四處懸掛圓型吊籃，綠色藤蘿開滿淡紫碎花，能感覺到主人的溫柔細膩。

源夢六接著翻找食物，又吃掉了一盆顏色含混的餅，蕎麥或者玉米、黃豆碾製的東西，不客氣地洗了一個澡，換了一身灰色麻布長袍加黑布鞋的行頭。

陽光明亮溫和。他渾身舒坦，感受到一股屬於中世紀的自由空氣，想像那時的人們，趕著他們的牲畜走向牧場，山坡上吹來的新鮮空氣正是這種味道，那時的人牙痛時念念咒語，厭倦了一個地方拔起標樁就離開——他們似乎剛剛從這裡經過。

源夢六走進一棟弧形建築物，站在空曠的廳堂中。落地彩繪玻璃窗，朱紅瓷磚地面，舞台帷幕低垂，對稱的兩面牆上滿是浮雕，圖案彷彿在講述一個神話故事。空白處掛著刺繡、剪紙、貝殼畫。一些吹拉彈唱的樂器被擦得乾淨明亮，擺得整整齊齊。穿過這棟建築，他遇到一群玩玻璃球的孩子，穿著奇怪，嘴裡嗚哩哇啦的。那些滾動的彈子在陽光下發出耀眼白光，他們身上的項鍊、手鐲，也是光澤繁華。

看見源夢六，他們停止遊戲，彼此交頭接耳，怪笑著一哄而散。只剩一個男孩，大約五六歲，短髮毛茸茸的，眼睛咖啡色，他像頭小浣熊走向源夢六，把彈子放在他手裡，轉身走了。

晃眼的鑽石使源夢六眼睛瞇成一條縫。他緊張地藏好它們，迅速離開。

像在迷宮裡轉了很久，源夢六到了一個雕塑廣場。草地上坐了很多人。一些標語條幅或者掛在樹丫上，或者擱在馬路邊。人們的情緒歡快，像是在野炊度假，東倒西歪，喝著啤酒和飲料，有人吹著蘆笙，音樂明快抒情，像篝火嗶嗶剝剝地燒。

這是一些膚色各異的人，但穿的衣服色調灰白，粗布或亞麻質地，寬鬆隨意，樸素簡單，有些鮮豔的刺繡，圖案繁複，魚、龍、竹子、花卉、蝴蝶或卍的圖紋，像漢服，又不如漢服華美。男人們短襟肥褲，或者開襟長衫，纏著頭巾，或者露出一頭卷髮，言談舉止很有紳士派頭。個別女人穿得鮮豔，衣袖鑲邊，用的交領，領口很低，露出裡衣和幾重衣領。有的長髮披散，有的戴黑色髮網，頭髮全部盤起來，點綴幾支色豔的髮夾；有的在頭頂上挽犄角形單髮髻，髻偏於頭部左側或右側，束髮的也是亞麻紗，顏色和花紋有所不同。也有婦女編了髮辮，髮辮沿頭頂邊緣繞起來，用一把彎月形的牛角梳，插在頂心固住頭髮；或者挽著螺形髮髻，玫瑰的布條在頭頂疊成帽子，垛疊的彩帶飄動，穩固頭巾的貝雕像寶石一樣反光。

女人花開，源夢六看得心花怒放。他走到一座裸體雕塑下，底座英文銘刻告訴他，這是天鵝谷的一位精神領袖，他創造了天鵝谷的語言，一生吃苦行善，將「善」定爲天鵝谷的首要美德。

精神領導看上去像個砍柴人，他赤身裸體，一手舉著鐮刀或者別的什麼武器，一手握拳，他肌肉強健，全身筋脈突起，腳趾頭也蓄著力量，陽物是整個生命力的核心，赫然挺立如大炮直指前方，彷彿正瞄準那些邪惡的靈魂，所向披靡。

源夢六想，是哪個勇敢的藝術家脫掉了精神領袖的衣服，有多少婦女對這具軀體產生意淫與嚮往。

一個年輕人敏捷地攀上雕塑，將一條紅底白字的橫幅掛在精神領袖的陽物上，標語順勢抖開。他們在紀念這位精神領袖的誕辰。

一些形狀像鳥的花四處開放。源夢六後來知道，那是天鵝谷的精神之花，象徵自由與獨立。

廣場上爆發熱烈的掌聲。人們擂響了大鼓。蘆笙發出了尖銳的音符。人們對此訓練有素，幾秒鐘後全部聲音同時落地，整齊得好像刀切的一樣。

巨大的電子螢幕上，一架飛船從遙遠的星空飛近，艙門慢慢打開，隱約看見身穿太空服的阿蓮袤飄浮在船艙裡，看不出性別和年齡，他固定好位置，朝大家揮手致意，聲音像出自機器人：

「美麗、高智商的天鵝谷人，大家好！……在我們以善爲先的天鵝谷，每個人都可能成爲新的精神領袖……選擇我們更好的歷史，實踐那種代代傳承的珍貴權利，那種高貴的理念：就是上帝的應許，我們每個人都是平等的，每個人都是自由的，每個人都有機會獲得全然的幸福……感謝你們的信任、熱愛，以及付出；你們的見解以及教養形成，都是天鵝谷精神的影響。你們都是完美的，你們是天鵝谷的驕傲……我們不允許還有靈魂在獄中……作爲現任精神領袖，我阿蓮袤，一定盡我所能，爲美麗的天鵝谷貢獻我的全部才智與生命……」

源夢六聽不懂天鵝谷的語言，只對精神領袖夾雜的英文單詞留下印象，比如善、精神、靈魂和自由。他對此毫無興趣，在這種美好雌性密集的地方，他早就習慣性地開始了獵豔。這方面他天生嗅覺靈敏，目標很快鎖定一個綠衣姑娘：長袍簡潔，裙襬、腰帶和領口繡著藍色圖紋，領口開得很低，胸脯飽滿，脖頸光滑，頭髮烏黑一直披到腰間，裙底下一雙繡花小腳忽隱忽現，體態若垂柳拂水。

他的心像開進山路的汽車，一陣顛簸震盪。

當他想走過去和她搭訕，發現已被人群包圍——他們認出他是個外地人，出於善的傳統，要爭相收留他，他像紅櫻桃在雪白的奶油蛋糕中間十分醒目。他們並不和他說話，彷彿他是一頭誤入人群的動物，或者集市上的一件東西，只是相互間情緒激烈地討論，像是商量把他送回動物園或者放回森林。其間發生了七嘴八舌的爭執，但爭執是溫和的，真誠的，甚至帶有懇求的語氣。

源夢六已經看到那粒紅櫻桃被人帶回家，洗乾淨了，用潔白的盤子盛著，擺進了溫暖仁慈的櫥櫃裡。他見慣了太多的冷漠與無情，比如老農趕集被人掀牛車搧耳光、醫生沒有紅包縫病人屁眼、老人凍死街頭、窮人病死家中、拐賣兒童、強拆房屋、虐待動物……眼下作爲一個陌生人感覺到他們無私的關愛，他完全被他們的友善俘虜了。

他們說的天鵝語，偶爾夾雜英文詞彙，不知道這是一種時髦的表達方式，還是純粹的天鵝語。他們同時搭配不同的表情和動作，攤手聳肩嘴巴噘起來嘴角往下扯；有時站得筆直，兩手相搭，規矩地擺在身體中間，偶爾抬起一隻手，落下去時放回原位。

源夢六只顧看著綠衣姑娘。他相信她是個混血兒，麥穗色的皮膚，鴨蛋臉，睫毛如扇，巧克力色的眼睛明亮細長。她眼波流動，嘴唇像一朵半開的玫瑰花，下唇戴了一只銀色唇環，嘴角上翹，隱含的微笑意味深長。當他與她的目光在空中一碰，他頓覺這個充滿異域風味的姑娘使從前的女人黯然失色。

一個相當英俊的年輕人站出來調解，他們點頭同意年輕人的意思。

「現在，請你選擇他們當中的任何一個，跟他回家，你會得到很好的照顧。」年輕人用英語說道。他像墨西哥人，穿著對襟長衫，滿頭捲曲短髮，牙齒太白太齊整，有一種冰冷的鋒利。

源夢六毫不猶豫地指向綠衣姑娘。

年輕人解散了人群，沉著憂鬱的目光掃了源夢六一眼，眼神如夜海暗濤洶湧。

源夢六暗想，這年輕人正心懷妒忌。

「Follow me.」綠衣姑娘說道，聲音像嗚囀的黃鸝。

綠衣姑娘頭髮隨手一挽，燒茶做飯，不說一句話。源夢六像個啞巴，規矩地坐著，等著炊煙升起，飯菜上桌。起初，他有些拘束，目光追隨綠衣姑娘，很想問點什麼，比如名字、年紀、職業、愛好，隨便什麼都行，他想聽她的聲音，看看她說話的樣子。但綠衣姑娘沒有和他聊天的意思，好像他一直在這兒生活，老早就是家裡的一員了。

他無趣地東張西望，乘機讀透了她的身體，測量出她的三圍與體重，他以外科醫生的精準迅速得出一串數字，這個數字組合在她一七〇的個兒身上體現得妥貼完美。他會心一笑，確信她彈性十足的每一個部位，根本無力隱藏她鮮活的孤獨與寂寞，她遲早會像一頭母狼爆發旺盛的情欲，弄得天翻地覆。他進一步斷定，她是一個喜歡革命的女人。她胸前那兩顆結實飽滿的椰子，無疑是她革命時獨具殺傷力的武器，它們是催情催淚彈，無論白天黑夜，只要她願意，都能在瞬間令世界硝煙彌漫，無人能在她的威力中生逃。

他十指懸空彈跳，彷彿正撫弄琴鍵，而指尖感覺的是綢緞的光滑與溫熱，山坡的起伏與綿延，花朵震動，春天就這樣在他的指間水靈氾濫。

綠衣姑娘突然轉身看他，驚鴻一瞥，他腦子裡炸開一聲春雷，眼前風起雲湧，樹葉翻飛。她什麼也沒說，毫無表情地重新轉過身去。

樹葉婆娑，聲響漸息。

源夢六老老實實地把目光熄了，收回去，心裡咚咚直跳，慢慢把自己穩住了，又像擰開了手電筒似的，眼睛在室內小心掃視。在對一個女人不甚了了的情況下，他習慣由外部環境著手，從各種不相干的資訊中總結出某種結果，就像牢牢掌握身體的各部位牽一髮動全身的親密關連，這是「農村包圍城市」的策略。

室內的結構陳設似曾相識，如果不是壁畫的區別，他懷疑回到了吃滷蹄子的地方。這些外表統一的建築，裡面也相同，就像酒店的房間，面孔幾乎一致。唯一不同的是細節裝飾，花草的點綴，以及帶有個性特點的收藏擺設。綠衣姑娘這裡的花草很多，進門右側便是一堵植物屏風，新藤嫩葉長得水靈旺盛，地上盆栽高矮不一，空中懸著很多吊籃，向下生長的枝條上，開了些五顏六色的碎花，他認得的有長春花、風鈴草、金盞花、海棠花、矮牽牛，綠蘿蔥鬱，吊在客廳窗前的那排火樹銀花，像瀑布垂簾。餐台上的水培植物，開了一朵花，很高貴。壁櫥裡堆著蠟燭，漂亮的銀質燭台，圖案雕刻精細，上面插著沒燒完的蠟燭。地櫃上擺著形狀漂亮的青花瓷瓶，一顆石製的獸頭。他又看見了鳥花，飯後證實它就叫鳥花，天堂鳥，也稱極樂鳥，學名鶴望蘭。

幾乎所有的植物都在開花，綠衣姑娘本人，則像她院子裡的狹葉龍血樹，長髮自然披散，覆蓋纖瘦的枝莖，宛如細葉低垂。他意亂神迷的雙手在謀劃如何親手將她侍弄。

目光回到綠衣姑娘身上，看她操持家務的樣子，奇怪她怎麼能不弄出聲響。

他不動聲色。那情景彷彿是場默劇。

片刻，綠衣姑娘進了房間，出來時手裡捧著一疊嶄新的衣服和鞋襪，她遞給他，平淡地請他先洗澡更衣。她的英語發音很有彈性，像風吹過龍血樹時產生不同的音律，是她自己的味道。發「S」音時，她的兩排小貝殼牙齒咬得嚴嚴實實，嘴裡吐出一縷縹緲的氣流，暗香浮動；說「I am……」時，紅潤的舌頭匍匐，眼波流動。

她胸前那片光潔發亮的麥穗色皮膚使源夢六舌頭僵硬，他客氣地接過衣物，硬邦邦地道了謝，轉身去洗澡更衣。

浴室裡燃著薰香，藏紅花，或者梔子花的味道，它們在催生他體內的情欲。彩色馬賽克牆，窗玻璃塗著彩蠟，室內光線柔和，水培植物開著紫色的細花。進入這個柔情蜜意充滿雌性味道的空間，源夢六深感莽撞，同時爲得到這份殊榮竊喜。他心裡甜美，將乾淨衣物小心放上木架，哼著小曲寬衣解帶，脫光衣服正要小便，發現抽水馬桶別致精巧，金黃的，發出孤傲的啞光。爲了看清楚，他低下頭湊過去，仔細摸了幾圈，曲指敲了幾下，倒抽了一口冷氣，很不自信地得出一個結論：馬桶是黃金打造的。他以科研工作者認眞負責的態度繼續摸索，甚至蹲下去，趴在馬桶邊上咬了幾口，靈敏細膩的手指摸到隱約的牙印。

所有鑑定辦法都用了，確信馬桶是黃金。

他把口袋裡的彈子球拿出來，一會兒對光旋轉，一會兒握在手心，造出一圈黑暗，爲的只是欣賞鑽石的光芒。他並不懷疑鑽石的眞實，只是不相信天鵝谷人視寶石如糞土的價值觀。但事實就是如此。

他感慨良久。面對黃金馬桶排泄，他產生了難以言說的壓力，便意消失了，一滴尿也撒不出來。他磨磨蹭蹭地開始洗澡，打上泡沫，搓擦身體，想著路上的險苦，奇怪的遭遇，精神領袖的精神，姑娘的色，天鵝谷的美，民風的淳樸，他打心眼裡羨慕壞了。

他心不在焉地洗完，毛孔裡散發沐浴乳的淡香，擦乾小腹緊致的身體，刮光臉上的鬍髭，套上麻布長袍，褒衣博帶，朝鏡子裡一看，挺順眼，自覺有點古代名士風采。出去時他又摸了摸馬桶，曲起手指敲了幾下，最後照了一次鏡子，像趕赴約會的男人，臉上帶有不易察覺的幸福微笑——那是一個妻子從久別歸來的丈夫臉上看到的表情。

飯菜已經上桌，白瓷圓碟擺放有序，熱氣騰騰香味飄散。醃肉炒筍、玫瑰花湯、血豆腐，蔬菜是一盆紫色花。一個裙狀青花瓷壺，兩只輕巧青花小瓷杯，三雙竹筷。壺裡散發糯米酒的味道，這勾起了源夢六的記憶，有回在一家中國餐館吃飯，正是這種味道的糯米酒使杞子眼神飄忽，他把她帶回西廂同床入睡，即便那樣，她也清醒地守護她處女的貞潔，他熬挺了一夜。

綠衣姑娘將乳白色的液體倒入杯中，端了一杯放到他的面前，這才語氣平淡地問道：

「先生是什麼地方的人？」

「大泱國人，敝姓源，名夢六，外科醫生。」筷子頂部繪有彩色圖案，他暗自思忖三雙筷子的用意，說話有點僵硬，他用古典話劇腔說話，藉以改變那屬於大泱國的舌頭，給自己的表達添點魅力。

「哦，猜你也是那裡的人。」綠衣姑娘面色柔和，話裡有機鋒。

源夢六吃了一驚。當然，此時他不願在這樣的事情上費工夫。他心裡早已小鹿亂撞，像個情種滿面春光，滿是迎對初升的太陽時一隻小鳥所具有的信心與快樂。

「那倒是很有意思的地方。」綠衣姑娘接著說道。

「是的，地大物博，歷史悠久，天鵝谷是……」源夢六掩飾尷尬，乘機了解天鵝谷的情況。

「你可以叫我穌菊里。」綠衣姑娘打斷他，答非所問。

「噢……名字很美，有什麼特殊意義？」

「我最喜歡的數字是七，上帝七天造人，詩歌有七絕七律，佛經上有七寶，人有七竅，七情……」綠衣姑娘停頓下來，似乎思索更多與「七」有關的東西。

「……書有《七略》，地球有七大洲，天鵝谷在哪個洲上？」

「源先生，《七略》是什麼書？」

「……是一種圖書目錄分類著作。」

「中國是一個神祕的國家，你看，這件青花瓷，那只獸頭，應該是古董吧，不知道是哪個年代的東西。」

源夢六裝模作樣的看了一陣。「很漂亮。不過，我對這個沒有研究……」

綠衣姑娘並不理會，淡淡地問大泱國的法律制度，老百姓的生活水準，誰在當精神領袖。

源夢六樂了，他覺得綠衣姑娘——不，應該叫她穌菊里——她說得怪有意思，很幽默，但她等他回答的樣子不像是開玩笑。他只好使用外交戰術，最後將課本中歌頌祖國的文章大篇幅地背了一遍，有幾處找不到相應的英語單詞，但總算結結巴巴地表達清楚。正如某種程度上，使姑娘動心的是對方的笨拙，而不是機靈，並非所有人都喜歡口若懸河的人，有時候，一個人的魅力恰恰是在停頓和猶疑之間產生的，源夢六明白他講話的節奏恰到好處，他力求深思熟慮的表達深深地吸引了綠衣姑娘。

畢竟是個不錯的詩人，在女人面前，源夢六永遠不會江淹才盡，不妨說他最擅長的就是這個，他潛埋的文學修爲以及哲學趣味總是被女人啓動。他寧願在一個女人身上浪費全部的才華，也不願被他無情的祖國視爲英雄。

他用話劇演員的腔調，像做病理闡述那樣，繼續說道：

「……歷經滄桑變化，如今人民都很富有，生活十分講究。人們通常在週末餐會後，去聽世界巨星的音樂會，或者看國家大腕的話劇，欣賞世界頂尖的芭蕾舞；在聚會中，品嘗古巴來的哈瓦那雪茄以及名貴紅酒是必然的。女士們每週享受全套的美容護理，帶著名牌愛犬去動物沙龍……」

他越編越離譜，明擺著是虛榮心在作怪，拿金字塔頂層的人來炫耀，其實這部分人只占百分之四，百分之八十四是龐大的底層與貧困失業人。

「我們注重的是自由教育，它的成品是一個有文化修養的人。我們的時間精力都花在精神世界，參加辯論，接受藝術薰陶。比如千藏——哦，就是你今天看到的那個年輕人，曾經與人辯論過三天三夜。他崇拜中國的墨子，他說人應該樸素地活著，追求精神世界，奢侈、享樂都是罪惡。」綠衣姑娘語調緩慢，她微微低頭，雙手托杯敬酒。

「千藏像個智者。」源夢六客氣回禮，喝掉杯中酒，「他在哪兒高就？」

「他有很多身分，未來的精神領袖培養對象、學者、詩人。」綠衣姑娘唇環微顫，鼻若懸膽。她的長睫毛掃過他的心尖，令他酥癢難耐。他字正腔圓地「哦」了一聲，盡量在這一個字裡頭體現出讚美的音調以及豐富的情感。你不得不承認，這的確是一種高難度的表達，但他輕易便做到了，並且立刻陷入頗爲講究的沉默，這沉默恰到好處。因爲，一個尋根究柢、沒完沒了的男人會顯得弱智乏味。

源夢六是個聰明人，始終把注意力集中在綠衣姑娘身上，適時說些得體的話，比如「你是搞舞蹈藝術的」，暗示她身材美好；「你像〈洛神賦〉裡的洛神」，誇她美若天仙，於是效果馬上就達到了，氣氛不像開始那樣硬邦邦的。

「噢，不不，我只是個教書匠，教雕塑、繪畫。」綠衣搖搖手腕，柔若無骨，「……我只是個普通女子，謝謝你的恭維。」

源夢六文謅謅的不遺餘力，繼續使用肉麻的話劇腔。綠衣姑娘並非那種聽到奉承話就昏頭轉向的人，如果不懂節制，一定會適得其反。因此他用食物堵住了嘴，表現出菜式可口的樣子。他不是很餓，但心情愉快，打了結的心情完全鬆散。

說著聊著，酬酢間，菜肴已所剩無幾，酒瓶也空了，身體在衣服裡柔軟舒適，酒和姑娘都不淡不烈，恰到好處。他瞥一眼雜樹生花的後園，心情特別富貴。

這時，小浣熊跳進花園，一路小跑過來，徑直奔到綠衣姑娘身邊，「媽，我不戴這些東西了。」

綠衣姑娘從小浣熊身上摘下鑽石飾品扔進垃圾桶，那神情好像是拈掉他身上的草屑。

「善來，這是源先生，……你以後記得向先生請教。」

冤家路窄。源夢六訕笑著打算迎接善來的恭敬，後者卻拋下一白眼，從前門跑了。

「只要有辯論賽，他就什麼都不顧了。」當媽的說道，並沒有替兒子開脫的意思。

「這是你的孩子？」源夢六自覺問了一句廢話，但撇開內心的驚訝，趕緊問了第二個問題：「這些東西……就這麼扔了？」

「珍珠鑽石做的飾品，小孩戴了避邪。」綠衣姑娘開始收拾東西，「我收拾一下，你稍等一會兒，到花園裡喝茶吧。」

源夢六向綠衣姑娘躬了一下腰，他已經從各種細節中看出，這是個講禮儀的地方，自己也變得客氣了。

花園裡花香果香，果實品種不少，青的、紅的、黃的、圓的、長的、扁的，幾乎都沒見過。樹下有吊床和躺椅。一張麻石桌上刻著多用棋盤，旁邊圍著四條籐椅，兩張圓凳。他在籐椅上坐下，便見綠衣姑娘端著茶具過來，仿如嫦娥奔月。

「天鵝谷的人，除了正式職業外，每個人都必須學一門手藝，」她把茶具擺好，打開茶缸，茶香如妖魔從盒子裡跳出來，「我學的是高溫火焙製黑茶，親自去採的茶葉，這一批都是趕在下雨前採回來的，品質最好。」

「看來天鵝谷是雨水充沛的了。想不到採茶的天氣也這麼講究。」源夢六賞賞杯子，聞聞茶葉，做出內行派頭。

「聽說中國的黑茶也不錯，幾百年前，從一個叫湖南安化的小地方傳出來，也有些歷史了。」她用開水溫壺溫杯，將茶葉放到壺裡，沖第一泡。「我們的黑茶原料不同，但是同樣採用鍋炒殺青、踹揉、漚堆、松柴明火焙乾的方式，通常在地窖放五年以上才拿出來喝，——這個，已經有二十年了，你嘗嘗。」

「茶我不太懂，我比較喜歡喝白酒，黃酒也不錯。」

「天鵝谷禁止喝烈酒，酒是禍水。」她沖茶，並看茶色。

「酒是無辜的，那是人嫁禍於它，就像亡國者嫁禍於女人。」

「你們的婚姻制度……」

「法律上而言，是一夫一妻制，事實上，經濟條件好的男人可以有小妾、二奶、私生子——」

她把茶點到白瓷小碗中，小碗白潤如玉，碗邊茶色金黃，香氣清淡，茶色很濃，碗底的花紋清晰可見。

綠衣姑娘突然無話，認眞品茶。

「這種樂器你見過嗎？」源夢六掏出他的仕女塤。

綠衣姑娘接過塤，仔細端詳了一陣。「我知道，是塤，但是頭一次見到實物。似乎有些年頭了？哦，還刻了你的名字。」

「嗯，古董，至少六百年了。」

「那很珍貴。你從哪裡弄來的？」她還給他。

「我媽媽留給我的。」第一次在陌生女人面前說出「媽媽」這個生疏的詞，他吃了一驚，甚至差點說出母親當年在襁褓中留下這枚塤棄他而去的隱私。他有點尷尬地自我解圍，說：「你想聽麼？」她點了頭，他順勢吹了一曲他最喜歡的〈傷別離〉。

低沉傷感的旋律中，夜色悄然降臨，彷彿遠處偷窺的小獸，投下漆黑的眼光。

臥室靠著果園，擺飾簡單，有一種長期空置的味道，這種味道來自感覺，像寂寞，或者風乾的瓜。不過，當源夢六走進去，味道立即消失了，房子裡變得溫馨宜人。他在屋子裡緩慢踱步，面帶微笑，他明白自己已經喜歡這兒了。他打量四周，牆上有幅尺寸不大的油畫，上面是座白色大教堂，教堂尖頂紅瓦，窗戶彩繪華麗，周圍樹葉金黃，白雲流動。地櫃上豎著樣貌粗獷的人頭雕像，頭髮鬍鬚全部捲曲，眼珠子突起。小型書架上擺了幾行書，一些空白紙頁。書桌上有個反扣的相框，背板上寫著「Juan」。他把相框翻過來，只見一個英氣逼人的軍官，長臉，雙眼皮，牙齒銀白，皮膚黝黑發亮，帽子夾在腋下，穿著馬褲與黑色長統靴，兩腿筆挺，很年輕，頂多二十四五歲。

房間與綠衣姑娘的臥室遙遙相對，中間隔著空曠的客廳和開滿碎花的吊籃。這段迷人的距離大約十五公尺左右。源夢六將門虛掩，在房間裡待了一陣，毫無睡意。他想鏡框裡的軍人，應該是穌菊里的丈夫，他活著，還是死了？怎麼死的？活著，人在哪裡？後又百無聊賴，拿起一本英文書翻了幾頁，思維逐漸黏滯。

他躺在床上，聞著被單的蘋果香味，身體像水一樣舒服地淌開了。他聽見瓜果膨脹，新芽從芽苞裡彈出來，像誰拔了一下琴弦，發出一串顫音。風一起，果園到達交響樂的高潮，尖銳的、明亮的、低啞的、短促的聲音混合交替，幾個抒情的慢板之後，歸於沉靜。甲殼蟲順著枝幹爬動，摩挲出很有節奏的聲音。

他做了一個夢，夢見他們打三人籃球，爭奪激烈，當籃球落到黑春手中，突然變成了一支手槍。黑春用槍指著他，一直把他逼到球柱下無路可退，質問他爲什麼不參加詩歌朗誦會？爲什麼不寫詩了？詩人不寫詩，活著有什麼意義？白秋突然冒出來，用他血肉模糊的臉擋住槍口，嘴裡反覆地說，詩歌沒用，詩歌沒有子彈的速度；詩歌沒用，詩歌沒有槍口的冷漠，血淚從白秋沒有眼球的眼眶裡滾下來，滴進黑洞洞的槍口，槍口冒出一股青煙。槍轉瞬變成一隻潔白的鴿子，牠眼睛漆黑，溫柔地看了他一眼，那分明是杞子的眼神，令他銷魂蕩魄。鴿子在操場盤旋幾圈，拔刺一聲沖向天空，像顆子彈，在太陽的光柱裡飄飛。人們圍攏來看著他，目光輕蔑。他羞愧得要命，身體一輕逃離地面，飛到半空中猛然墜落。

他醒來渾身是汗，只有心尖冰涼。

## 6

北屏陰雨連天，陽光再冒頭時，天氣暖和了，頂著太陽曬，片刻兩腋下汗，剝了外套，就顯出身段來，結實的，瘦弱的，剽悍的，單薄的，把春天弄得更加花稍。

源夢六心情明媚，騎自行車橫穿智慧局十里地，在物理部圖書館門口徘徊，手裡捏著一冊詩集，看幾行，望望四周，頭頂一樹爛漫桃花，不時翩翩落下幾片。玻璃牆照見他頭髮蓬鬆翻捲，眉清目秀，下巴上的鬍髭特意修剪過，黑舊V領薄毛衣還算得體，乾淨的牛仔褲散發肥皂味，褲腿有點長，在腳踝那兒疊了幾圈，堆在咖啡色帆布運動鞋上。

說實話，他挺滿意自己這副德性。

杞子在人堆裡特別扎眼。她一身藍衣配灰色短裙，黑色平底淺膚靴，蹬蹬蹬蹬從圖書館階梯走下來，懷抱一本大書，擋住整個胸脯，下巴擱在書上，看得出她也是身心愉悅，皮膚比遊行時更見白嫩，短髮黑亮順溜，尤其是額頭斜抹的那撇劉海，把源夢六看驚了。她總是這麼美。他後來才知道，他們相遇那天，她剛把長髮鉸了，姑娘的頭髮總是和心事有關。他迎向她，接過她懷裡的書，又是一本物理大部頭，她爲她那台未來的機器焦頭爛額。

一撥嘻嘻哈哈的年輕人經過，身上套著白文化短衫，胸前印著「自由」黑字，見到杞子，有人調皮地打起了呼哨，源夢六笑著朝他們豎起中指。

「舜玉弄了票，約了下午兩點去看中國京劇。」杞子說道，撥倒他的手，順勢打了一下。

「又是她老爸的主意吧，他太操心了，擔心舜玉參加遊行，今天看芭蕾舞，明天聽音樂劇，這回又看中國戲，」源夢六苦笑著搖搖頭，「咱們又聽不得懂，無非是看個新鮮熱鬧。唉，勉爲其難吧。」

「她爸是用心良苦，你得了便宜還賣乖，是不是太不厚道了？」

「可憐的老頭……看來得希望局勢繼續亂下去，以前他連電影都沒請我們看過呢！一旦外面沒事了，我們享受的藝術薰陶也就結束了，那多不習慣啊！」

杞子笑著掐了他一下。「聽說圓形廣場餓暈了不少人，如果這就丟了命，那代價也忒大了。」

「眞的不吃不喝？太誠實了吧……他們應該偷偷吃點東西，靜坐不就是行爲藝術嗎？」

「你又胡說八道。」她看了一下手錶，「離看戲還有兩三個小時，我們現在去哪兒？」

「跟我回西廂？」源夢六脫口而出，「不過得有點思想準備，我那兒比較亂。」

酒館與杞子再遇之後，他們水到渠成地摸了手，親了嘴，愛情被春風吹開，幸福像花嘣、嘣綻放，一切比想像的來得更爲迅猛。

「這花從來沒姑娘幫你打理過嗎？」杞子剛進院子就被鳥屎砸中，換了源夢六的細線毛衣，寬寬鬆鬆地站在門口，看他給她洗有鳥屎的衣服。轉而看見窗檯上那盆半死不活的玫瑰，便弄了根棍子在花盆裡鼓搗。

「沒有，它從沒開過花。」老槐樹綠了一院子，源夢六正在晾衣服，把鐵絲扯得直晃。

「眞沒有？」

「眞沒有。」

「我是第一個？」

「你是第一個。」

她滿意地笑了。「放心，我一定會讓它開出火紅的玫瑰花來。」

「爲什麼一定是紅的？」

「我要紅的，熱烈。」

「我喜歡白的，純潔。」

「咱們打賭。」

「怎麼賭？」

她附他耳邊說了句悄悄話。

她的話讓他興奮，並且持續興奮了好多年。

他把她抱進了屋，在屋裡親熱了很久，弄得彼此人面桃花，但是最終戰勝肉欲，內心充滿神聖的純潔感。他知道她是他的，他是她的，他們互屬。

「看來只能穿你的衣服去看戲了，眞是狼狽，肯定被舜玉嘲笑。」

「她會羨慕你能夠穿著男朋友的衣服看戲……」他親她一下，「舜玉加入梅花黨以後，像被洗腦了。」

「她還算正常。要是不出國，我們也申請入黨吧，你說呢？」

「我不，我是詩人，詩人獨立自由，不朋不黨……當然，我不反對你。」

「我有點迫不及待了。說眞的，做科學研究，外國環境要好一百倍。咱們的國家要是強大富有，別人都會爭著來，咱也用不著去異國他鄉了。」

日頭落在槐樹頂上，白頭鳥在樹上嘰嘰喳喳，院子裡滿地陽光碎片和鳥屎。

台上朱紅色的帷幕低垂，幾束聚光燈打在上面。茶座上擺著零食，服務員在桌子間來來回回，沖茶加水。找好座位，杞子一口喝了半碗茶。源夢六瞄了一眼戲單，上面寫著《昭君出塞》，正問舜玉怎麼還沒來，抬頭就看見她撩起珠簾進來了，身上穿件唐裝薄襖，滾著繡花邊，像個角兒似的。

一陣大鑼小鑼敲開了帷幕，好戲開演，見那戲子身披大紅斗篷滿場飛旋，手掏野雞毛翎子，手臂雪白，一身鱗光閃閃，幾個戲曲外行都被這絢麗的打扮震住了。

但也僅止於此。不久便覺得有些乏味。

「北屏街交通堵塞，半戒嚴狀態了，我坐三輪車繞道來的。雙軌牆的消息說，廣場有人快餓暈了，急需麵包和水。」舜玉湊近到桌子中間，低聲說道，

「這堆麻煩的糞便……難道真有生化怪物嗎？」

杞子等角兒唱完「文官濟濟全無用，就是那武將森森也枉然」，才問有沒有人送吃的過去。舜玉說不知道，她看完壁報直接到戲院來了。

台上那角兒拿著馬鞭在舞台疾走，一個亮相，目光堅定，野雞毛翎子抖個不停。

源夢六假裝很投入，他情願在這兒無聊地耗著，不想摻和圓形廣場的事。

「都是智慧局的嗎？」杞子把戲單捲成圓筒，當望遠鏡。

「大部分是。我爹說，會出大事。」

角兒唱到高潮，一個亮相贏得滿堂喝采。

這一場結束了，朱紅帷幕合攏。茶座上一陣小騷動。

帷幕隨著一聲悲愴的二胡再度拉開，背景大雪紛飛。此時，杞子與源夢六已經撇下舜玉離開戲院。

「出去以後，不許你打外國姑娘的主意，好奇也不行。只許看一眼，頂多看兩眼，每一眼不許超過兩秒，超過兩秒不挪開，就是心裡有想法，有想法你就找她們去，我不管你，不過，咱倆也就結束了。」街邊的綠樹一團一團。一個身材熱辣、春意盎然的外國姑娘胸脯聳動，杞子看著她走過一棵樹又一棵樹，用胳膊肘捅了捅源夢六，「哎，你聽見我說話了嗎？」

「你這是只許州官放火，不許百姓點燈。憑什麼你能看，我就不能看。」他故意多看了那外國姑娘兩眼，說身材不錯，嘴裡咂巴幾下，「唔……不過還是沒有咱們的姑娘可愛。」

「別口是心非了，看你脖子都快扭斷了。」

「我這是負責任地仔細觀察，這樣，我的答案才是可靠的。」

「我看你就是好色。」

「不好色，怎麼會喜歡你呢？」

「你……」

回到西廂，源夢六從床褥底下翻出一個小錢包，抽了幾張鈔票，想了想，索性全部拿上，說得勒緊褲腰帶過一陣了。他把錢揣進褲兜，拉著杞子的手，到超市買了些麵包和水，直奔圓形廣場。

街上到處是人，垃圾遍地。

一輛卡車塗得五顏六色，車頭扯著橫幅，寫著「青樓支援團」；車尾廂裝著數個妓女，濃裝豔抹，俯身車沿，揮著五彩手絹，嬌媚地喊道：

「來呀，各位，有錢的出錢，有力的出力，支持智慧局！來呀！」

她們同時散發粉香撲鼻的傳單。「糞便問題作假，百姓要求眞相……文明請願，不要暴力。」

一個妖嬈的妓女拉住源夢六，懇切地說：

「這位先生，奉獻一點熱情支持一下，五十塊睡一次，您把錢直接投到捐款箱裡……我們可以在駕駛室裡……去賓館開房也行。」

「呃，只要五十塊……支持一下吧……」

源夢六窘迫不已，一路上驚心動魄，半天才平靜下來，腦海裡回想妓女的話，爲什麼說是支持智慧局？莫非是智慧局的人挑了大梁？正思量著，又遇「作家支持團」的隊伍，他們與妓女的表現相反，抽菸聊天，內部打情罵俏。

一個小夥子頭纏紅巾，身上背著條幅，上面赫然寫著「我是源夢六！」

源夢六走過去問，你眞是源夢六？小夥子不理會。源夢六說我是源夢六。小夥子很不屑地瞅他一眼，「哥們，你也甭裝了，趁熱鬧爽快玩兒吧。」

源夢六與杞子面面相覷，啞然失笑。

他們穿過人群，人群像水，被划開來又合攏了。

廣場上，黑春身穿黑風衣，兩腿叉開，頭髮紮成馬尾，額頭寫著「愛」，墨蹟像血一樣流到臉上，他正在朗誦他的新詩：

是時候了，

年輕人

放開嗓子歌唱！
把我們的痛苦和愛情
一齊都瀉到紙上！
不要背底裡不平，
背底裡憤慨，
背底裡憂傷。
把心中的痛苦、甜蜜都抖落出來，
見一見天光！
即使批評和指責急雨般落到頭上，
新生的草木從不怕太陽照耀！
我的詩是一支火炬，
燒毀一切人世的藩籬。
……

掌聲持久熱烈。有人拍照，有人吶喊，有人打呼哨，還有人將帽子、鞋子、空瓶子擲向天空。空氣混濁，各種氣味混雜，源夢六感到頭暈腦脹，和杞子擠出空敞的地方透氣，便看見人群騷亂，跑的叫，叫的叫、推搡的、跌倒的，霎時兵荒馬亂。他倆被逼到人行道上，因有樹幹抵擋，才不至於被人群衝散。片刻，他們看見了手挽手的人，嚴實緊密地橫排成行，鋪到街邊牆根，像推土機一樣向前推進，不時發出短促而威嚴的吆喝，後面十公尺遠，緊跟著另一排，以同樣的方式前進，他們橫掃過去，街道空空蕩蕩，鋪著下午安詳的陽光，遠處是遼闊無邊的天空。

## 7

源夢六記得很清楚，那天是隋棠主動約他共進午餐。他連夜逛了一趟商場，買了紅色平角內褲——某個姑娘說過他穿紅色平角內褲混雜溫柔暴力的性感，他深以爲然——之後進了髮廊，理髮、剃鬚、掏耳屎、剪鼻毛，其實鼻毛從來沒有過分的表現，這一系列舉措足以說明他對此次約會的重視。杞子之後，他第一次這麼認眞地對待一個姑娘和一次約會。夜晚沐浴熏香，花費的時間比任何一次都長，清腸洗肚打掃口腔，晚上破例停止吃蒜。他腦海裡浮出杞子的樣子，他不斷地將隋棠和杞子搞混了，他甚至認爲隋棠就是杞子化名來試探他的。

他找出當年做醫學交流時的名牌西裝，配好襯衣和領帶，擦亮皮鞋，想起自己曾風度翩翩把一個外國小姑娘放倒在床，在她背後弄她，只因爲她的背影像杞子一樣嬌小柔韌。臨出門時，他又全部換掉，除了紅色平角內褲，努力打扮成在智慧局工作時的樣子，休閒款，運動鞋，一身外黑裡白，褲子淺灰，表情淡定。

那天隋棠同樣不施脂粉，簡樸素淨。她屬於那種女孩，穿得越是清湯寡水，就越是光芒奪目，像一粒浮出水面的珍珠。她頭髮左邊別著一根火紅髮夾，這一點睛之筆的妖豔處，倒使源夢六想起黑衣寡婦胸前別著的那朵白花，但他很快抹掉這不吉利的聯想。

這個地方，源夢六頭一次來。

服務員穿得像空姐，臉上春風拂面，眼裡桃花燦爛，身段扭得波浪滔天，嘴裡吐著蘭花，恭敬、體貼、謙卑、逢迎，時刻滿足你藏而不露的虛榮心。那位迷人的領班姑娘知道源夢六初次品嘗，以高度的敬業精神熱情介紹，大意是此處牛排與別處不同，一頭牛只供六客食用，單取牛身第六與第八根肋骨，經過三天三夜的祕製浸泡後才能燒成。

「知道掌勺的是誰嗎?是XXX的御用廚師!」迷人領班說出一個牛氣沖天的名字。

源夢六問爲什麼取第六和第八根肋骨。

迷人領班莞爾，那表情簡直跟上帝造人一樣神祕。

法式麵包被錦衣玉帛裹緊了，酒杯裡的小塊鵝肝，如美人側臥床榻，分量看上去像是貓食，但它絢爛豪華的鋪張足以使人眼福大飽。他們開了一瓶黑方威士忌，加冰塊，淺斟慢飲。隋棠雪白的皮膚露出胭脂紅暈。

牛排遲遲不上。源夢六和隋棠的聊天磕磕碰碰，斷斷續續，忽近忽遠，幾個話題都沒有可持續性，要麼被她生生掐了，要麼是他自己說不上來。源夢六的眼睛不時掉進隋棠的乳溝。所謂乳溝，其實也是幻想，事實上，源夢六只看得見她的鎖骨，纖細玲瓏，宛若兩枝梅花斜逸，讓人很想在那兒畫上幾筆。他們的談話內容沒出過醫院，從頭到尾與病有關。當然，每個人都有自己的圈子，圈裡的人很少談圈外的事，政治、戰爭、經濟危機、核武器……顯然隋棠不感興趣，源夢六始終感到她嘴裡含著話，正在等待合適的時機吐出來。

這時候，服務員收腰挺胸，托著餐盤扭著腰走過來，把刀叉擺好，翹起蘭花指，將黑椒洋蔥汁淋上那幾塊牛肋精髓，問一句「需要切嗎」，得到回應後，孫二娘舞劍那般手起刀落，剔骨削肉，只聽見下刀處滋滋作響，肉汁閃亮。

香味蒙了七竅，源夢六嘗了一塊，由衷讚美，服務員的胸挺得更高更傲。

藍調音樂像垂死的病人，氣息悠悠繚繞不絕。

鄰座一對男女不說話，兩人悶頭光抽菸。

幾個談生意的男人，眼神老往隋棠這邊滑。

服務員收走空盤，隋棠瞟了她的屁股一眼，擦擦嘴，這才說道：

「之前，有個男人總帶我來，我老吃不膩，隔一段就饞，每回都像第一次吃——沒準這裡頭加了罌粟粉。」

「愛情甜蜜，胃口好。某種意義上，愛情就是罌粟嘛。」源夢六輕描淡寫，心裡等著隋棠說出那個男人的名字。

「我被他寵壞了，他什麼都聽我的。」

「女人應該被寵。」

「唯獨一件——」

「哪一件？」

「結婚。」

「你在當二奶？」

「不，是第三者。」

「區別不大。」

「有區別，二奶是不作爲，心甘情願，第三者是有作爲，是要爭取被扶正的。」

「這樣解釋……倒是有點意思。」

「難道我這不是愛情，非得說是狗男女嗎？」

「愛情，是說不清楚的。據我所知，現在正是我國婚姻陸續破碎的高峰期，對於第三者來說，這是利多。」

「他錢太多了，離婚會使他破產。」

「也許，愛情價更高。」

「你說，他愛我嗎？」

「可能連他自己也搞不清楚。」

「哼，他要是對我不講感情，我也不會善罷甘休。他以爲他是國王，是君主，給誰一點好處，一點恩惠，一點利益，誰就心滿意足，安心歸順，就沒想法了。」

「敢情隋棠還是個喜歡革命的女人？」源夢六心裡開了這麼一個小差，接著隋棠的話說道：「該革命時，要革命，該造反時，要造反。但你拿什麼來革命呢，你有什麼力量籌碼呢？如果他的婚姻穩如磐石，你不過是以卵擊石而已。這樣的教訓，還少嗎？」

「難道我只能聽憑擺布？我也是人呀！」隋棠一副很在乎人權的樣子。

「沒錯，你也是人，但如果你危及到他的保壘，他的利益，他的幸福，他就只有『滅』了你，清除你。」

「你在爲他說話？你們男人，總是互相包庇袒護。」
「說實在的，我沒結過婚，不知道已婚男人是什麼心態，但我想，一個人爲惡爲善……都是人之常情。」
「源夢六，你以爲你在講究中庸之道？你沒有中，只有庸——庸俗，沒立場，沒個性……至少你也是愛過的吧？」
隋棠劍劍封喉，讓源夢六難以招架，他略略一頓，往椅背一靠，無力地說：「當然……愛過，傷過，破碎過。」說完了，他重新坐直，喝了口酒，潤潤喉嚨，好像馬上要說出一段斷腸史。
隋棠擰緊眉頭，怪異地瞪著他，彷彿他頭上長角。
「接著說呀。」她睒他一眼。
「說什麼？」
「你的愛情。」
「說了你也不懂。」
「自以爲是。不過，要不是加萬半路殺出來，也許……」隋棠以正在塗指甲油的神態說道，並且剝了一片口香糖塞嘴裡。
「加萬？……咳，原來是那位名流。」
源夢六當然熟悉加萬。那年的春夏之交，空氣比皮膚還敏感，氣氛如琴弦緊繃，一粒微塵落上去，都可能引發混亂聲音。夏天提前來臨，枯葉和新芽同時存在於一棵樹上。那時候到處搞詩歌朗誦，三天兩頭便會有規模不等的詩歌朗誦會，智慧局的雙軌牆經常圍得水泄不通，樹上、牆墩、鐵欄杆、屋頂到處是人。他們朗誦聶魯達、米沃什、惠特曼、泰戈爾，加萬常在這些場合出沒。

「醫生總是和患者糾纏不清。你對這個人了解有多深？」源夢六問道。

「深入了解過了。」她加強「深入」的語氣。

「嚴格說，加萬算不上詩人。」

「你嫉妒他。」

源夢六不吭聲。他向來不喜歡加萬的詩，更不喜歡這個人。

「當然，他比不上你們，我收藏了三劍客接受訪談的報紙，聽過你們的朗誦會。你的詩風像惠特曼的……得，你爲什麼不寫詩了？」隋棠放他一馬。

「惠特曼？此一時，彼一時吧。」

「『我歌唱一個人的自身，一個單一的個別的人，不過要用民主這個詞、全體這個詞的聲音』……」她背了幾句，「詩又不會妨礙你的生活。我選擇當你的助手，因爲我曾經喜歡你的詩。眞遺憾，你卻不寫詩了，你不覺得可惜啊？」

她說著，巧笑嫣然的，一偏頭，左側的紅髮夾掠過一道灼目的紅光，霎時間滿天火光，槍聲、格鬥、殺戮、鮮血、車輪滾滾，硝煙瀰漫。

隋棠笑得血雨腥風，源夢六頓時驚愕無語，他的神色像被清洗過的圓形廣場，泛著濕潤悲傷的微光。

出於某種複雜的心理，源夢六離開智慧局，學醫從醫，有意疏遠了舊友，最後全部失去了聯繫，後來也沒有交到感情深厚的朋友。病人倒是很多。他們信賴源夢六。生病期間，病人及其家屬對他態度諂媚，這種熱情，通常隨著病體的痊癒而宣告結束。對此源夢六也已習慣。偶爾有人告他的狀，檢舉他，說他生活作風不好，尤其是歷史問題，想方設法把他往政治錯誤的方向上拉。當然，那完全是扯淡，他們追根問底，除了發現源夢六曾經是個不錯的詩人以外，沒有誰能拿出證據來。並不是源夢六洗淨了自己，而是事實如此。

不過，他最終明白，有時候，保持清白需要靈魂的代價，「平安無事」並不能帶給他欣慰與光榮，他甚至爲此痛苦不堪。他的黑殼日記本裡曾經寫過這麼一段：

「我認爲，這個世界沒有一個健康的人。有的人胸腔裡跳動的是別人的心臟，一些人只剩半片肝，或者一隻腎；有的人沒有子宮，有的人沒有乳房，有的人沒有頭髮，大部分人沒有良心，很多人缺德，正義的肺完全被黑油包裹，就像廚房的抽油煙機……即便如此，這些人仍然不屈地爲了利益拚搏，要治人，要愛情，要性，要像正常人那樣統治生活……這裡頭包括我自己，一個懦夫，一名苟且偷生者。一隻趴在國家這具龐大軀體上的蝨子。」

日記本裡夾著「三劍客」的合影。照片中的白秋兩手抱胸，獨立孤僻的神情如夢飄忽，目光裡有種猜謎一樣的困惑。關於白秋的詩，一個知名詩評家曾經說過，他從白秋的詩歌裡頭，聽見了小號的音樂聲，這恐怕是當時最具詩意的評價。白秋天生迷戀死亡，他的詩裡充滿了死亡、屍體、鮮血、頭顱等意象，他的死不算意外。「大泱詩社」解散的某個下午，五六個詩人在青花酒館喝悶酒。之前，白秋的詩只是受到批評警告，以及某些別有用心者的否定，這一次被徹底封殺了——「封殺」這個詞也許過於政治化，總之，再也沒有媒體刊發他的作品，編輯們期期艾艾，以各種藉口推託，那些高度欣賞白秋詩歌的知識分子，也開始有所保留。

「老闆，我在你這兒朗誦詩歌，你送我一壺酒吧。」白秋像往常那樣說道，他從口袋裡掏出小薄本，上面是他剛完成的三首新詩。那個年代，聽詩人朗誦是讀者激動和嚮往的，與詩人合影更是一種榮耀，那個年代的詩人像影視明星一樣，如果你沒買票就上了火車，列車員會先讓你簽名，再給你安排座位，當然是免費的。

「送一壺酒沒問題，但請你別在我這兒朗誦詩歌。」舜玉她爹的回答出乎意料。

當時，大家都當玩笑開過去了。

後來的一個陰雨天，天氣悶熱。各種消息在坊間流傳，眞假莫辨。白秋邀源夢六一道回老家，他在火車上談了很久的詩歌，白秋說死亡是最好的抒寫方式，令人聯想到尼采的話：一切文字中，我愛以血書寫者。第二天太陽升起的時候，他們到達目的地。走在鄉間的小路上，村莊的一切祥和，草尖上掛著露珠，蔬菜和莊稼飽滿地生長，雞犬安寧，農婦在大門口哺乳，粉白的奶子告示這個世界甜美如夢。但這僅限於偏僻的鄉村，源夢六並不能預見，這是白秋最後的告別。

## 8

那些愛攀爬的藤類植物，在外牆和屋頂上來回繞，窗前有些無所依附的、抽著嫩芽的藤尖迎風搖擺，影子在地板上跳躍。屋子裡飄著淺淡花香。靜物安詳。窗櫺、木門、各種家具上雕刻的圖紋繁複，花鳥魚蟲活泛靈動，有中國明清的風格。壁櫃一對獅鼻銅環拉手，啞光清冷。源夢六無意間拉開了櫃門，一股檀木香味撲鼻，面前豁然開朗，是一間隱祕的儲書室，書櫃充牆，書籍擺得齊整，各有標識歸類。這個巨大的書房令他歎爲觀止，有的書邊角經過細心黏補，有的封皮用牛皮紙包裹，看起來彷彿前線下來的傷患得到護士體貼的呵護，歷史、政治、文學、哲學，沒有一本娛樂閒雜譁眾取寵的，裡頭有本英文著作，是穌菊里的博士論文，很厚。

源夢六看了一會，頓覺胸悶氣短，見窗戶緊閉，便順手推開，清新的空氣像群活潑的小姑娘蜂擁進來，彷彿還能聽見她們的嬉笑打鬧。

他稍覺舒暢，放眼看窗外層次分明的美景：高處是淺色藍天，沒有一絲雲彩，一抹白雪覆蓋綿延青山，淡霧隱約，樹木的顏色也是分布好的，山腰的淡黃，側峰的橘紅，山底的翠綠，最美是山腳下那條明亮的河流，波光粼粼——因爲穌菊里捲起了裙邊走進水裡，那光潔的雙腳就像蹚進了他的心房，他將雙肘擱上窗沿，下巴枕在手臂上，舒心地注視著那個動人的身影。

他看見她的頭髮沾著霧水，身上薄裙透明，裙襬拖曳，光線把她的身體映得通透，兩顆滾圓結實的椰子牢牢地長在身杆上，因爲承載椰子的重量，細腰顯得特別柔韌，彎腰起伏間彈性十足，薄裙不時貼身，顯出屁股的弧度——她就那樣上上下下地起伏，漂洗手裡的衣服。

「你不能開窗，書會受潮的。」角落裡冒出一個聲音。

源夢六驚了一跳，內心的情欲像貓奪窗而逃。他轉身看見角落的地板上坐著一個小人兒。

「啊，善來，你這個小知識分子……讀的什麼書？」源夢六關好窗，體內溫情還沒有散盡，話劇腔既溫柔也討好，本能地感到要和小浣熊搞好關係。

小浣熊把書放在膝蓋上，差不多遮住了整個身體，他不說話。

「……你想不想學外語？漢語、日語、法語我都懂一些，我以前寫過詩，後來……」

「——詩不是隨便什麼人就寫得來的。」小浣熊眼睛盯著書本，傲慢地說，「當醫生簡單多了。」

「你說的對，不是隨便什麼人就寫得來的，說得很好……有的人根本就不配寫詩，他只會把詩玷汙了。」源夢六右手握拳，大拇指插進頭髮，漫不經心地撓著頭皮敷衍他。

「那麼，你是不配寫詩，還是把詩玷汙了？」小浣熊說著將書翻到另一頁。

「都不是，不是你想像的那樣，不是的……這麼跟你說吧，我和兩個寫詩的好朋友，我們是『三劍客』，後來，一個死了，一個失蹤了……你說，我還寫什麼呢？有句古話，叫焚琴煮鶴，我還有什麼好寫的呢？你不明白，我覺得什麼都是空的。詩有什麼用呢？」源夢六囁嚅著，近乎自說自話了，「比方說，一駕馬車，馬倒了，車軲轆也飛了，它還怎麼跑呢？它跑到哪兒去呢？……哪裡都去不了，什麼也表達不了……尤其是，他們需要我的時候，我沒有和他們站在一起……有種孤獨，你是不會明白的……」

源夢六說起了三劍客最愉快的時光，他們的沙龍、詩會、爭論，還有美好的姑娘……可惜「寶塔事件」把這一切毀了。

「黑春長得不帥，但他有魅力，他有點像類人猿，前額突出，頭髮披散，髮質粗獷。他籃球打得不賴，關鍵是他的詩，有時候就像一把火，一下子就能把你燒著。我們三個，就他不戴眼鏡，他有一副好視力與遺傳很好的牙齒，他總能一眼看到事物的本質，牙齒好像能咬斷所有堅硬的東西……他是一個果斷爽利的人。打個比方吧，如果說性情緩慢柔軟黏滯的人是搖櫓的漁船，黑春他就像一艘快艇，嘩地衝過水面，濺起一堆浪花……他寫詩，他讀哲學，研究政治，喜歡盧梭啊，柏拉圖啊……他把湯瑪斯．莫爾的《烏托邦》翻得發了酵似的蓬鬆。

「他說，如果他是總統，一定會讓每個角落的人都豐衣足食，而不是在這裡弄個樣板，那兒樹個典型，貧富懸殊太大不正常……如果他是國王，他要採取德治與刑治並用的制度，叛而伐之，服而舍之，古時的刑法不能廢，凌遲、車裂、腰斬、剝皮、烹煮……對那些喜歡偷竊或小額貪汙的官員，使用黥刑……總之，他打算閒下來寫一部《基因城邦》，他說要在這部作品裡創建一個基因優質的城邦，推行德治的社會……有時候，我們就刑法、制度、民主、自由等話題聊到深夜，甚至通宵，第二天接著再聊。嘿……我說他骨子裡是個暴君……當然，血液的本質、冷與熱、黏與稠，是水土環境滋養的，生於一九六〇年代的這撥人，天生有責任感，會把個人命運跟國家命運放在一起，天生憂患……後來的年輕人都是個人主義，內心物欲膨脹，沒心沒肺。話又說回來，世道穩了，經濟發達了，國家強大了，個體凸顯出來，自然就沒老百姓操心的事兒了。」

## 9

食堂不像往常那樣喧鬧。菜色還是難看，穿白掛戴白帽的工作人員表情依舊不鹹不淡，舀菜的勺子出手永遠準確，即便是飯菜蒙著羞澀，缺油寡味，也休想從他那兒多得一塊肉。吃食堂的後果是胃口越來越大，越吃越餓，吃比不吃餓得更快，飯量無形中增加了很多，連姑娘都顧不上斯文了。只有舜玉覺得食堂的味道不錯，她偏愛這裡的紅燒肉，還說比她爹酒館裡的好。她爹部隊轉業後下了海，她有當資本家的爹供著，心態富著，被養得嬌憨嫵媚，頭腦簡單，她的人緣沒有壞的。

排隊打飯的隊伍緩慢移動，只聽見鐵質餐盤的乒乓聲響，工作人員用鏟子敲著盆邊，大聲問要包子還是饅頭，排骨還是紅燒肉。白衣白帽的工作人員一臉發亮油光，油水比菜裡頭的更足，他們用戴著塑膠手套的手掌勺，撓下巴，接收飯票，他們驕傲，他們的菜裡經常會有老鼠尾巴、蟑螂屍體、鐵絲、草屑、毛髮，這一點也不影響年輕人的食欲，他們照舊在外面排著長龍。中午的菜比晚上好，晚餐多是剩菜，週末的菜更簡單，有的回家了，有的相約下了館子，只有爲數不多的還在食堂對付著，這些人大多是鯉魚跳「農門」，或者貧苦出身，他們堅持啃饅頭，鹹菜下飯，努力搞研究，經常在圖書館裡泡得天昏地暗兩腿發麻，很少上街。

中午的陽光打向櫻花樹，花已經落乾淨了，滿樹新葉綠得發亮。源夢六端了飯菜靠窗坐下，外頭陽光晃眼，玻璃上蒙著一層絨毛似的光暈。剛吃兩口，就見舜玉走過來，放下盤子，坐好了，說道：「怎麼又是小蔥拌豆腐，吃我的紅燒肉吧。」她身穿白色長袖絲綢衫，外套羊絨低領黑小褂，胸前打著絲綢蝴蝶結，頭髮從肩上滑下來，差點落在盤子裡。她伸手指一撩，從腕上摘下髮箍，隨手在後挽成一個髻，這套動作行雲流水，瞬間完成。

「你的紅燒肉？你不用賄賂我，我可不知道黑春的事。」源夢六笑道。「前幾天在廣場上見他朗誦詩歌，他有點走火入魔。」

舜玉說：「你瞎猜，我就是看你一個人坐這兒挺無聊，特意陪你的。好歹我也是『大泱詩社』的人，有福同享呀，你要是忒過意不去，改天寫首詩送給我。」

「寫詩送給姑娘，黑春比我擅長。」

舜玉銀牙緊咬，差點拿筷子敲源夢六的腦袋。

「你最漂亮要算你這兩顆犬牙了。」

「胡說八道……黑春會不會被抓起來了？他總該回宿舍睡覺吧。」

「抓了也不打緊，你今晚上再去看看，他一準在床上打呼嚕。」

「我就這麼隨便就說，我才懶得管呢，他那麼忙，哪顧得上別人呀。」

「咳，又耍小姐脾氣。這樣吧，我組織一個小飯局，給你創造一個機會，你自己看著辦。」

舜玉白了源夢六一眼，把盤裡的紅燒肉一古腦倒給了他。

源夢六剛吃得盤碟見底，杞子便進了食堂。

他朝她揮了揮手。她的蒼白小臉立刻因憤怒而緋紅，邁著急促碎步直逼過來。

「源夢六，請你給我解釋一下，這是怎麼回事？」

她對他直呼其名，單手一揚，一張殘紙落在盤子裡，顯然是從雙軌牆上撕下來的，還黏著漿糊。說話時，她已經淚光閃閃了。

源夢六滿頭霧水，撿起紙片一看，是智慧局團結會骨幹名單，自己名列其中。他一愣，慌裡慌張地站了起來，說道：「這是幹嘛？我眞的不知道這回事。」

杞子反駁：「說謊！你沒同意，誰能拉你進去？」

源夢六有嘴難辯，心裡頭有種才華被得到認可的喜悅，還帶點小虛榮。他並不急於替自己開脫，對杞子幽默了一下：「一定是這幫孫子覺得我講得不錯，就先斬後奏了，他們眞搞笑，這完全是自己手裡玩著專制，卻去找別人要民主嘛。」

「你還在騙我……你到底要欺瞞到什麼時候？」杞子提高音量。

舜玉扯扯杞子，示意他們另找地方去理論。

杞子穿著蓋過屁股的咖啡色圓領帶翻帽的大套衫和咖啡色帆布運動鞋，黑色緊身褲，兩條瘦腿像失群的小雞兒似的，沿著綠化帶孤單無措地走著，眼裡滾下淚來。

「如果你眞的要參加團結會，」她眼淚沒乾，「至少應該跟我商量一下。」

「我也沒想到……我只給他們提了些建議……沒想到他們……」源夢六輕輕地說。

「你知道，我爸會第一個反對，我媽一定站在我爸那邊，到時候說什麼都沒用了。」

「我不參加，我聽你的呀。」源夢六去抱杞子，被推開了。

「你就是想去，我早就看出來了。」

「我要是想去，我就是孫子。」

「你就是孫子，你就是想去。」

「這是什麼話？我眞跟你說不清楚了。」

「……你騙我，我當初就不該相信你。」

「你怎麼像個家庭婦女一樣蠻不講理、胡攪蠻纏？」

「我？好，是我俗不可耐，配不上你這位高雅的詩人……咱們到此爲止。」杞子眞的動了怒，甩開手臂就走。

源夢六追上去。「杞子，你聽我說……無論如何，你應該相信我……」

一路拉拉扯扯，他不斷地解釋，她稍微消了點氣。他們走到藤廊下，長椅上已經有一對了，於是穿過藤廊，來到湖邊，在斜草坡上向湖坐了，一些還沒舉起來的新荷葉漂在水面，鴛鴦游動。

「杞子，你臉色一變，我腳踝這兒就疼。」他教她滑冰時扭了腳。

他把杞子的手放到受傷的部位，發現白襪子有點髒，又將她的手放回原處。

他的俏皮話不管用，杞子沒有笑，波光在她臉上蕩漾，她看著湖水，似乎馬上要做出某個重大決定。她的眼淚一直不斷，流聚到鼻尖，再砸在她自己的手背上。

「杞子，我眞冤，氣死我了這幫孫子，一定是黑春的餿主意。我這就去找他們，把我的名字拿掉，再亂來我跟他們急。」

源夢六站起來，杞子敏捷地拽住了他。她依舊看著湖面，擦掉鼻尖上垂懸的淚珠。「你叫別人鋌而走險，自己卻要當縮頭烏龜，不丟人嗎？」她猛然抬頭看著他，「你不能言行不一，你已經沒有退路。」

「我沒有言行不一，你知道我是不會參加任何組織的。你放心，我會推掉的，我的事兒多著呢，誰也不能把人趕鴨子上架！」

「你推了也沒用，說不定你已經被監控了。」

「我現在要吻你，讓他們用望遠鏡放大鏡顯微鏡偷窺好了。」他抱著她。

「咱倆算完了。」杞子有氣無力地說。

「什麼意思？」

「散了吧。」

「分手？」

「嗯。」

「為什麼？」

「沒有前途可言……無論如何，我是要出去的。」

「當然。杞子，這是咱們共同的人生計畫。」

「我的事與你無關。」

「你是我的未婚妻呀……」他把她的身扳過來面對自己，「杞子，什麼事情都沒有你重要，我可不想失去你，我現在就去跟他們說清楚。」

杞子看著他，慢慢地嵌進他的懷裡。「我也不想失去你……要和你在一起。」

她的臉蹭著源夢六的胸膛，摩擦出山盟海誓的火花，這火花使他們的臉與眼眸如午間的陽光一樣明媚。他們溫柔地對視，四目相焊，什麼也不能將它們割斷。他使勁攬緊她的身體，直想將她摁進五臟六腑，並低下頭深深地吻她，一切在熱吻中脫胎換骨。

「我想聽你吹一曲，〈傷別離〉吧，好不好……」杞子說道。

「我沒帶塤。」他的嘴現在可不想幹別的，只想親她。

她立刻從他褲兜裡摸出了塤。「誰都知道，你人在哪裡，塤就在哪裡。」

「換一首不行嗎？」他心想，好好的在一起，幹嘛要傷別離。

「不，就那首，我最喜歡的。」

「不如我教你吧，其實很簡單……」

「我不學，我就要聽你吹。」

「有什麼獎勵？」

「看你的表現了。」

「……先親一口。」

## 10

源夢六完全控制不住說話的欲望，彷彿遇到了幾十年的老朋友，他並不指望善來的回應，自說自話，感情好像擰開了閥門，各種憂傷、沉湎、愧疚的複雜思緒一起湧現。如果往事是一件織成的毛衣，這時他找到了線頭，正將它們慢慢地拆散：

「像你這樣，是不能了解的……我跟你說，黑春是最優秀的詩人，他就是那副模樣——他是他自己虛擬的國王，虛擬的……各種罪犯……他的想法有可取的，也有不合情理的……他還活著？或者死了？變成了灰燼？誰知道呢？沒有人知道，毫無音訊……他的東西是我清理的，我全部轉交給了他的父母，基本上算是遺物——我們都是這麼認爲的，因爲，失蹤的，遠不止他一個人。醫院、路邊、殯儀館……都找遍了，失去孩子的母親們哭得天昏地暗……」

「你爲什麼要逃走？」小浣熊打斷源夢六，巧克力顏色的圓眼睛發出兩道疑惑的冷光。

「呃……我不是逃……」源夢六解釋不清，握起拳頭，慢慢地咬著指關節，彷彿那裡頭才有體面的答案。

小浣熊合上書。「你是一個懦夫，貪生怕死的膽小鬼。」

源夢六木然點了一下頭，仍舊沉浸在自己思緒裡，雙手交叉摩挲自己的手臂，彷彿感到有點冷。

「說得對，這是我迄今爲止聽到的……對我最中肯、最得體的評價。我在醫學界的名聲，是虛妄的。我柳葉刀下活命的，遠沒有死去的多。什麼權威期刊發表學術文章，道貌岸然的專業分析，拋頭露臉，不過是花幾個錢，買下幾個版面得來的……所以我們盛產沒有靈魂和洞察力的專家，還有沒心沒肺的酒色之徒。權威嗎，我從來沒覺得，倘若是作爲一個詩人……咳！我有自知之明，在一個金錢所向披靡的社會，魚目混珠泥沙俱下，是金子不一定就會放光，金子被埋了多少層呢？我是說……時代的垃圾太厚了……沒有菁英意識，要談風骨，就是喝西北風，那叫北風刺骨……」

源夢六舉起食指擦擦鼻梁，恢復自我環抱的姿勢，繼續喃喃自語：

「——那眞是一個超級混亂的年代……群眾搶購觸目驚心，草紙、電池、服裝、電器……人都瘋了，什麼都往家裡拖，有人一次買下二百斤鹽，那得吃多少年呢？有人買八百盒火柴，有人拖回一板車洗衣粉……商店可是不敢敞開門營業，在門縫裡一手交錢，一手交貨。排隊搶購的隊伍互相咒罵，甚至打了起來……別以爲我在這兒胡說八道，不信你去問問……呃……

「又十年，世風日下。如今醫院的事我最清楚不過，看病的人，在開藥時候，千萬不可以無所謂，這是一種暗中較量，與在農貿市場討價還價不同，那時你是買方會主動的多。而現在你渴望身體早點康復，開什麼藥又取決於醫生，很大程度你只好聽之任之。你要做到是一定說話謹愼小心，不要幻想醫生具有善良、同情、誠實的心靈淨土和懸壺濟世的醫德觀念……公立醫院已經變成生意場，效益掛鉤使醫院各個科室奔波競逐，科室承包、開單提成、藥品回扣同醫生的個人收入聯繫在一起，醫生講實利，只要有利可圖，隨便怎樣都可以。他們開處方時盡選很貴的藥……那些治療有效、價格便宜的藥品處方上越來越少了……還有藥品不合格，導致醫療事故，老百姓對醫院的信任危機不斷蔓延……」

「你好像在說，一個國家，因爲吃藥吃壞了。」小浣熊的態度有所轉變，似乎產生了一點交談的興趣。

源夢六詫異地瞪著小浣熊，彷彿突然發現他的存在。

「人人都像你一樣同流合汙，只會病得更重。」小浣熊語重心長地說道。

照舊天氣不錯。小浣熊身穿寶石藍的豎領小長衫，袖口往外翻了兩圈，兩眼明亮。他縮起腿，像隻貓那樣蜷在鞦韆架上，那一本正經的表情，使他帶著嬰兒肥的臉更加稚氣：

「二千六百年前，有一艘大船遇到風暴，在一個荒島失事了，一些漢人、胡人、苗人和藍眼睛人被沖上岸來，留在島上，在這兒生衍繁息，他們就是天鵝谷人的祖先，後來……」

一個牙齒如鋼刀般閃亮的年輕人從樹影花枝中走出來，說道：「善來，好久沒聽你編故事了。」

善來聞言彈了起來，雙腳落下地，客客氣氣地叫了一聲：「千藏先生。」

千藏微笑著仿如玉樹臨風，他的身材勻稱禁得起任何形式的測量，他是無可挑剔的靈長類活物，讓人肅然起敬。

源夢六好像被海浪衝擊了一樣有點犯暈，但不失風度地迎上去：

「你好，千藏先生，又見面了。」

無可挑剔的靈長類活物製造出一個無可挑剔的斜嘴淺笑，彷彿正用果盤盛著它遞給源夢六。

「源先生，您……」——注意，他用的是「您」，禮貌而又冰冷——「原來是一位詩人，詩是天鵝谷的靈魂，您算是來對地方了。」

源夢六的心像道敏感的傷疤感覺到天氣的變化，隱隱疼痛。他煞有介事地看看周圍，藤葉輕舞，石榴花正在飄落，草地上鋪了一層紅暈。

「準確地說，我是一名外科醫生。」源夢六挺直脊背，話劇腔一板一眼，「如果勉強說我是詩人，也只是在病人的肉體上寫詩，只用技術，不需要危險的想像力。」

「您認爲肉體之病與精神之病，哪種更需要治療？哪種對生命更具危害性？」靈長類活物坐上鞦韆架，把豎起耳朵的善來抱起來放在身邊，腳尖踮地一撐，鞦韆輕輕盪起來。

「都不如一個國體的病。」源夢六嘟囔一句，似乎不打算談這樣的話題。他用腳在落花上碾來碾去，看著那些花瓣慢慢變成粉泥，花香混合著泥土的特殊氣味，像發酵的五穀雜糧。他知道千藏並非閒著無事瞎磨蹭，第一次見面，他就知道這個人不好打交道。

靈長類活物聞言，左腳點地，煞住鞦韆，源夢六的回答出乎他的意料。

「難道，貴國之體已病入膏肓？」他用那種叼著雪茄的神氣問道。鞦韆又小幅度地擺盪，因爲善來下地推了一把，然後噌地跳回原位。

「對，他們的國家就是吃藥吃壞的。」善來一隻手抓著鞦韆繩，一手指著源夢六，「而且，他是個同流合污的膽小鬼。」

「善來，」靈長類活物把小浣熊攬過來，手臂穩穩地圈著他。「你先聽著，稍後再發表意見。」

源夢六感到自己成了甕中之鱉，被兩個小孩兒撥弄著，心裡有點惱火，他克制住那股不快的情緒，以一貫謹慎的語氣說道：

「世界上到處都是遊手好閒和睡懶覺的人，很多人在牌桌、色情場所、美容院，以及吃喝玩樂上打發時間，對社會不關心，對乞丐不憐憫、對父母不孝敬、對兄弟不體恤，內心不夠柔軟，眼裡只有利益……」然後，他像徵求意見似地望著千藏與善來，「我想，人性是普遍如此的吧？」

「那倒不一定，源先生，」靈長類活物兩腿著地穩住鞦韆，目光炯炯，露出那種辯論者特有的神采，「一個國家發瘋了，就會拿知識分子開刀，天災人禍，文化倒退……」他無奈地搖搖頭，以一種失望的語氣說道：「你知道，大饑荒的殺傷力大到什麼程度？相當於一九四五年八月九日投向長崎的原子彈的四百五十倍，慘烈程度遠遠超過了第二次世界大戰——我不誇張，一點都不誇張。」

源夢六對這頭靈長類活物例舉的資料毫不懷疑，因爲他有一種讓人無條件信任的人格魅力，他的言論，就像他本人一樣眞實可觸。但是，這些資料從他嘴裡吐出來，就像間諜竊取了你的國家機密，還拿來在你面前炫耀，告訴你被蒙蔽的天眞無知，就算是把它看作一種羞辱也不爲過。

「歷史嘛，過了任人打扮的時期以後，終究會素面回歸……」源夢六極力掩飾內心的狂躁，忽然有股莫名的痛苦侵襲，就像一個丈夫，某一天，從一個外人嘴裡知道賢淑的妻子原來老早就不忠於自己，他既要表現對妻子的信任，維護她的聲名，又要在外人面前保持男人的風度與尊嚴——源夢六心裡被一把毛刷子刷得十分難受，說起話來也就心不在焉含含糊糊的了：「墨子在宇宙論、數學方面有不小的貢獻，但他的苦行僧的主張違背了人類享樂的本性吧……墨子清苦自律是他個人的事，要別人也這樣做，就沒道理了。不過，他老人家認爲能吃飽、穿暖、房夠住、車能乘就好，一切不實用的、過度的享受都要廢止，不過分；問題是，我們當時的絕大部分人民吃不飽穿不暖沒房住更沒車子坐……各種醫療、就業、教育、法律等制度都還沒有完善……民怨堆積……」

「你說話像個打馬虎眼的政府官員。」善來說道，他跳下鞦韆，躡手躡腳地捉一隻停在樹葉上的蜻蜓，蜻蜓輕巧地飛了，他望著它遠停在更高的藤葉上，「聖王縫製衣服，只是爲了讓身體舒適，肌膚暖和，而不是爲了顯示華貴，向人們炫耀。人們做衣服，用黃金鑄帶鉤，用珠玉做環佩，閒適奢侈的生活，對國家絲毫無補，甚至會造成嚴重的危害……物欲橫流，道德淪喪，人人發假誓，到處都是僞基督徒……」他跳起來撲向蜻蜓，一路追過去。

「千藏先生，善來……他知道自己在說什麼嗎？」源夢六小心地問道。

靈長類活物再次呈現一個無可挑剔的斜嘴淺笑，不過，這次的果盤裡添了新的東西——那種不屑一說的樣子，有點像吃飽的大肉蟲，昏聵地趴在葉片上，什麼也不想，吹著和風，曬著太陽，懶洋洋地拉出幾粒黑屎。

把昆蟲拉屎和一個漂亮完美的青年才俊的笑容扯上關係，似乎不太雅觀，但這就是源夢六當時的感覺。他後來明白千藏的笑容大有深意，在天鵝谷，七八歲小孩的智商通常已經達到成年人的水準，他們的思想在十歲以前完全成熟，這種令人震驚的大腦發達，證明天鵝谷的基因理念完全正確。

天鵝谷適合生活居住，環境氛圍無可挑剔，到處是精緻婦女和完美男人。在北屏，只有進高檔的夜總會才能見到那麼整齊標致的人類，那些開著法拉利、有高學歷的貌美妓女，和檔期排滿氣質賽過亞蘭・德倫、葛雷哥萊・畢克的年輕鴨子，當你不消費，他們那打量芸芸眾生的眼神偶爾落在你身上，像羽毛一樣輕輕飄過，你只能看他們嘴唇緊閉，似笑非笑，彷彿朝你吐一個字，就會蹦出一枚哐噹作響的金幣。當然，源夢六並非那兒的主顧，他對風月場所的興趣時好時壞，有時沉迷，有時厭倦。有一回，一個病人被摘了膽以後人生觀急劇轉變，認爲活著應該及時行樂，特地犒勞源夢六，帶他去「非常特別的地方」，那地方是男人的天堂，提供五花八門的服務，三P、四P、捆綁、懸吊、倒立、水裡、空中，當然還有花季處女。一般來說，男人碰到那種嫵媚冷豔混雜外加氣質高貴逼人的女子，就像弱小國家面對超級大國，會因巨大的心理壓力造成陽萎，即便他優雅地甩出一大沓鈔票，心裡還是發虛。源夢六當時對一個絕色女子動了心，當他牽了女子打算開房，發現她開的是法拉利敞篷跑車，他便不行了，他沒有勇氣去搞一個闊綽冷豔的尤物，於是掏盡了身上的現金打發好女子，灰溜溜地走了。那一刻他知道自己永不能在這個世界上如魚得水，他並不適應大泱國這個患著皮膚病以及內裡嚴重潰爛的社會。這便是他喜歡天鵝谷的原因，那種新鮮蔬菜一樣的自然、樸素、單純、平靜，彷彿連沁涼的風裡都飄蕩著維生素，你感到皮膚濕潤水滑，心情像漂泊無形的雲，沒有歷史的重壓，在美好姑娘的身邊，不時伴隨劇烈心跳和荷爾蒙分泌，每天生活在一種初戀的氛圍當中，血脈裡慢慢有一股眞正的高尚氣質入侵——那種無私，坦蕩，遠離世俗與日常之上的氣息到處瀰漫，在穌菊里的髮際與談吐間，在天鵝谷人的充滿修養與淡定的態度上，他愛這個脫離了低級趣味的地方。

早上，太陽像一夜承歡的婦人，起得很遲，九點多才抬起慵懶的身體，倦怠無力，瞥了一眼人間，就躲起來梳洗打扮去了。

千藏邀請源夢六去看插秧儀式，路上風光美豔，千藏慫恿他賦幾首田園詩，慢慢恢復詩人身分，他還率先口占一絕，請源夢六批評。

看著自己在鬆軟泥路上踩出的凌亂腳印，源夢六心想賦幾首田園小詩恢復他媽的詩人身分，這樣的話眞是愚蠢透了，只有你們才有閒情把詩歌這頭勇猛的藏獒當哈巴狗養，詩歌是一場烈火，而不是修辭遊戲，大泱國人寫詩，從來不會像大姑娘繡花。

他一聲不吭，勾了頭繼續走路，他沒有底氣說這番話。

公道地說，田園風光確實不賴，和你見過的、聽過的、想像的都不一樣，適合不得志的隱居者在此一邊虛情假意地種地，一邊等著朝廷的馬蹄聲，造出口是心非的絕世妙句。道路兩邊是開著小花的荊棘叢。偶爾冒出火紅的野玫瑰。溝渠邊是香味濃烈的野芹菜。遠處山坡上的雜花野草中，突然長出一棟蘑菇似的白房子。

源夢六閉口不談詩歌。他們無話可說。沉默地穿過一片荷塘，在荷花盛開中走向茂密的果樹林。這裡是花海，蜜蜂、蝴蝶、飛鳥……嗡嗡營營。鶯聲嚦嚦，這充滿花粉味的喧囂，就像農產品貿易市場，或者某種集會場所，眼花撩亂中，耳邊漸漸只剩一片轟鳴，轟鳴聲越來越強烈，越來越眞實，彷彿正緊緊逼壓過來，並且，馬上就要從自己的身體上碾過去了。

INK PUBLISHING

# 讀者服務卡

您買的書是：________________________________

生日：　　年　　月　　日

學歷：□國中　□高中　□大專　□研究所（含以上）

職業：□學生　□軍警公教　□服務業

□工　□商　□大衆傳播

□SOHO族　□學生　□其他 ____________

購書方式：□門市 _____ 書店　□網路書店　□親友贈送　□其他 _____

購書原因：□題材吸引　□價格實在　□力挺作者　□設計新穎

□就愛印刻　□其他 ____________（可複選）

購買日期：_______年_______月_______日

你從哪裡得知本書：□書店　□報紙　□雜誌　□網路　□親友介紹

□DM傳單　□廣播　□電視　□其他

你對本書的評價：（請填代號　1.非常滿意　2.滿意　3.普通　4.不滿意）

書名_____　內容_____　封面設計_____　版面設計_____

讀完本書後您覺得：

1.□非常喜歡　2.□喜歡　3.□普通　4.□不喜歡　5.□非常不喜歡

您對於本書建議：

感謝您的惠顧，為了提供更好的服務，請填妥各欄資料，將讀者服務卡直接寄或傳真本社，歡迎加入「印刻文學臉書粉絲專頁」：http://www.facebook.com/YinKeWenXue 和舒讀網(http://www.sudu.cc)，我們將隨時提供最新的出版活動等相關訊息與購書優惠。

讀者服務專線：（02）2228-1626　讀者傳真專線：（02）2228-1598

| | | | |
|---|---|---|---|
| 廣 | 告 | 回 | 信 |
| 板橋郵局登記證 | | | |
| 板橋廣字第83號 | | | |
| 免 | 貼 | 郵 | 票 |

舒讀網「碼」上看

235-62

新北市中和區中正路800號13樓之3

**印刻文學生活雜誌出版有限公司　收**

讀者服務部

**姓名：**＿＿＿＿＿＿＿＿ **性別：**□男　□女

**郵遞區號：**＿＿＿＿＿＿＿＿

**地址：**＿＿＿＿＿＿＿＿

**電話：**（日）＿＿＿＿＿＿＿＿（夜）＿＿＿＿＿＿＿＿

**傳真：**＿＿＿＿＿＿＿＿

e-mail：＿＿＿＿＿＿＿＿

INK

源夢六臉色刷白，慌忙伸手扶樹，整個人倒向樹幹，花瓣震落如雪，紛紛揚揚。

「源先生，您臉色不好，是不是不舒服？」千藏的語氣毫無關心，他在乎導致結果的原因。

「很抱歉，只是對花粉過敏。」源夢六回過神來，並裝模作樣地打了一個噴嚏，眼淚也就奪眶而出。

千藏挑起嘴角，擺出那種洞察一切的微笑。

源夢六猜他一定識破了他的謊言，道理很簡單，爲什麼在穌菊里家裡就不會花粉過敏？

千藏仍舊不緊不慢地走著，像是要故意折磨別人，並且撿起一朵花，翹起上唇，把花瓣頂在鼻子底下，使勁嗅了起來。

源夢六擦著潮濕的眼角，漫不經心地繼續說道：「也不是對所有的花都過敏，不知道到底哪一種花是我的天敵，也許不是單獨某一種，可能是幾種花混在一起……我沒有測試過……不過這是小事，過敏而已，沒什麼大不了的。」

千藏撩起長袍，大步跨過一道溝壑。「據我所知，過敏是人體對物質刺激的誇大反應，當然，也包括精神上的刺激。」他站在對面看著源夢六，眼神像要下雨的天氣。

這時候樹林裡突然躥出小浣熊來，他橫在路在間，頭髮沾著花瓣，渾身上下沾滿花粉，右手拿著一根削尖了的長棍，左胳膊肘圈著一個狗尾巴草挽成的火輪，臉上神氣活現。

「善來，去看牡丹了？」千藏說。

「是的，牡丹花開得好肥，那些傢伙長得胖乎乎的了。」善來回答。

不久，源夢六見到了善來說的「那些傢伙」，就是牡丹花上的蟲子，叫牡丹蠶，是千藏發明了牡丹蠶的新型養殖方法，這種花蠶絲強度高，可以防火、抗輻射、防彈、輕便暖和，並且花香不褪。很難相信這是千藏的功勞。不過，這種事在天鵝谷不足為奇。這裡不存在農民和知識分子的區別，一個農民，本身也是知識分子，一個知識分子，他同時是個農民，或者手工藝人，每個人既是體力勞動者，也是腦力勞動者，不存在職業歧視，人人平等。他們提倡博學，注重人才的全面培育，而不僅僅是成為某顆螺絲釘、某個問題專家，某一方面的能手，僅僅一小塊局限、片面的知識，除此之外彷如白癡。天鵝谷不存在專業與權威的壟斷，不會有所謂的權威隨便放個屁，誰都得白癡一樣地聽著，做筆記，沒有置疑和反駁的能力。

源夢六由牡丹蠶絲的防彈功能想到了軍火，牡丹蠶就是天鵝谷製造軍火的子民，你不需要給牠們開工資、提供福利、食宿，也不用擔心牠們遊行、抗議、罷工、違法亂紀，春蠶到死絲方盡，牠們恐怕是這個世界上最安分守己的良民。他想到大泱國地大物博，有那麼多的土地種花養蠶，牡丹、菊花、桃花、梨花、百合花……假設每個人都穿這些花蠶絲綢，薄如蟬翼，又刀槍不入，個人安全生命係數顯著提高……他們甚至還可以研究用天然名貴中草藥養蠶，說不定能創新出治療不治之症的良藥，在醫學界扔下一顆重磅炸彈……申請科學研究發明的專利，摘下諾貝爾獎，名留青史。

源夢六一陣胡思亂想。

沒有人問起他過去的生活，他來此地的途徑和原因，他們好像天生沒有好奇心，彷彿他只是一個投靠生活的遠親，溫和接納，妥貼安排之後，避免觸及他悲傷的往事，將溫暖敷上他隱蔽的傷口，有種滴水石穿的祕密執著。他倒是很想打開記憶裡的那口舊皮箱，抖掉歷史的霉味與灰塵，痛快地說上一陣。

他們已經走出花果樹，正經過茶葉梯田和採茶的姑娘。

或許彼此戒備，仍是話不投機。

一陣女人的歌聲飄蕩，明亮乾淨的歌喉唱得雲開霧散：

飄在那方的那朵雲啊／你托的是哪方的神仙／在雄川和奇峰中／呵咿，遊玩的神仙踏雲飄遊／晨露晶瑩的青菜園中／眉目清秀的那位姑娘／為了融化誰的心肝／呵咿，長得那般美麗動人……

「……真遺憾，錯過了插秧儀式，她們已經下田插秧了。」

披紅掛綠的姑娘們一字排在田間，邊插秧，邊歌唱，她們手起手落，迅速流暢，嘩、嘩、嘩、嘩，帶起的水花產生金屬般的聲響。靈長類活物說，水稻不是主要農作物，插秧只是天鵝谷人的休閒方式，——注意，是休閒——這些「社員」中間有教師、音樂藝術家、曲作家……不是面朝黃土背朝天的農民，你能在她們的勞動中欣賞到美和藝術，還有她們的快樂生活，而不是勞苦、貧窮與愚昧。大泱國有很多人，一輩子不溫不飽，不死不活，兜裡沒錢，死了還欠一屁股債，農村和城市的界線所帶來的歧視、區別與印痕，以及種種不良後果，全部壓縮、隱藏在個人命運的沉默當中，這是如浮游生物的普遍的生存狀態。

源夢六靠著土丘，嘴裡嚼著草根說：「善來，獅子喜歡吃什麼草呢，聽說用獅子嚼過的草敷傷會好得快。」小浣熊已經握了一團泥，正在雕刻一個什麼人像，看上去很像千藏的輪廓。他回答源夢六，很難說獅子喜歡吃什麼草，天鵝谷的草很多，早熟禾、高羊茅、黑麥草、狗牙根、剪股穎、白花三葉草、紅花三葉草、彎葉畫眉草、百喜草、馬蹄筋……還有些草根本叫不上名字，獅子要嚼上幾百種草混在一起才有治療奇效。小浣熊頓了一頓，接著說道：「你是醫生，應該學神農嘗百草，治病救人，老想著不勞而獲，是沒有大出息的。」

源夢六吐掉草根。「那是在落後的野蠻時代，如果好的醫生都上山去採藥嘗百草，病人只有等死了。況且，醫院自有一套分工運轉的模式。一個人不可能採藥、製藥，還要看病動刀……那是不現實的。」

「我說的是神農嘗百草的精神，精神，你不懂？」小浣熊正好雕完鼻子，舉起來，歪頭左看右看，彷彿是教訓他手上的泥人。「你們缺的就是『精神』，絕大部分病，你根本就發現不了，發現了的病，你根本就不懂治；你會治療的病，病人沒法等到你來治療，好不容易掛上了你的號，你又不給人好好治，結果呢，不過是病人自己在扛，扛過去了，算你治的；死了，那是因爲華佗再世，也無力回天。所以，其實醫生們什麼也沒幹。」

公共食堂是一棟單層蘑菇建築，灰色岩石外牆，上面是動物浮雕，有水牛、黑狗、飛鳥和金魚。大門敞開，窗玻璃上塗著彩蠟圖畫。餐廳不大，木牆、木地板、木頭桌椅，氣氛古樸溫馨。人們陸續坐下來。有人將大酒壺裡糯米酒分進小壺，杯、碗、筷色調和諧，擺得勻稱、美觀。

食物上桌，有蕎麥餅、玉米棒子、血豆腐、酸湯魚、臘肉、水果沙拉、三文魚、壽司、四喜飯……源夢六已經能道出不少菜名，他喜歡蕎麥餅和三文魚，早就餓了，正要舉筷夾菜，發現大家都不動手，原來飯前有儀式。

一位牧師模樣的男人從懷裡摸出一本小冊子，清了一嗓子，鬍鬚顫動，他讀道：

「『……你們要小心，不可將善事行在人的面前，故意叫他們看見。若是這樣，就不能得你們天父的賞賜了。所以你施捨的時候，不可在你前面吹號，像那假冒僞善的人，在會堂裡和街道上所行的，故意要得人的榮耀。我實在告訴你們，他們已經得了他們的賞賜。你施捨的時候，不要叫左手知道右手所作的。要叫你施捨的事行在暗中，你父在暗中察看，必然報答你。你們禱告的時候，不可像那假冒僞善的人，愛站在會堂裡和十字路口上禱告，故意叫人看見。我實在告訴你們，他們已經得了他們的賞賜。』──好，就念到這兒，吃飯吧。」

有個年輕人在旁邊吹笛子，清洌的旋律波光粼粼，帶點豐收的喜慶。氣氛輕鬆、優雅，大家慢聲靜氣地吃飯，斯文有禮，很少聽到碗筷碰撞的聲音。也有人用的刀叉。他們用天鵝語交談，偶雜摻幾個漢語詞彙，比如「靈魂」、「輪迴」等等。他們的笑是天鵝谷式的，很節制，只見笑容，沒有聲音，不時發出一個簡單的音節，比如哧、噗、嘿。幾十個人吃飯，不喧譁，不嘈雜，不像北屏餐館見到的食客那樣吵鬧、叫囂與放肆，他們的咀嚼節制輕微，動作像餵食嬰兒一樣小心。

談論靈魂和死亡、精神與理想，是他們的家常話。

有人說，人借著自己的義潔淨自己，人生前所做的便是自己最終的結局。於是小浣熊提出了「靈魂是否不朽」的問題，沒有人將他看作孩子，他的問題了得到認眞對待。

「上帝是用身體和氣息這兩樣開始的，上帝把這兩者合起來的時候，靈魂在這樣的情況下存在了。人死的時候，靈歸回上帝，身體歸回塵土。《聖經》中沒有任何地方記載，說靈魂離開身體活著或到處走動。靈魂或生靈，若沒有上帝的生命的能力住在身體裡，是不可能存在的。」牧師模樣的人說。

小浣熊眼睛一眨不眨地看著說話者，想了想說道：「是這樣……假設我有木板和釘子，再拿錘子把釘子釘在木板上，做一個箱子，我就有了三樣，也就是板子、釘子、箱子。如果把釘子從箱子裡拔出來，又只有釘子和板子，箱子不見了，因爲箱子只在釘子和板子結合起來才存在，」他看了千藏一眼，尋找鼓勵，又或是期待贊許，然後小心翼翼地下了結論：「——靈魂就是一只箱子。」

「靈魂就是一只箱子。」千藏點頭表示同意，他說善來將來會成爲傑出的哲學家，然後話鋒一轉，說道：「不如請大詩人談點什麼。」他轉向源夢六，源夢六頓覺蓬蓽生輝，「源先生，佛教有生死輪迴之說，您怎麼理解生與死？」

源夢六不信輪迴，但不否認人生是一場苦難，卑賤窮困榮華富貴都是苟且偷生，當精神脫軌，理想失蹤，靈魂便是一只空箱子，再多語言也塞不滿這個巨大的虛空。他不能丟臉，於是像外科醫生對待手術那樣謹慎起來，他的英語比較流利，只是話劇腔的味道更重了。

「有生，必有死，中國哲學家老子說，一個人，與道同體，才可不朽。有人貪生，所以怕死。有時候，生命的價値恰恰在於——死亡。有人的信念重於生命，理想大於個人。有個成語，叫死得其所，比如說爲了正義、光明、民主、自由等等，那應該是對生死的最好詮釋……」

源夢六起先是外交式的心態，原本言不由衷，他慢慢地說著，腦海裡翻攪起無數的英語單詞，那些詞彙像火紅的鐵探進他的血液，令他周身發熱，「爲了正義、光明、民主、自由」，多麼精采的說法，多麼有力的表達！他被自己感動了。一個人帶頭鼓掌。所有人都在鼓掌。掌聲變成轟隆隆的聲音，從四面八方逼壓過來。他感到有點支撐不住，差點昏厥倒地，他兩手撐著桌沿，這動作使他有點大將風範，他穩住神，那種費力的語氣與態度，使接下來的話顯得格外莊重：

「恕我冒昧，請問，你們天鵝谷，有沒有流血和犧牲？」

10

源夢六與杞子走近文學部的集體宿舍，便聽見黑春的聲音，正結合時局大談「寶塔事件」。當時屋裡昏燈光線慵懶，煙霧瀰漫，遍地菸屁股。人半現半藏，露出兩條腿的，擠出半邊腦袋的，剩個影子晃動的，簡直是一群邋遢神鬼開會。

黑春利索地從窗檯跳下來，彷佛穿過戰火硝煙，直奔源夢六，把那段七八公尺的距離走得意味深長。他抓住源夢六的手搖了幾下，笑著說「組織歡迎你們」，又調侃他，因爲他躲到溫柔鄉去了，找不到人，只好在重要團結會員缺席的情況下開會，希望他不要介意。

指縫裡的菸燒到黑春的指頭，他把菸頭扔到地下，腳尖碾了一圈，這才去握杞子的手。他見她小臉緋紅，朱唇微啓，雪白的脖頸連著一望無際的挺拔胸脯，只好低下頭，用自己的手看著她的手，等著那隻小手套進他的手來，像魚游向魚網，像鳥飛進鳥巢；像一個小婦人走進她的家門，屋裡有她的一切。但那隻小手彈跳著破壞了他的想像——杞子說聲「胡鬧」，把他的手打開了，她嘲笑他「對開會有癮」。

黑春聳聳肩，撇下她，請源夢六坐主持位——就是窗檯——大家都想聽他講話。

源夢六本是來退出團結會的，話還沒說出口，就被人抬上交椅下不來了。這時他已經看清屋子裡的人，白秋、蕎木、舜玉，還有幾位面熟，但叫不出名字，顯然都是智慧局的人。他和蕎木握了握手，發現他經歷這一段後，樣子老練了很多。可能是燈光的緣故，屋裡人個個兩眼發亮，彷彿已經歷了劇烈的討論與爭執，空氣裡還有些劍拔弩張的氣氛。

源夢六想，既然來了，再貢獻一點智慧，杞子應該不會怪罪。待要和杞子商量，杞子早已擠到舜玉身邊，兩人正打著耳語。於是他隨黑春坐上窗檯，一隻腳踩著暖氣管，手肘落在膝蓋上，背後是一窗黑暗和銀杏葉子沙沙的響聲。

「我認爲，團結會的會議，不宜以沙龍的形式開，團結會成立了，名單對外宣布了，接下來應該是設立機構、招募人才，民主機制是建設的關鍵。」源夢六開始發表意見，「一個組織首先要學會開會，這樣東倒西歪，抽菸、看書、吃零食，你一言我一語，沒有議程，缺乏紀律，只是浪費時間。」

全場鴉雀無聲。

短暫的靜寂過後，有人合上了書，有人掐滅了手中的菸，吃零食的閉上了嘴巴，打起精神坐直身體，望著源夢六。

黑春表示贊成：「這是團結會第一次會議，沒有經驗，需要一個逐步摸索改進的過程。」

「對，我建議大家看兩本書，一本是美國人寫的《羅伯特規則》，一本是中國人寫的《民權初步》，都是教人怎麼開會作決議的。我在大三的時候胡亂翻過，很有意思。」說這話的是杞子。

「對，我也看過，沒想到開個會也有那麼大的學問。」舜玉舉手附和。

源夢六一愣，馬上調整好情緒。「舜玉，你幫忙把這兩本書弄來，交給黑春。」

舜玉臉紅了。

又聊了一會，源夢六滑下窗檯，剛說要走，屋子裡頓時亮得刺眼，所有眼光齊刷刷的看著他，臉上的斑點黑痣粉刺青春痘失望驚訝遺憾不滿清晰可見。

蕎木首先站起來，影子落到地上。「夢六，個人的事，我們都放一邊了。你不能就這樣走了，團結會需要你。」

其他人跟著挽留，有人把門堵住了。

源夢六飛快地望了杞子一眼，說道：「我今天來，只是想請你們把我的名字拿下，我一貫不參加任何組織，除了文學。但不代表我不支持你們，如果有好想法，我一定告訴你們。」

杞子也站起來了，但明顯猶疑不定。「我們準備出國，已經沒有時間了。」

聽到這句話，黑春面色突然轉冷。他把臉轉向那窗黑夜，亂髮飛蓬，雙肩突然下滑得厲害。

「源兄，再考慮一下吧，團結會需要你的智慧。」蕎木婉勸，他天庭飽滿，清秀俊朗。

「一切逃避都是怯懦的。誰不想愛惜自己的羽毛？如果國家這張皮都爛了，個人這身華麗的毛附哪裡去生長？吃得驃肥肉厚又有什麼意義？現在圓形廣場的年輕人，哪一個沒有自己的人生理想和未來？」黑春突然語速飛快地說，帶著很濃的南方口音。

這番話使事情變得沒有餘地，源夢六在火藥味中拂袖而去。

「我最煩人裝神弄鬼來教我怎麼做人，怎麼做事！進了團結會，他就覺得自己是個人物，找不著北了，我愛不愛惜羽毛，他管得著嗎？他以爲他是誰？憑什麼當眾羞辱我？」源夢六邊走邊發火，他也搞不懂火從哪裡來，好像積壓已久。「我寫我的詩，我做我的事情，我不參加任何組織，我活我的，我礙著誰了？」

杞子感覺這火分明是衝她發的。

「我就是把羽毛拔光了，也不參加團結會，我也不在這兒待下去了。」

他一屁股坐在草地上，叉開兩腿。樹葉裡的路燈透著微光，幾隻飛蟲在相互追逐。

舜玉也追了上來。「你犯不著生黑春的氣，我看他沒有惡意，他就那副喜歡說教的糗樣。不過，你退出是對的。我告訴你，你們那天晚上在雙軌地的演講，被保衛科拍下來了，聽說錄影帶已經被送到安全部門了。」舜玉語氣小心，「要格外謹慎，我爹不許我出門，又給我下最後通牒了。」

源夢六從牙縫裡逼出一股氣流。「你和你爹一樣，只想著自己那點事。」

「我這是爲你好，你怎麼反損起我來了？眞是狗咬呂洞賓……我懶得理你，好自爲之吧！」舜玉一跺腳就走了。

夜色如水，不時有魚沉默游過，水草飄搖。

杞子心裡也不痛快。「好了，你想參加團結會，那去吧，不用委曲求全。」

「我跟你說過，我是一個詩人，我做事不會拘泥於任何形式。」

「我們這樣……顯得特沒勁，會被大家瞧不起。」

「大家？你是指黑春吧？你覺得我給你丟臉了……嘿，這結果不都是你弄的嗎？」源夢六陰陽怪氣，「你眞的在大三就看過那兩本書？恐怕只是在黑春那兒見過封皮吧。」有股莫名的醋意攪得源夢六不好好說話，她竟然當著他的面和黑春打情罵俏，他們之間的熟悉程度超出了他的了解。也許她和黑春之間早有一腿？他爲此隱隱不安，杞子的沉默加深了他內心的懷疑。

## 11

源夢六習慣了黃金馬桶和便盆，消化系統比以前更爲正常。他手裡玩轉鑽石彈子，心像掛在牆上的空吊籃，等著穌菊里的侍弄。惱火的是，穌菊里的態度曖昧，他吃不準她。她像一位相處多年的妻子，平淡安靜，說話時，很少正視源夢六的眼睛。通常，他只能看著她無限的臉、漫長的睫毛、遙遠的鼻子和永恆的嘴唇，她冷冷的，卻不過分，彷彿菜園裡的那道矮籬笆，是一條意志並不堅定的界線，抬抬腿就跨過去了。可源夢六一反往日的作風，也是矜持有度，以一隻兔子的敏感捕捉所有的風吹草動。他發現，惟一能使穌菊里兩眼氤氳的是聊他的過去。爲博美人側目，源夢六有時講些國內的驚天醜聞，或者人間慘狀，事後又很懊悔，覺得自己像個賣國賊。但爲了啓動穌菊里兩汪巧克力顏色的春水，哪怕是朝他蜻蜓點水似的一瞥，他都會不遺餘力，事先打好腹稿，度量、篩選，既不至於給國家抹黑，又能引起穌菊里的好感。

穌菊里想知道一個大國具體怎麼轉，靈不靈活，有沒有卡殼的噪音，加的什麼潤滑油，齒輪的磨損度高不高，需不需要更換零配件，甚或於換一台主機。源夢六不斷把她引到醫學的話題上來，他對她說，醫生擅長對身體機器的掌握，從遠古到今天，人體的器官組織都一樣，《黃帝內經》、《本草綱目》永遠不失時效，醫術對全世界所有直立行走的動物都管用。

穌菊里更關心國家的身體與疾病。

源夢六有個危險的預感，美女的智力一旦開發，男人的後果不堪設想。

這天是個好日子，穌菊里煮了黑茶，邀源夢六下圍棋，源夢六心猿意馬，連輸兩局。

穌菊里頭髮編成辮子纏了兩大圈，用貝殼夾子從後面固定。腳上穿著木屐，淺藍色裙襬下露出一截腳趾頭，衣服布料軟塌塌的，逢凹必陷。

「你今天的棋下得心浮氣躁，雜念太多，茶魂也會嚇跑的。」

她平靜地笑了。那是典型的天鵝谷式的笑，節制而美好，像一件青花瓷。

這一刻，源夢六覺得櫻桃熟紅了，椰子沉甸甸的，葡萄架風起雲湧。

「你笑起來特別好看，爲什麼不多笑呢？你一笑，花草樹木都歡快了。」

穌菊里笑得更眞實，彷彿發了一張特別許可證，源夢六敢於說些俏皮大膽的話了。當然這僅是小試牛刀，他心裡裝著更有意思的，只待穌菊里政策更寬鬆的笑。但穌菊里的笑像春天裡冒出來的芽尖，並不綻放，她液態巧克力似的眼睛也隨即凝固，思維大跳躍：

「對你來說，一把柳葉刀，能給國家帶來什麼？」

樹葉沙沙地響。殘敗棋局黑白分明。

源夢六捏杯小啜一口黑茶，動作緩慢，輕輕放穩杯子，這才說道：

「一花一世界，一木一浮生，也許，我能給病人一個新的世界，一個經歷了恐懼、血腥、疼痛以及反省之後的健康世界。」他頓了頓，將前傾的身體靠向椅背，手臂搭在扶手上，彷彿這些事令他疲憊不堪：「你知道，刀子切開一個人的肉體，很容易，太容易了……有時候，割走一塊瘤，挖掉一個毒瘡，摘除一顆壞掉的腎……無非是救了一個貪官、一個強盜、一個死一百次也不足惜的惡人……這些人是國家的支柱呢，國家用納稅人的錢給他們換良心、裝假肢……你不知道，有些貧窮的腎、飢餓的胃、善良的各種器官，無可奈何地死在醫院，或者家中，我對此毫無辦法。」

最後幾句源夢六說得尤為動情。他很詫異，他的臉皮竟然這麼不薄，彷彿他果眞為芸芸眾生盡了全力，尤其是對那些在社會上、經濟上赤貧無依的人。事實上他執刀以來，從不關心病人的身分與貧富，心裡從來沒有出現過同情與憐憫，他不過是拿著自己的薪水過自己的日子，或者說，憑著自己的能力，打發自己的餘生。令人費解的是，他的眼睛居然濕漉漉的了，像傾訴失敗經歷的革命者那樣，不時流露出某種東山再起的意氣。

他的樣子打動了穌菊里，她幾乎有種跟他握手相慰的衝動。

「人類總是這樣，欲望發展到巔峰，內心的魔鬼也都釋放出來了。國家就像一個人，性格裡總有這樣那樣的問題，但是，歸根結柢，任何一個沒有建立牢固道德觀念的地方，都將是一團糟。」穌菊里歎口氣，轉而語氣欣慰地說道：「我們的醫院像漂亮的古鎮，依山傍水，看病吃藥，全部都是免費的。」

「全都是免費的？」他驚訝且多餘地重複穌菊里的話，想起黑春描述與嚮往的理想景象，竟然就在他的眼皮底下。

「嗯。醫生都像你的親朋至友，病人會在醫院能享受到家庭式的溫暖與照顧，醫院伙食也不錯。」

「不用走後門找關係？」

「我們有先進的醫療設備，也有足夠的床位與空間。」

「關鍵是你們人不多，又都健康美麗，很少生病。」

「不，關鍵是我們有優秀的基因。」穌菊里扭腰站起來，漫不經心地說：「千藏帶你去的地方風景不錯吧，你……到了那兒仍沒有寫詩的衝動？」

「沒有。」源夢六果斷地回答，「如果人身上的詩歌細胞全被燒死了，不可能復活，和生命一樣。」

按穌菊里的說法，天鵝谷的人口受到嚴格限制，不得過分集中，除郊區外，鎮裡規定只能住兩千戶，每戶的人數也有限制，超額則將多餘人口移到別的地方另拓荒開發城鎮。每百戶人家配有一個教堂，教士由專門機構自小培養，很受尊敬，他同時還擔任一個行政職務，比如佰戶長、什戶長；教士的妻子必須是天鵝谷的優秀女性。罪犯以及智力平常的人禁止生育。他們的宣傳口號是：

「保證人口素質，從基因著手。」

「讓最好的精子與最美的卵子結合。」

放眼五百公尺，能看見源夢六和穌菊里，一白一黑兩個影子，正順著青草山坡的羊腸小徑往遠處走。因爲是去教堂，每個人都經過特別梳洗，皮膚透著水果香氣。穌菊里穿著素淨的亞麻長裙，裙邊和袖口鑲了彩色羽毛，做工精細的貝殼項鍊貼在脖子上，頭髮仍是編成髮辮，在頭頂盤好，一把彎月形的梳子卡在髮盤頂心，像聖母頂著一圈光環。源夢六按她的吩咐，換了對襟長袍和布鞋。這身裝扮很適合他。

一路遇到其他去教堂的人，表情肅穆慈祥，都不說話，只是互相點頭，或揮手致意。源夢六緊跟穌菊里，不時低聲問她兩句，穌菊里簡短回答，或是不明其意地「嗯」上一聲。那情形，就像兩口子鬧完彆扭，男的小心說話，女的又不怎麼願搭理。

那對身影就這樣一路走到山頂。風突然變大，頭髮和衣裙被搗騰得啪啪亂飛。源夢六揣著溫熱的情感放眼四望，太陽萬丈光芒，遠處那條堅硬的河流披甲戴冑，散發英武的金屬光澤。他不知道這是不是他見過的那條河，一道泥灰色城牆從地裡長出來，綿延而去，每隔數十公尺便有望樓和雉堞，像中國的萬里長城。那條河正從圍牆下淌過，牆根下的灌木叢茂盛，開著花的枝條探向河面，戲水嬉玩，似乎在輕蔑地提醒你，除非你是天兵天降，否則甭想從這動靜結合的兩條防線中攻進城來。

穌菊里迎風，前胸兩峰挺立，連兩腿之間微微隆起的小丘，也被塗描得清清楚楚，活像一具披著斗篷的裸體，身上凸凹的神祕地形，正是戰火連綿不絕的重要原因。

源夢六在短暫的時間內設想了突襲的後果，以及正面進攻的結局，他甚至想過將自己的行爲歸結於周圍環境的慫恿，就像有人因爲天氣悶熱動手殺人。

當然他什麼也沒幹，眼睜睜地看著穌菊里轉過身，風把她吹得圓鼓鼓的，瞬間又癟了下去。什麼也沒做成，但維護了一個詩人該有的矜持與孤傲，即便穌菊里皮膚發出古銅色光澤，像綢緞一樣潤滑。

源夢六並不關心教堂在什麼地方，遠處冒出森林的白色尖塔可能就是目的地，他倒想這樣散漫地走下去。穌菊里的裙襬不時撲到他的腿上，調皮地拍打幾下。有幾回，源夢六以爲她馬上要跌到他的懷裡來。他兩條飽受戲弄的腿麻一陣，酥一陣，酸一陣，甜一陣，胸腔裡一會兒滿了，一會兒空了，那顆心彷彿小腳女人的步子，顫巍巍抖了一路。

根據自己和穌菊里之間的距離變化，源夢六琢磨她的心理也在波動，他留意到一個小的細節，從山下到山頂的過程中，她和他之間的距離，由三公尺縮短到二十公分，由此進展推算，幾十公尺之後，兩人將實現驚心動魄的零距離。

不過，源夢六的數學計算法並不管用，他們突然拉開了距離，因爲他停下來，打量城牆上那個懸著的滾圓物體，像一口四周垂掛流蘇的鐘。這口鐘在晃盪中小幅度旋轉，突然轉過一張紙白的臉，裸露雪白的牙齒，雙眼圓睜，藍色的眼珠子像玻璃球突起。他感到有兩道藍光從眼前一晃，那張臉便背轉過去了。饒是源夢六身經百戰，在血糊糊的人身上切這割那，見過死人，看過人死，仍被這孤零零、恐怖猙獰的人頭嚇了一跳。這個倒楣的、大殺風景的人體殘塊，像一聲銃槍，將他內心的愛情麻雀轟得一乾二淨，只留下幾片雜毛在風中亂翻。

穌菊里看了他一眼，神情寡淡地說：「天鵝谷其實不會輕易處死罪犯，一般是用苦力重罰，因爲，讓他們勞動，比處死他們更有益。」她用手壓住飄起的裙襬，源夢六恰好看清她手腕背部的刺青，那朵漂亮的罌粟花，開得豔麗迷人。

「那個……爲什麼……」他伸出僵硬的手指，那個人頭很配合地轉過臉來——一個高大俊朗的白種男人的頭，唇上及下頷蓄了極短的鬍髭。「他犯了什麼罪？」

穌菊里捋了一下額頭，那兒有幾根頭髮被風弄到眼睛上了。她繼續走路，像是談論洗臉刷牙，鋪床疊被的日常生活那樣，說道：「通姦罪。綁起來吊了兩天，半死不活的時候，再解下來，趁他的心臟還在跳動，割下他的器官，挖出他的肚腸，撕開他的心肺，放到火上燒成灰。最後……」她轉過身，對源夢六做了一個砍剁動作，「最後才是支解，人頭放到城牆上懸掛一周。」

瞬間，源夢六的血液似乎凝固了，彷彿有刀片塞進牙縫，全身肌肉泛痠，背上涼颼颼的。他不止一次聽黑春談論酷刑對社會穩定的作用，讓老百姓聽聽犯人痛苦的慘叫，目睹臨死的慘容，對個人內心的衝擊與警示比任何形式的道德教育、法律制度都要管用，一槍斃命並不可怕，死得越快越沒痛苦，刑法的獨特魅力與威懾力，在於讓人想起來不寒而慄，繼而天下服之。

眞正令源夢六心驚肉跳的，不是處置犯人的手法，而是穌菊里談論酷刑的神情，她用那種教你織毛衣的口吻，反挑、勾針、上針、下針，談論的只是一團絨線、幾根編織針以及手指頭的內部關係，必須有很好的心理素質才不至於噁心。

源夢六明顯能感到周圍突然暗得陰森，冷風直往身體裡灌，他雙手環抱裹緊自己。

不久，他在身著潔白長袍的教士的聲音中得到了慰藉，眼望教堂拱頂上巨大的浮雕，千萬支燃燒的蠟燭使他內心恢復溫暖。那些衣著潔淨的人們，面部安詳，伴奏讚神歌的音樂像森林裡飛翔的百靈鳥，他感受到漫無邊際的自由。

「無論如何，能有穌菊里這樣的姑娘，天鵝谷是美好的。」他想。

在教堂裡，他與她站得很近，肩抵著她的肩，感到她微微發抖，她的體溫再度啓動了他，彷彿她身上的血液流進了他的身體，他拿眼偷看她，她睫毛覆面，鼻子上有些不明其意的汗，他歡喜莫名。

教堂裡值得一說的，就是源夢六和穌菊里的那點身體接觸。後來，他們離開教堂，避開原路，繞到教堂背後，順著一條開滿三角梅的小路往樹林裡走了。林子裡遍地雜花。大樹根底的野草十分茂盛，枯枝敗葉落在草叢中，爬蟲在那裡頭弄出窸窸窣窣的響聲。越往裡頭走，濕氣越重，他們的頭頂上空蒙了一層稀薄的雲霧，呼吸著充滿腐葉、泥土、花香等混合一起的清新空氣，源夢六內心又溫熱如初，感到自己正漫步天堂小徑，潔白的天使活躍在穌菊里的衣褶裡，髮叢中，遍布她那交替前行的兩腿間。他時而望望山坡上生長的菸草、突兀的石頭、陌生的樹上滿開的無名花，時而將目光停留在穌菊里的裙褶間，不料想突然打出一個響亮的噴嚏，驚得樹上的鳥雀啪啪亂飛。

穌菊里用她健康結實的聲音對他說，山裡涼，如果覺得不適應，他們就打道回府。他搖搖他十指修長、蒼白而近乎透明的手，明顯感到自己血液的流速正在放慢，呼吸不太順暢，他不想半途放棄穌菊里說的那個「有意思的地方」，於是故作輕鬆地問了一句「這兒海拔多少公尺」，穌菊里說四千八百公尺。源夢六從沒到過這麼高的地方，他按下內心的詫異，就海拔問題說了句幽默話，把穌菊里逗笑了。

也許是無聊，穌菊里自顧自哼起了歌，是那種民族音樂與佛教音樂混合的旋律，她的嗓音像顫抖的彈簧。他立刻看見天使的音符在樹葉翻飛。他想，在海拔四千八百公尺的高原做點什麼，該會是如何銷魂奪魄，他更加具體地想到，和穌菊里一起爲海拔疊加一點高度的可能。

他豎起耳朵聽著。那些音符像一群活潑潑的魚從穌菊里的嗓子裡蹦出來，魚尾撥弄出水花，濺了他一臉水珠，聲音彷彿清泉流過他的耳朵，融入源夢六幽閉的靈魂，那兒突然生長一棵綠樹，漸次彈開出粉紅的山茶花。這一瞬間，他感到自己明白無誤地愛上了她，他心臟的快速跳動並非高原反應。他的身體告訴他，那不是愛，是情欲，周圍的一切都在期待他把她放倒。

但是，他的心裡產生激烈地反駁，誰能把愛與情欲分開品味，就像巧克力冰淇淋中的巧克力與冰淇淋，混在一塊吃才是它眞正的味道。他暗地裡爲自己這個好玩的比喻樂不可支，他感到和穌菊里一起，思維正在回到文學與詩性，心裡頭有股強烈的抒情衝動不停地撩撥他，心底無意識地順著穌菊里的音律和節奏，一些句子沒有任何徵兆地跳了出來：

我在聽　一個人唱「上蒼保佑吃飽了飯的人民」

我在想　那些沒有吃飽的人民
是不是現在和我一樣腹部平坦耳朵裝著蒼穹
那些簡單的幸福和草上的露水
黑暗而且虔誠
……

他卡殼了，因此停了下來，低了頭尋找下面的句子，他爲自己無端想到那些沒有吃飽飯的人民而驚訝，那些二年累到頭絲毫不能改變生活與命運的人，那些沉默的大多數，紛紛跳進他的風花雪月當中，擠進他的腦袋瓜裡，每一行詩就像一具橫陳的屍體，躺在這海拔四千八百公尺的高原，等著他的檢閱。他望了一眼山腳下流淌的河流，和幽靈一樣窺視的寂靜，感到自己的心像需要幾個人才能撞響的鐘那樣，一下接一下，緩慢艱難。

穌菊里哼著小調，她的裙邊被草屑和泥土弄髒了。

他仍是低頭走著，菸草葉上長著一層淺淡的絨毛，有藝術家氣質的蟲子正專心將葉子做成鋸齒狀，疾病使一棵菸草慢慢放棄生命，它虛弱的骨骼在做最後的禱告。他還沒來得及梳理內心的情感變化，接下來的詩句順著蟲子啃噬的節奏在菸草葉上爬動：

只有風經過原野經過農夫瘦弱的肋骨　經過夕陽的背面
來到墳墓　在那裡我們收割最後的稻草

整個黑布遮蓋了破綻　誰會在回家的途中
想起　另一個人的死亡
命運　在羊鞭舉起時就停止了策反

讓我們就這樣吃得飽飽的　陽光照著肚皮
不需要任何章法去做個皇帝
當生老病死都成為指縫裡的癬　我依舊是主子
全身潰爛地躺在土地中
看著自己的肚臍上開出明年的棉花
那時候　我們都頂著空白的腦袋
從統治者的槍口裡　慢呑呑地走出來

「統治者的槍口？源先生，你說什麼？」穌菊里問道。
他這才意識到自己發出了聲音，在他望向穌菊里的瞬間，突然意識到這是白秋的詩，數年前的某個黃昏，白秋在智慧局的荷塘邊一氣呵成，後來流傳甚廣。那時夕陽西斜，幾位有影響的詩人初次萌生了用詩歌喚醒沉睡的靈魂的想法，以三劍客爲首，發誓生死與共，榮辱共存，在關鍵時刻付諸行動。
穌菊里並不需要源夢六的答案，不等他說話，她指著前方，繼續說道：「到了，那就是——」

順著穌菊里手指的方向，源夢六遠遠地看見了那個「有意思的地方」，在峽谷對面，幾幢飛簷青瓦的白色建築物在花紅柳綠中仙風道骨，綠色藤蔓爬上圍牆和屋頂，紫色花如繁星密布，後山一道瀑布彷彿從天而降，氤氳之氣瀰漫，直插雲霄的圓柱形建築有漂亮紅磚外牆，頂部掛著一面巨大的鐘，此時鐘聲敲了三下，渾厚的聲音令山谷顫動。

「噢，像是個不錯的度假山莊。」源夢六看了半晌，說道：「那麼，它具有什麼特別的意義？」

「五十歲以後，就可以到那裡頭生活了。」穌菊里露出某種憧憬的神情，「那是天鵝谷最好的療養院，聽說裡面什麼都有，圖書館、電影院、戲院、棋牌、辯論賽、運動競技……可以整天整宿懶在咖啡館的大沙發上發呆、聽音樂、聊天，純淨果汁無限量供應，你永遠不會感到自己是個孤單的老人。」

「五十歲就進療養院？福利社會就是不一樣。」源夢六笑道：「不過，我情願勞動到八十歲，在自己的院子裡種菜養雞，也不要這種集體的老年生活。」

「這是政策規定呢，」穌菊里摘了一朵野花插在耳邊，「當然，也是民心所向。」

看到穌菊里這個女人味十足的動作，源夢六感覺到她之前的嚴肅，或多或少是裝出來的。

「政府一向很主觀，他們才不管什麼是民心，什麼是民意。」他望著穌菊里耳邊那朵燦爛的野花，想到它很快就會枯萎失色，心裡頭有幾分惋惜。

「一切都是免費的，那你說政府圖什麼？」穌菊里挑釁地瞪著源夢六。

「……總之，簡單的表面，不一定是本質，再者，五十歲，正當壯年呢……」源夢六支支吾吾，忽然明白一個問題，自言自語說道：「噢，怪不得我見到的都是年輕人，原來中老年人都進療養院了，進去的人都對外面的世界毫無興趣了麼？他們總得到街上來晃晃吧……」

「那裡面就是一個小社會，」穌菊里不理源夢六，她偏過頭去，深情地望著她嚮往的療養院，「那兒將會有一個著名的老手工藝人，捏出很多奇怪的東西，——那就是我了。」

源夢六踩著山石登高幾步，尋找好的角度以便看得更為清楚，但療養院外的圍牆像萬里長城擋住了視線，只見古樹、飛簷、瀑布和那道沖天高的圓形牆柱，寂靜從院子裡飛出來，落在神祕的森林裡。

## 13

騎自行車去郊外是源夢六的主意，他說戀愛中的人不能錯過春天，煽動杞子放下手中的物理著作，去快樂放鬆。天剛亮，他們吃了豆漿油條包子稀粥，各騎一輛自行車，穿過睡眼惺忪的城市奔往郊外。

一個半小時後，啤酒廠煙囪裡冒出的濃烈白煙，已經細得像根絨線，城裡的喧囂被鄉間的風抹去了。小路鋪著黑煤渣子和紅磚碎末，混合的色彩像油畫一樣，輪子輾過去劈啪響。靜的莊稼、蔬菜、池塘、水竹、山丘、籬笆牆，動的鳥雀、牲口和人，以及屋頂的炊煙，零落的狗吠聲使鄉村更顯寧靜，發出一種悶瓷罐裡的回音。

他們愉快地哼著校園民謠，一口氣蹬出十幾公里地，在靠路邊的農民家裡歇著，討水喝，和滿臉皺褶的老人聊天，在莊稼漢的羨慕中，體會自己的年輕、知識與愛情，杞子臉色如秋後的蘋果，充滿健康的紅色與芳香。農人中有進城多的，在街上見過成群結隊的人，免不了好奇，要打探究竟，他們吸著旱菸，一條腿搭在另一條腿上，或者兩膝夾著剛會走路的孫子，像談論另一個世界一樣談論城裡的事。

源夢六和杞子只得敷衍他們，道過謝，繼續上路。

兩人突然都不說話，車軲轆與沙礫摩擦的聲音單調乏味，彼此都感覺對方的心緒不寧。

他們丟下案頭工作、放棄一場精采話劇，拒絕沙龍的聚會與酒局，才獲得此刻的自由、美好與寧靜，誰也不願破壞這次難得的郊遊，兩條腿機械地踩著自行車踏板，一任那咯吱咯吱的聲音滾滾向前。他們在一座廢棄的舊碉樓或者教堂門口停下來，把自行車摞倒一邊，昂起頭看了一陣，牽起手鑽進樓裡，一股刺鼻的牛屎味迎面撲來，屋裡果然拴著一頭水牛，正嚼著青草料，用杯口大的發紅的眼睛瞪著闖入者。木質樓梯破破爛爛，用麻繩捆補過，一直通向三樓。踩上去，搖晃得厲害，灰塵簌簌震落。

他們顫顫巍巍地走到頂。

屋裡空空蕩蕩，窗外就是他們一路騎過來的鄉村景色。誰也不知道爲什麼要爬上這爛房子，他們在這破敗的建築物裡面面相覷。

然後，源夢六很華麗地吻她，琳琅滿目的招式也迷惑不了她，她一點也不糊塗，她面色清醒，兩眼生霧，帶著近乎憂傷的微笑，雙手放在源夢六胸前，慢慢推開他，說：

「下午大遊行，我們還是回去吧。」

源夢六被她的表情灼傷了，一陣心疼，她是個冰雪聰明的姑娘，他越來越認識到這一點。

「先歇會兒，找戶農家蹭餐飯，塡飽肚子再做決定，好不好？」

她無疑有些疲憊，貼著他，只低聲說了一句「我愛你」。他再次吻她，這次質樸動情的吻得到回應，她回吻他，他感到她化成了水，似乎正要從他的手指間流失，他將她圈攏了攬得更緊，覺得自己是一個無限量的容器，能盛裝她的肉體與一生。

良久，她從他懷裡抬起頭，說：「我知道你惦著團結會的事，黑春說得對，我們每個人都有責任，逃避是怯懦的。」

他的心被她話語的指尖觸碰，一陣動盪，轉身向窗，望著遠處的雜樹野花和農舍，皺著眉頭。

她輕貼他的後背，說道：「不知道自己長著什麼樣的羽毛，至少可以讓它色彩更絢麗一些，我們不要做麻雀，要當鳳凰。」

他側過身來，她的眼睛彷彿被鄉村的風景濯洗乾淨了，散發異樣的亮光。

「出國的事你不在乎了？」

她想了想，點點頭。

「不會後悔？」

她看著他，堅定地說：「不後悔。我要和你在一起。」

他感到她的力量把他猛地往陽光裡推了一把，他明朗了。但仍有一部分被陰影覆蓋。他知道，只有自己才能將它驅除。他問自己是否「非那樣不可」，但得不到答案，這正是他煩惱的地方。

他們回到城裡時，北屛市各路人馬都出動了，混雜隊伍格外龐大。

源夢六兩腿夾著自行車靠街邊站著，就像一個被雨水淋透了的人，慢慢地萎下身體，手扶車龍頭，縮脖子端肩，好像雨大得不堪承受。

杞子把車靠樹幹放穩，面向街心，表情和源夢六一樣。

他們看到黑春在指揮隊伍，頭上綁著布條，精神飽滿，像電影裡的革命者那樣，昂首闊步，身後的標語條幅正如旗幟飄揚。

源夢六注意到杞子的臉色黯下去，耳根兒突然紅了。他用眼色叫上她，推起自行車，朝遊行隊伍相反的方向行走，在那股湧向圓形廣場的巨大洪流旁邊，他和杞子就像兩尾逆流而上的小魚，搖頭擺尾地游了上去，到達一個緩衝地帶——青花酒館的大門口，只見舜玉趴在窗邊看熱鬧，擠眉弄眼地，向他倆招手。

店裡一個顧客都沒有，她爹在櫃檯邊擦著酒杯，用一種叼著菸斗的神情，眼睛半睜半閉朝這邊咬著，頭髮胡飛亂捲，面色潮紅。

他們在窗邊坐下，肚子咕嚕咕嚕直響，清晨的湯湯水水早已在運動中消耗掉了，似乎又沒什麼胃口吃東西。

隊伍從酒館門口源源不斷地流過去。

源夢六索性不再朝大街望一眼，拿出塤來心煩意亂地吹了幾段，放回口袋。

舜玉她爹端了幾碟涼菜，說是免費贈送，一派和顏悅色。過會兒又提來一壺燒酒，熱情地表示「很樂意和年輕人喝幾杯」，源夢六明白這是對他們不參加遊行的獎勵，他還想順道摸摸「年輕人對未來的想法與人生的感受」。

「塤這玩意兒，我年輕時也吹得不賴，」他愉快地歎了口氣，「部隊行軍時多麼單調啊，戰友們一天到晚纏著我，要我吹塤。同志們想聽塤，這是民意吧？但是首長認爲塤樂消極頹靡，不能鼓舞士氣，不准我吹，說口琴可以。他娘的，純粹是他的個人喜好。可他是首長，我是兵，我天天手癢也得強忍住服從命令，軍隊沒人性，他也不跟你講什麼道理……所以，瞧瞧外面這些人，遊行啊，靜坐啊，鬧騰得再厲害，一樣，也是徒勞無益。」

舜玉她爹正說個沒完，有熟客喊他，他匆忙過去招呼，再回來時酒精使他臉紅得更厲害。

「我聽舜玉說，你們要去留學，很好、很難得啊！你們會更有出息的，」舜玉她爹將舜玉一通批評，「我就是不懂，丫頭你怎麼就不情願出去呢？去鍍鍍金，學點別人的東西……實話說，國外值得學習的……可眞不少。」他嚼著花生米，臉上的肌肉全部活泛起來，隨即自言自語道：「這糞便的事情，鬧了幾個月了吧？」

源夢六小心地說：「斷斷續續，差不多三個月。」

舜玉她爹鼻孔裡噴出一股酒氣，呷了一口燒酒，欲言又止。

「聽說群眾代表和他們談判過了，好像已經同意重找專家研究，公布糞便DNA資料，」舜玉瞅了瞅她爹，見他沒有反對的意思，便接著說：「不過，還有一個條件他們沒有同意。」

「哪兩個條件？」問話的是舜玉她爹，他破了自己不談政治的規矩，在座的都感到驚訝。

「爹，你眞想聽？」

「臭丫頭，說就說清楚點兒。」

舜玉說：「就是公布智慧局的人挨打的眞相。」

「智慧局的人挨打了？」舜玉她爹反問。

「是的，報紙上反而誣陷說員警被打傷了。」

舜玉她爹吸了口氣，喃喃自語：「報紙常常不說真話，但也不至於無恥到這個地步啊。」

沒人接他的話，他並不期待別人解答，這是他慣常的態度，他自有他的處世方法。

這時又有顧客進門，舜玉她爹留下酒壺，端走自己的杯子，叮囑「不許談論政治」，便擺動他寬大的身板起身迎客，領著幾位熟客去了二樓包廂。

「今天你爹的政策規定鬆動了不少啊。」源夢六說道。

「主要是你的塤吹得好，我爹把你當知音了，」舜玉笑得很開心，「其實我爹和咱們沒有代溝，他老跟我說他年輕時候的事，他還幹過一件事，特荒唐特浪漫……」

「舜玉！你過來。」舜玉她爹叫道。

「我爹好像有感應似的，每次我要說他的壞話，他就喊我。」舜玉一吐舌頭，只好過去應付。回來時臉臊得緋紅，說她爹的一個老戰友帶著兒子來了，要和她爹結親家，莫名其妙得很。

此時，遊行隊伍拖著長尾巴從門口消失，杞子的眼裡突然空了。「也許談判有用，大家的辛苦不會白費。」

「是呀，很多社會知識分子、名流也響應了。」說到這個舜玉便興奮起來，彷彿她是參與者。

「你貌似關注社會，其實只是在意黑春，這叫愛屋及烏。」杞子笑道，看著源夢六往杯裡倒酒，「你應該抓緊機會向他表白，要不他很可能就是別人的了。」

舜玉朝酒館裡頭睃了一眼，發現她爹還在樓上，心安穩了。「除非你跟我搶。」

「舜玉你這死貨，嘴裡盡胡說八道。」杞子罵道。

舜玉的話惹起了源夢六的興趣，他悶頭喝了不少，免費燒酒已經上了頭，臉紅耳熱。

「黑春有才華，討姑娘們喜歡是一定的。」醋意被撩撥起來了，他藉著酒興，腔調陰陽怪氣的，「尤其是他往演講台上一站，英姿颯爽，口才好，聲音磁性，姑娘們一聽，就丟了魂兒了。」他將臉偏向杞子，「——你也是這樣兒的嗎？不是？你的心至少那麼怦怦地撞了幾下……黑春這孫子，他是裝作聽不見成千上萬顆姑娘的心在撞擊地球呀……哦，是了，他心裡有人，他傲著呢！」

源夢六酒後胡言，說得起勁。舜玉瞅空起身躲開了。

他突然發現杞子沉著臉，小眼睛虎視眈眈，有股拍案而起的殺氣。「你……怎麼了？呃……像隻母老虎似的？」

杞子不說話，只是拿眼睛瞪著他，直到眼淚掉下來，殺氣熄滅，她搶了源夢六的酒杯，咕咚一口喝下去，嗆得眉目顛倒。

她斜乜著眼，不緊不慢地說：「黑春，他這會兒可是在衝鋒陷陣呢！他可沒當縮頭烏龜！」

「你罵我？」源夢六來勁了，「杞子，你要搞清楚，如果不是爲了你，我不會在這種時候去郊遊，也不會坐在這兒，像個大傻屄似的喝燒酒。」

「我承認有一點影響，但你誇大了我的因素，你拿我墊背求心安，你更在乎自己的前途。」

「你居然會這麼認爲？你有沒有良心？」這話刺激性太強了，源夢六噴著怒火與酒氣，「你反對我幹那些事兒，卻又嘲笑我躲這兒喝酒，你一會兒這樣，一會兒那樣，我就是太聽你的話，被你指來指去，被你弄得縮頭縮腦，在大夥面前丟盡了臉！還有你爹，那張大皇牌，你不是也打出來了嗎？你說，我他媽到底待在哪兒才算正確？嗯？」

「你少往我身上推，歸根結柢是你自己的性格原因，你就是優柔寡斷，黏黏乎乎，」杞子反感源夢六說髒話，開始她還掂量著他是否能承受她的攻擊，但越說越氣，索性不管不顧地說下去，「你是個自私的小人物，你活在虛幻的詩歌世界裡，你沾沾自喜，你沒有大氣魄，你才大志疏，你只是你詩句裡的偉人，其實你只是那種毫無理想追求的平庸之輩！」

在杞子尖酸刻薄的數落中，源夢六的瞳孔在慢慢放大，像一朵花那樣怒放到極盛，在生命最輝煌的時刻停頓了幾秒，轉而緩緩黯淡褪色、萎縮凋謝，他耷下了眼皮，看著空的酒杯，彷彿用眼睛喝乾了酒。接著，他平靜地站起來，繞過幾張椅子，像寒風中的落葉瑟瑟地飄出酒館大門。

他推著自行車，低著頭鬆鬆垮垮地走，醉醺醺的，什麼也看不見，什麼也聽不見，一會兒碰到人，一會兒撞到樹，磕磕碰碰地回到西廂，將自行車靠牆邊胡亂扔了，倒床上睡過去，並立刻做起夢來。他夢見自己被一頭生化怪物追趕，他瘋狂逃命，但是兩腿軟綿綿的，根本跑不動；後來他飛了起來，生化怪物像隻巨大的蝙蝠，瞪著紅燈籠眼睛，張著血盆大口，緊追不捨。即將被怪物抓住的時候他醒來了，胸腔滾燙，心情沉重。他睜眼望了一會天花板，天花板裂紋密布，像一張交通地圖，公路、鐵路、航空線路，彎彎曲曲歪歪扭扭，他只覺得頭昏腦脹，陡然間人生變成了一團亂麻。

杞子的話在腦子裡迴盪，像刀子剮刮他自尊的玻璃，發出刺耳的噪音。

他用精神勝利法療了一會傷，心裡舒服點了，又過了一陣，覺得自己好了，可以正常生活了。

但很快回到冰冷的現實，心裡痛得要命。他罵可惡的酒精導致他首先說了混帳話，他想向杞子道歉，對她說他很愛她。當他滿心柔軟，又被她那番話刺得堅硬，他認爲道歉的人應該是她，如果她不收回對他的刻薄評語，他不會原諒她。事實上他整晚都在等待，盼杞子突然出現，笑嘻嘻地冰釋前嫌，言歸於好。可是只有風過槐樹，貓上屋梁，夜晚寂寞地流淌。這個艱難的夜晚，他頭痛欲裂，簡直不知怎麼熬過來的，天亮的時候才迷糊過去。

隔壁的收音機報時十一點，接著是整點新聞。報導一個重要的會議，會議將就糞便重新研究的問題開展演講與投票，參加會議的人和一長串複雜的頭銜聽得耳根發軟，新聞講到他們西裝革履步入會場的情景，還生動地描述會議代表的神色表情、領帶顏色，還有「雷鳴般的掌聲」，最後說到在會場外面，一群聚眾鬧事的不法分子企圖乘機生事，給會議的順利進行造成了不好的影響。

「另外，在琉璃街的天主教堂門口，一個年輕男子自稱弄到了猩猩糞便，並當眾吃下，煽動群眾一起去圓形廣場支援靜坐。此後發生強烈衝突，有兩人傷勢嚴重，已經送往醫院救治。」

源夢六起來洗漱。收音機裡在打洗衣粉廣告。他出門看看樹，望望天，精神略有修復，到房東大爺的鋪子裡喝雙皮奶，吃點心，照舊想和大爺聊幾句，但大爺埋頭做他的買賣，不搭理他。

源夢六訕訕地離店，見一輛三輪車停在路邊，一步跨了上去。

「您去哪裡？」

「我不是說了去圓形廣場嗎？」他一抬頭，又是那位黑瘦夥計。

「您上車來就沒有吭過氣，您心裡說的話我哪聽得見啊！」黑瘦夥計邊說邊踩動三輪車，頂篷四周流蘇震顫，「我只能送您到琉璃街口，您得自己從北屏街走過去。」

黑春等人圍成一圈，正表情凝重地商談什麼，看見源夢六，都很高興。源夢六帶著漫不經心的宿醉，目光寡淡地看著他們。他實在愉快不起來。

「杞子怎麼沒來？」黑春問道。

「杞子？她……」

「她人呢？」

「不知道。」

「吵架了？」

「差不多。」

「革命總有低潮期，要禁得起嚴峻的考驗。」

「拜了。」

「分手是增進感情的小插曲。」

「你站著說話不腰疼。」

「女人就是一根打著怪結的繩索，你越掙扎捆得越緊。她們只知道要這要那，但就是不知道男人需要什麼。」黑春還是把他往團結會裡拉，「女人的事情還是先放一邊，來出出主意吧。」

根據經驗，源夢六明白，各種女人不是用同一種手法就可以搞定的，在沒弄清楚她的歷史、教育、習慣、位置等等相關背景之前，不能胡亂下手。到現在為止，源夢六仍然沒有把穌菊里搞透，她像一團不可捉摸的雲，隨來歷不明的風變出不同圖形，比如狗、馬、魚、羊……有時是獨個的，有時是一群，片刻間，又幻變成植物，一棵樹，或者枝葉垂散，或者繁花滿枝，連殷勤的鳥也無法破壞她的安靜。不過，憑著對女人的本能，他敏感地察覺到穌菊里內心壓抑的躁動與欲望，並且確信這躁動與自己有關，他被這一發現弄得整夜亢奮，熱情的活水在體內奔湧不止。

請隨著四十年前天鵝谷那股帶著甜味的風飄到窗口，再順著源夢六刮鬍子的刀片，在他的腮幫子上像鏟雪那樣把臉上的泡沫全部堆到一個角落，你見到那兒露出街道那樣的青皮，他用手指摸了摸是否乾淨，個別地方重刮幾遍，然後沖洗刀片，放進壁櫃的小盒子裡。他洗了臉，抬起頭多角度地照著鏡子，左手用力壓下皮膚，像是按摩，更像是要推平早現的皺紋，他的面部隨著手指的搓揉東倒西歪。你稍微留意，就可以清楚地看見一個一九六〇年代生人的特徵，四環素牙、缺鈣、理想破滅，那種無所事事的迷惘，就像鏡子蒙了灰，讓人很想伸手去抹一下。你也看出來了，源夢六其實是個廣面闊頤的人，很有官相，如果他的腰再粗一點，把肚腩弄起來，就是一個處級幹部的樣子了。只是他的眼睛還很清澈，沒什麼人間煙火氣，刻板與冷漠的表情，使他臉上常有一種手術刀那樣的冷光。

這會兒，源夢六像個女人那樣很在乎自己的容貌，舞動兩條橫臥的眉毛，挑、彈、擰、展，像條靈活的新蠶。當他鼓起腮幫子，瞪大眼睛，瞳孔突然暗了下來，像有蝙蝠從那兒掠過——鏡子裡那張陌生的臉，眉眼間完全看不到詩人的浪漫氣質，當年同學們說他「每一個毛孔裡都是詩意」，他也深信自己每一滴汗都流淌著詩歌的芬芳，但眼前只是一張職業特徵明顯的臉，與詩人毫不相干，毛孔裡散發的只是世俗的從容與嫻熟。

一個不寫詩的男人，在一個抽水馬桶都是黃金打造的地方，如何體面地將穌菊里搞到手，這成了源夢六棘手的問題。

晚上，月亮面色蒼白，掛在健康的叢林上面，那憂鬱的神色，彷彿馬上要落下淚來。

## 15

北屏街上出現了一支女子宣傳隊，打頭的是杞子。她手拿喇叭向市民講話，編著順口溜口號，改編了流行音樂歌詞，一個叫四喜的姑娘撥弄吉他彈唱。四喜是藝術部的，面如滿月，膚色黯紅，身高一米六五，梳著兩條烏黑的粗麻花辮，穿著花布片拼湊的民族服裝，身上環佩叮噹，性格直率清冽。她健康結實，深陷的眼窩裡長出兩排長睫毛，彷彿池塘邊的蘆葦，不時將陰影投入水中。

四喜能唱會跳，彈得一手漂亮吉他，曾在大學生歌唱比賽中拔得頭籌，參加過全國電視歌手大賽，得過不錯的名次。杞子等人推薦四喜加入團結會，全票通過。四喜帶了一份禮物獻給團結會，她創作了一首會歌——〈明天〉，並當場表演。

這兒是團結會的主要陣地，到處掛著服裝和表演器具，混雜著不潔淨的霉味、速食麵和油印機的味道，宣傳單就是從這兒印發的。四喜坐在由三張八仙桌拼起來的會議桌上，調撥琴弦，辮子纏頭一圈，兩只大銀耳環晃蕩，膝蓋頂起花花綠綠的裙子，她起了幾個調，然後穩穩地唱起來。

大家開始還看著四喜的手指、嘴唇、臉龐，耳環、花裙子，到唱第二段時，都不覺閉上了眼睛，只聽見四喜的聲音像個圓球在世界滾動，到達如撕裂布帛般高亢遼遠的音域時戛然而止，那圓球懸在雲霧迷蒙的半空——四喜憋足了氣，口吐蓮花，唇齒間放出一串近乎呻吟的顫音，深深地埋下了頭。

四喜的才華征服了所有人，無人能從激昂振奮的旋律中找出毛病來，歌詞也無可挑剔。

四喜從桌子上跳下來，放下吉他，略有靦腆地說，她寫的歌詞由一位詩人修改潤飾過。哪一位？加萬。有人聽說過，他也寫詩，尤其擅長寫政治抒情詩。這位詩人，面孔圓中見方，有數顆麻子散落，鼻子碩大，眼睛細長，是副教養良好的樣子。此人在詩歌沙龍上出現過，埋人堆裡不怎麼說話，比較低調，他和摩根是老鄉，兩人有交情，關係不錯。摩根學歷不高，才華不低，因一部中篇小說獲了國家大獎，被作家班破格錄取，後來進了文學部。眼下他是個活躍分子，往團結會走動比較勤快，傳遞消息，跑腿打雜，主動幹這幹那。作家班裡藏龍臥虎，暗底裡幫過團結會不少事，寫標語，擬口號，捐款，有人把睡覺的白床單獻出來製作標語旗幟。

杞子通過競選演說，以絕對優勢成為團結會的骨幹角色；黑春則以高票當選為第一召集人統領全域。

源夢六沒有加入團結會，為了見杞子，常在團結會進進出出，幫點小忙。有時與杞子碰上了，沒有私房話，偶爾幾句交流，完全是同志式的，好像他們之間從來沒發生過什麼。她的感情似乎全部轉移了。

智慧局的廣播自由論壇是團結會宣傳部的延伸。因爲人心動盪，人員變動，把團結會弄得手忙腳亂。有人躲，有人逃，也有人兜裡揣著遺書，準備隨時獻出生命。也有人瞄準了團結會的幾個骨幹分子，有意拆他們的台，尤其指責黑春亂搞男女關係，用籌款買高檔香菸、喝酒享樂，生活腐敗，人品壞。

這天黃昏，走廊光線曖昧，白蟻蛀牆，石灰片即將剝落。源夢六從廁所出來，聽見黑春和杞子對話，忍不住聽了一耳。黑春要杞子任召集人，他說只有她能勝任，他已經寫好辭職書，明天遞交團結會。杞子說黑春扛不住風雨，風吹草動，心裡就四面楚歌。

讓源夢六心跳的不是黑春要輔佐杞子，是他對杞子的感情表白，在這節骨眼上向杞子邀功示愛，簡直是乘人之危。他強忍不快，聽黑春繼續說話。

「去年臘月，你披著陽光散著長髮咬著冰糖葫蘆，一個人在冰面上滑溜，我滑冰速度很快，從你背後一過，你就跌倒了，飛出去的糖葫蘆也把我絆了一跤，我罵了一句，回頭才看見你，你像隻企鵝，一雙手像翅膀那樣張開尋找身體平衡，眼睛黑漆漆的，臉像琥珀一樣透明。我當時立刻失憶了，我記不得是否撞了你，我問你牙尖嘴利是哪個部門的，你說去我們部門給我道歉？我說我打算帶一捆鮮花去，我問你喜歡什麼花。我滑到你旁邊，你認出我來了，你說我溜冰比寫詩差遠了……」

源夢六踢了牆一腳，白粉紛紛下落。他想像冰湖上，陽光下，杞子臉如琥珀，兩眼漆黑，慍怒又嬌憨，天空單調蒼白，樹木枯槁，唯有她活色生香，底片一樣，從黑春心靈的暗室中沖洗出來。

「杞子，大家也很擁護你，我退出來，應該有利於團結會。況且，我的目的已經達到了。」

「目的？你達到了什麼目的？」

「……其實也說不上目的，我做事憑興趣，沒有理由，也不需要對誰負責。」

「我不會當召集人，我反對你辭職。」

杞子的錄音像剛出土的兵器，充滿哀感、黯淡、淒美與悲壯，使智慧局裡的春天顯得格外肅殺。

源夢六和舜玉各抱一捆布，挎著油漆，拎著一袋叮噹作響的東西，一邊聽著廣播，一邊往籃球場走，那裡有足夠的空間供他們幹活。

「杞子原來很有表演天賦啊。你聽到沒有，眞是煽情，我的眼淚都快下來了。」舜玉支著她透明的招風耳，翻動兩片薄嘴片，「她簡直是著了魔，她爹氣得要和她脫離父女關係呢。」

源夢六早已放慢了步子，望著樹幹上的喇叭，慢慢看見裡頭奔跑出赤腳的天使、精靈、咆哮的獅子、喘息的馬，黑壓壓的森林裡傳來千軍萬馬的得得聲，群狼悲嗥，孤雁嗚啼，北風嗚咽：

在這陽光燦爛的日子裡，我們絕食了。在這美好的青春時刻，我們不得不將一切之美好，毅然地拋在身後了。但是，我們多麼不情願、多麼不心甘啊！

儘管我們的肩膀這麼稚嫩，儘管死亡對於我們來說，還顯得過於沉重，但是，我們去了，我們不得不去了，是歷史要求我們去的！

民主是人生最高的生存情感，自由是與生俱來的天賦人權，每個人都有權知道真相，但這些卻需要我們這麼多年輕的生命去換取，這難道不是民族史上永難抹去的一頁嗎？

絕食乃不得已而為之，且不得不為之。

我們以視死如歸的氣概，為生而戰！

我們不想死，我們有對未來的憧憬，因為我們是人生最美好的年齡；我們不想死，祖國還這樣貧窮，我們沒有權利拋下祖國去死——死亡絕不是我們的追求！但是，如果一個人的死，或一些人的死，能夠使更多的人活得更好，能夠使祖國繁榮昌盛，我們就沒有權利去偷生！

當我們飢餓時，爸爸媽媽們不要悲哀；當我們告別生命時，叔叔阿姨們不要流淚。我們只有一個希望，那就是讓你們更好地活著；我們只有一個請求：請你們不要忘記，我們追求的絕不是死亡！

死亡在期待著廣泛而永久的回聲！

人將去矣，其言也善；鳥將去矣，其鳴也哀。

別了，同仁，保重！死者和生者一樣忠誠。

別了，愛人，保重！捨不下你，也不得不割別。

別了，父母！請原諒，孩兒不能忠孝兩全。

別了，人民！請允許我們以這樣不得已的方式報效。

我們用生命寫成的誓言，必將晴朗陰暗的天空。

「看什麼呢?呆子!」舜玉用布捆捅了源夢六一下。

「我剛聽了一下詞兒，寫得眞不錯，天地爲之動容啊。」

「文采飛揚，有你的功勞麼?」

「對付這種東西，她有足夠的才華。」

「你們怎麼著，都不打算出去了?」

源夢六無法答舜玉的話。前天，他通宵幫團結會幹活，他養父來了，找不到他，躺在門口等了一夜，一見他就抓住了他，急得話不成句，要他回鄉下去避風頭。養父說:「你這個兔崽子不要造反。」源夢六說哪裡有人造反，那是請願，他連請願也沒參加。養父罵了起來，操起書砸他，後來對他的攻勢漸漸減弱，只剩下滿臉困倦與無奈。養父舟車勞頓，不遠千里，還在路邊睡了一夜，源夢六心裡不好過，說了些好言好語寬慰他，發誓全心工作，報效祖國。最後帶他去房東大爺那兒吃飽了，買了些吃的喝的，裝在塑膠袋裡拎著，把他送上了火車。那張皺紋密布的焦黃老臉隔著玻璃窗看著源夢六，有茫然，有期待，也有信任。源夢六知道養父吃盡了苦頭，爲他耗盡心血，種著幾畝薄田，省吃儉用，抓蛇、捉田雞、幹各種苦力活掙錢養他。

源夢六心裡湧起一陣難過。

「發什麼呆，你倒是說話呀?」舜玉用胳膊肘捅了他一下。

「如果杞子搞文學，她一定會是個優秀的文學家。」源夢六說道。

「她聰明，不像地球人。」

「咱們智商都低，不如湊成一對算了。」

「你別抬舉自己，我智商可比你高多了，像我這樣的美人是要配英雄的，誰跟你湊合。」

他知道她的英雄是黑春，雖是玩笑話，心仍是被扎了一下。他們曾惺惺相惜地打發了很多無聊時間，如今戲院不去了，音樂晚會沒興趣了，裝模作樣的去了幾回古玩市場，最終也煩了，怎麼消磨心裡都不是滋味，眼看著朋友們都像奔赴革命前線的戰士，終於良心發現，應該像老鄉們那樣，至少納幾雙鞋以示慰問，這才主動向團結會要求幹點雜活。

源夢六的字好，舜玉的手巧，兩人縫大旗，做標語，一面聽著廣播，會歌播完後是「自由論壇」，一位著名的知識分子嘉賓在爆內幕消息，說梅花黨內兩派鬥爭激烈，其中一派可能要利用遊行作文章，巴不得事情鬧大。

源夢六把布卷鋪開比劃著，剪裁好，調好油漆開始寫字。油漆熏得他打噴嚏流眼淚，「自由論壇」時間結束，才做成黑底大旗。

「這是我一生中寫的最大的字了。」源夢六站起來揉著膝關節，感到自己在黑色大旗面前像根牙籤。

「明天你會去圓形廣場嗎？」舜玉看著地上的黑旗。

「看情況。」

「有回在酒館搞詩歌朗誦會，你和黑春打起來了，還記得因爲什麼嗎？」

「我沒和人打過架。」

「黑春說，詩無所謂浪漫婉約，但一定要有熱血豪情。」

「你當起說客來了？」

「三劍客在一起能凝聚詩歌的力量，鼓舞士氣。」

「詩歌除了給自己招禍以外，毫無用處，白秋的詩不是被禁止發表了嗎？幾句修辭能起什麼作用？」源夢六想到了白秋的死，他像一隻鳥從智慧局的樓頂飛下來，口袋是揣著平靜的遺言，他的死與任何無關，無非是對這個「指鹿爲馬的混帳年代」感到絕望。

「白秋永遠都是詩人。」風將舜玉眼裡的旗撩起一角。她低聲說道：「我承認我喜歡黑春，但沒有勇氣跟他站在一起，我眞是軟弱。」

「活該你寂寞。」源夢六用石塊把旗子的四角壓好，查了查油漆乾得怎麼樣。

「我有點恨杞子了。」

「你恨她幹嘛？」

「她對男人總是欲擒故縱。」

「我不這麼看。」

「你爲什麼不向她道歉？」

「我……可沒做錯什麼。」

「男人要大度一點。」

「如果你認爲杞子是你和黑春之間的絆腳石，那麼你錯了。」

「我歡喜他，那是我個人的事，和別人沒關係。」舜玉說。

源夢六站直了，旗杆似的，說：「舜玉，你能從苦果子裡品出甜味來，眞是天賦。我倒是從甜果子裡品出了苦味，看來觀念不同，舌頭上的味蕾結構也不一樣。不過，你為什麼不和杞子競爭一下，你也是個漂亮姑娘，你身後不是也排了一長串麼？怎麼就中了黑春一個人的魔了。跟你說吧，他是個自私鬼，多少有點紈褲子弟的習氣，你看他啥時候閒著？亂七八糟的緋聞沒斷過，還喜歡當眾朗讀女崇拜者寫來的情書，多不靠譜的人呀！——他不適合你，你應該找一個這樣的男人，比如……」

舜玉正跪在白布條上寫「自由萬歲」，突然停了刷子，把臉蛋翻擰朝上，說道：「黑春再壞，我也不在乎。他要是坐牢了，我還去給他送飯！」

「喲呵?!還真打算耗上了？」

舜玉不搭理源夢六，將刷子蘸滿了墨水，繼續描字。

這時，四喜向籃球場這邊奔過來，一身令人眼花撩亂的豔，後面兩人面熟，是加萬和摩根。他們二話不說，把已經乾透的條幅捲好疊齊，見還剩些布條，又動手全部做成橫幅，加萬對已經寫好的條幅指指點點，評價哪兒不飽滿，哪兒墨太輕，哪兒要透出氣勢，幾乎把別人的功勞全否了。

舜玉扔了刷子，寡淡地看著加萬，源夢六知道她不喜歡這個人，他和她一樣，覺得加萬身上有一種市儈氣，像一幅鑲了惡俗邊框的畫，彆扭。他總是一身西裝，以為代表品味，結果只能證明自己乏味。按舜玉的觀點，一個每天穿著西裝，彷彿隨時要趕赴宴會的虛偽詩人，哪能寫出什麼好東西來。

舜玉累得腰疼背痛，對加萬一點也不客氣：

「您這會兒來指手劃腳的，不合適吧？我就這水準，要不，我買布去，您重新寫？」

加萬聽舜玉滿嘴刁鑽話，知道得罪人了，忙起賠笑臉：「別別別，別生氣，我沒有批評你的意思，我想應該盡量注重每一個細節，讓一切顯得莊重嚴肅，條幅字跡，是大家的心聲，也算是智慧局的臉面嘛。」

「您是說，我丟了大家的臉？您早幹嘛去了？您還是去新聞發布會現場接見記者吧，來這幹雜活的地方，可是枉了您的體面身分。」

四喜解圍：「你們別鬥嘴了，都是爲了大家的事情。加萬已經加入團結會，分管宣傳後勤，他也是在盡責任。」

舜玉說：「哼，是嗎？早知道是替他幹活，八抬大轎也休想請我來，我還不如躺床上看小說自在！」

剪著毛寸的摩根說話了：「這位同學，你好像心存偏見。其實你這不是爲哪一個人做事，咱這是爲國家、爲人民做事。」

舜玉一聽火更大了：「您別給我戴高帽，我不愛聽。您說有幾個人心裡裝著國家、人民？不就是喜歡得點小權耍耍嗎？國家、人民怎麼啦？非得要您來兜著揣著？」

舜玉發起脾氣來，嘴皮刀子似的，誰的帳也不買。源夢六知道她心裡堵得慌，她對黑春的癡迷已是病入膏肓。他帶舜玉離開籃球場，默默地聽她發洩：

「瞧他那德性，眼球滑溜的滾動，我敢說他不是什麼正人君子，他進團結會，沒準哪天就把團結會一鍋端了。」舜玉使勁搓著手指上的墨。走過幾棵柳樹，她說：「不如去圓形廣場看看吧，也許可以幹點什麼。」

「不去。我怕你爹。」源夢六假裝不同意，他倒是很想去看杞子。

「我爹昨天還給團結會捐了兩千塊錢。」

「這並不意味著他允許你參加。」

「去看看吧，太無聊了。」

「我會去幫忙建設廣播站。」

「我也去。」

「我不是你爹，管不了你。」

「源夢六，混蛋，你占我便宜。」

「沒錯呀，我要是管得了你，不就成你爹了嗎？」

「討厭。我跟你說一段我爹的浪漫故事，聽不聽？」

「說吧，閒著也是閒著。」

「是我爹當兵時候的事，當然那時我爹還沒遇到我媽。話說我爹的部隊在某個村莊歇了半個多月，我爹有幾回手癢溜到河邊去吹塤，因爲吹得好聽，把一個姑娘迷住了。那姑娘長得很美。於是我爹教她吹塤。臨走的前一夜，我爹在河邊的草叢裡和姑娘那個了……還把塤留給了她。」

「什麼樣的塤？」

「他沒說。」

「……後來呢？」

「沒有後來。我爹只知道她的乳名，叫什麼小六，可能是家裡排行第六吧。」

「你爹真夠風流的，竟然穿著軍裝引誘民女。」源夢六裝作心不在焉的樣子，他想到了關於父親的各種傳言，摸出塤來看了一眼，當年養父因塤上刻著「夢六」，順手拿來給他做了名字——難道這兩個「六」之間會有關係？

不可能，他在心裡嘲笑自己，說天書呢！哪有這麼胡扯淡的事情。

舜玉替她爹辯駁，說她爹把他最心愛的東西送給了小六，「那塤可是我爹唯一的寶貝！祖上傳下來的。」

「好好好，算你爹有情有義，行了吧？回去問問你爹，你們家的祖傳寶貝，是個什麼樣兒的？比如是卵形塤、葫蘆塤、握塤、鴛鴦塤、子母塤、牛頭塤……還是這種……仕女塤？」他沉思片刻，笑道：「唉，算了，對於你這種低智商的人來說，這太複雜了，不如這樣，你把這個拿回去給你爹，請他幫忙看看算哪個年代的東西。」

## 16

烏雲呑掉月亮，夜鳥尖叫了一聲，好像被突然的黑暗咬了一口，四周的陰影變得很深，原來能分辨的景物變成一堆黑團。源夢六默默聽了一會自己的心跳，感到無事可做，穌菊里房間裡不斷有翻書的聲音傳出來，他總覺得她在召喚他。她虛掩的門留著一條縫，燈光在房間裡是柔和的，當它從門縫裡刺出來，就變得堅硬無比，彷彿那屋子裡滿是黃金。

源夢六裝模作樣地吹了一會兒塤，用曲調表示內心的孤寂，然後又默默地挨了一陣，站起來，徑直朝穌菊里的房間走過去，停在那道堅硬的光線中，身體被光劈成兩半。他曲起食指，像鳥那樣在門上啄了幾下，得到回應後，他推開門，光嘩地潑了一身。

走進穌菊里的房間，他發現自己準備得還是不夠充分，愣住了，感到自己正立在茫茫蒼穹底下，遠處一派湖光山色，眼前枝葉輕搖，陽光照耀穌菊里金黃色的臉與前胸，她那低領麻衣裡正凸起兩座神祕的墳墓，他的靈魂猛地被吸了進去，但他立刻勇敢地掙脫了墳墓的幽靈，回到溫暖的現實，那恬靜的光芒迅速而又緩慢的滲透他的身體。

他佯裝隨意地掃了一眼室內的擺設，中國款式的黃花梨雕花桌椅和衣櫃，泛著古銅色的油光，淺紫色床套垂著流蘇，床頭掛著一幅針繡日本仕女圖，穌菊里屈膝靠在那下面，長裙覆蓋修長的腿，只剩一雙腳像貓一樣趴著。

見源夢六半天不說話，她伸直腿，把書放在大腿上，他的眼光隨即掉進書本，或者說穌菊里的小腹。穌菊里想了想，還是坐起來，挪到椅子上，腳上趿著一雙看上去很舒服的白色棉布拖鞋。

「你也坐吧。」她說道，光打在她的側面，照亮脖子上的絨毛，她的耳朵像油炸過的什麼點心，金黃薄脆。

他彷彿吸了大麻，兩腿輕飄飄的，眼睛生出的觸鬚，像螞蟻順著地板爬到穌菊里腳前，停下來仰望著她。

「我……也沒什麼事……」他與穌菊里隔著圓形小桌坐下，桌上青花瓷瓶裡養著一把白碎滿天星，他看了看花，補充道：「只是……想說說話。」

穌菊里輕輕一笑，露出四顆小貝殼，夜裡看她的眼睛是黑的，並且柔和得不可思議：「還在想療養院的事情？」

「不……咳！我的身體裡好像關著一頭野獸，」他像描述一個平淡的夢境，「這頭野獸一直在咆哮，牠正在用力衝撞關住牠的牢籠，喏，好像馬上要從我的胸腔裡衝出去了！」他摸摸胸口，彷彿正安撫那頭看不見的野獸，「我的心都快被撞碎了……」

穌菊里困惑地蹙起眉頭，「什麼？身體裡會有動物？……什麼想法，奇奇怪怪的……」她完全不理解這類比喻。

源夢六愣然看著她，他為這番詩意的表達可是斟酌了很久的，也許這種過分的拐彎抹角反而加大了不同國家的思維差異，他腦子裡嗡嗡地響。杞子之後，源夢六再也沒有試過正兒八經地戀愛，四十年前的大泱國，經濟大發展，思想狂解放，姑娘們是很好弄到手的，她們都意識到自己是身體的主人，身體裡關著的小動物全醒來了，在心裡蹦蹦跳跳的，瞅準機會就跑出去撒野。那時候的愛情，就像二〇三九年的詩歌一樣，氾濫成災，沒有人把它當回事兒，年輕人過得混亂歡樂。

源夢六一時間手足無措，穌菊里輕薄透明的亞麻睡衣內清晰的身體，撩撥他體內的那頭野獸。

突然，他果斷地一步跨到她面前，一手揪住她的下巴，劈頭就吻。穌菊里驚愕的表情原本是擰得很緊的花骨朵，在他迅雷不及掩耳之勢地親吻之下，突然頂風怒放了。通俗點說，就是穌菊里並沒有抗拒，並且很快投身到這場粗魯的狂吻當中。源夢六原以為這種孟浪行為會招致一記耳光或者更嚴重的後果，穌菊里的表現反倒讓他吃了一驚，他頓了一下，把她攬到懷裡，更為縝密、細緻地吻了起來，並感覺到穌菊里結實的身體迅速熱了，她變成了一顆烤熟的山芋，又軟又燙。

如何恰到好處地嫻熟地剝掉山芋的皮，吃它的餡，他一時又沒分寸，只好無限期地吻下去，一邊在親吻當中想法子，他仔細地捕捉穌菊里身體的動靜，思維的手指頭在複雜的精神組織裡面無法找出細微腫瘤的具體位置，他完全暈頭轉向了。

這個燙手山芋在源夢六手裡滾動，它膨脹，它香氣散發，它呼之欲出，每當他有什麼企圖時，山芋就變成了刺蝟，在某個界限內生長著尖利的抵抗。他只好加倍耐心，滿懷柔情地、一根一根地拔掉那些刺，讓她不知不覺，也提防自己被扎傷。他想，難道全世界的女人都喜歡玩這種欲就還推的把戲。他進入一項永無止境卻不失希望的巨大工程，這是一次大手術，必須經過長期、繁複的準備工作，他給她一種誓不甘休的溫柔強硬的執著，用嘴堵住她的嘴，使她慢慢地只剩下胸前的兩顆椰子，直到她覺得整個人變成了椰子，安放他溫熱的掌心。他從來不是囫圇吞棗的豬八戒，他最擅於品味，讓她感覺到他正同她一道欣賞這顆椰子，彷彿那是他的整個世界。

終於把穌菊里攢倒了，源夢六心裡長舒一口氣，但見穌菊里直挺挺地躺著，像患者躺在手術檯。他騰出一隻手，撩開她前額的頭髮，問她爲什麼緊張。穌菊里只是用患者對醫生常有的信任與乞求的眼神，望著他，似乎想說什麼，卻只像一條離水的魚那樣，無聲地張了張嘴。

源夢六體貼地、愼重地、滿面嚴肅地繼續吻她，心想她可眞像隻可愛的雛鳥兒。他看見她液態巧克力的眼睛映著燈光燒了起來，臉也紅了，美得那樣的貨眞價實。他解開了她的衣服，她背後紋了一隻大彩蝶，前翅伸到兩邊肩胛骨，後翅占據兩邊屁股，腰圍柔細，安靜地趴著，似乎隨時就會凌空而去。他並不想研究這隻蝴蝶，他用那雙外科醫生的手，細緻地撫摸她凸凹分明的身體，一股暗流驚濤駭浪，推搡著他的指尖，衝擊他的神經，箭在弦上，他在五秒鐘內把自己脫個精光，撲向穌菊里，這時，屋裡突然響起一陣警報鈴聲。

「什麼意思？」源夢六頓住問道。

「……是對咱們的警告。」穌菊里併攏雙腿側身躺好，臉上帶著挑釁的微笑。

「我不明白……」

「你還不知道，天鵝谷是禁止性交的吧？」

「你眞會說笑。」源夢六樂得身體一抖一抖地，又要去親她。

警報再次響了起來，帶著一種更爲嚴厲的警告意味。

「我不是跟你開玩笑，眞的，每個房間都裝有專門的感應機器，現在是黃色警報，一旦性交，便會發出紅色警報，十分鐘後，你就會被抓起來，」穌菊里以極爲嫵媚的表情說道：「你不害怕人頭被掛到城牆上嗎？」

「你的意思是說……每個人都被監視了？」他心裡吃驚，面色鎭定。

「監視？你用詞不好聽，這是關心，是對個人負責任。」穌菊里抬頭看著他，像患者乞求醫生告訴她手術的後果，繼續說道：「夢六，我値得你去冒險嗎？」

源夢六完全昏了頭，他用冷靜穩住撲撲亂跳的心，試著貼向穌菊里，警報果然又響了，他沒法不信她說的話了。

「任何人性交都是違法的，哪怕是夫妻之間。」穌菊里的手臂垂搭胸前，微笑著，彷彿自己是這種政策的受益者。

「……慢著……天鵝谷的人，難道都是從石頭縫裡蹦出來的？」

「不，是人工授精，明白嗎？一種乾淨、無痛的小手術。」

「人工授精……」他啞然失笑，「瘋了，何必多此一舉呢？」

「源先生，你太不嚴肅了，天鵝谷崇尚科學，講基因，抓人口素質，每一具身體都有自己最好的受孕時辰，每一次人工授精之前，要對雙方的生理進行很多項精密計算……」

「哦？」源夢六活像見了鬼，「精密計算？科學操作？那麼，人的情感怎麼辦？」

「我們更注重偉大的精神生活，非法性交，男人可能會戴黃金鐐銬服刑，可能掉腦袋，不懲罰女人……但你知道心靈的懲罰也是痛苦的，如果性交會褻瀆上帝，靈魂永世不潔……」高溫和紅潤正從穌菊里的臉上褪去，她正在逐步恢復金黃的膚色和冷靜，連同那屋裡的燈光，也變得理智本分起來。

源夢六想起穌菊里那天的剁砍手勢和城牆上的人頭，猛地打了個冷顫，陰風侵襲他的兩腿之間，那兒已經蔫了。他想用一種體面的方式撤退，保持有尊嚴的逃跑，他用十分陌生的眼光看著她，說道：

「用身體對抗體制，無異於以卵擊石……各種歷史事實充分證明了這一點。你或許不知道，有多少年輕人，曾糊塗地爲此付出了多大的代價……被殺個片甲不留，更厲害的是秋後算帳，你永遠別想在如來佛的手掌裡翻身，更何況，我只是一個外地人。」源夢六控制不住情緒，變得神經質，要麼沒話，要是開了頭，就像下坡上滾動的石子兒，骨碌碌地停不了。「有個熟人，在山裡頭啃了好幾年草根，最後還是被逮起來了……沒有哪個黨比他們更記仇，更徹底，更冷酷。好些人，被趕出了自己的土地，離開親人，過著流亡生活……其實，統治者脾性都是一樣的，只是毛髮膚色高矮胖瘦的區別。」

「把制度比作身體的貞操，不碰是對的。」穌菊里撿起裙子搭在胸前，重新靠在那幅刺繡底下，下身依舊赤裸，兩腿修長，「人做出某個決定，需要信念的支撐。你說得很對，以身試法，就等於飛蛾撲火。」

這時，源夢六才發現自己還是赤身裸體，早已偃旗息鼓的身體讓他羞愧難當。他慢慢地穿上衣服，如果說他的動作充滿弔唁者的悲傷與無奈，那也是迫不得已，你不可能穿著鮮豔的服裝，滿面愉悅地面對死者以及死者家屬。他極力掩飾內心的怯懦，最後，彷彿是對家屬做出某種安慰似的，說道：

「我想問一下，天鵝谷搞過民意調查嗎？這也是民心所向嗎？在這件事情上，你們的民主和人權呢？」

「還是不要在我的臥室裡談這些，」穌菊里用淡淡的、逝者已矣的語調，像是家屬對弔唁者表示尊重那樣說道：「你可以到每週的自由沙龍上發表看法。」

「菊里，我只是個外地人，」源夢六望著她，用黑色的、與喪事環境相諧調的語氣和表情，再次表達一個弔唁者的哀傷。

「別擔心，用不了多久，你會得到天鵝谷的居住證。」燈光的緣故，穌菊里眼裡發光。

「什麼？」源夢六驚叫一聲，「居住證，我不能在這兒居住，我是要回去的。」

「你那個沒有民主與自由的獨裁國家，有什麼值得留戀的？」

「那是我的祖國。」

「你踏上天鵝谷，便是天鵝谷的人，就像你在這兒出生一樣。」

「我壓根兒不知道這是什麼地方，我也不知道我怎麼到了這兒……不對，我這是在作夢吧？」

「天鵝谷的居住證不是胡亂發放的，你身上有不同一般的優秀基因，你的智慧潛力會在這兒得到開發。」

「不管我是什麼東西……無論如何，我絕不會留在一個不許性交的地方。」

源夢六忍受身體和精神的雙重壓抑，心裡又驚又怕。

穌菊里只是淡笑著，像條蛇精一樣擺動雙腿。

「其實，也不是絕對不許……如果你願意鑽政策和法律的空子，那麼，你現在就寫一首好詩，大聲讀出來讓它聽到，」她一隻手放到私處，一隻手指了指牆角，「它會安靜的。」她慢慢地坐起來抱著腿，乳房擁擠在兩膝間，語調說不出是哀求還是媚惑：「至少……爲了我寫一首詩，成嗎？」

源夢六緊盯著她麥穗色的身體，彷彿被它的光澤刺傷了眼睛，不由自主地眦縫起來。他發出一串怪異的笑聲：「喲呵……噢，用詩歌換取做愛的權利？你要我做性交易？我爲什麼要把做愛變成交易？你和他們一樣瘋了。」

他說完一扭頭衝回了自己的房間，很糟糕地躺著，身體熄了火，心還是熱的，就像開水被裝在冰冷鐵殼的保溫瓶裡。他越想越荒唐，一股濁風將他捲到陌生的地方，一個女人在他如箭在弦的時候，告訴他爲了保證人口素質，她們這兒禁止性交，他靠近她，屋子裡的警報器便發出尖叫，最後她說如果他寫詩便可以跟她做愛。他猛地從床上挺起身，一陣啞笑。多少年前，大泱詩社解散了，他不寫詩了，也寫不出詩來了，對生活也不較眞了。現在他有點鄙視自己，他的身體否認了自己並非不惜一切熱愛婦女，他既不敢提著腦袋去幹一個女人，更不想用詩歌去換取女人的身體，那是對詩歌的褻瀆，是對白秋和黑春的侮辱。

蠟燭燒到頭，嗶剝兩聲滅了。昏昏欲睡時，聽到木門滑動的聲音，聲音拖泥帶水，中間有幾回停頓，木門像有萬里長，永遠拉不到頭，彷彿一輛負重的馬車，爬著陡坡，細微的干擾都會使馬受驚止步。源夢六張著耳朵，屏住呼吸。四周一片黑暗，他能看見穌菊里從臥室裡走出來，聽得到亞麻衣裳摩挲出聲響，風吹過叢林，椰子在枝幹上晃蕩，香味越來越清新，滿園的蟲子開始了大合唱。她走進來了，屁股落上床邊，他感到她握著一柄尖刀，披頭散髮，兩眼滴血，鼻息噴到他的臉上，刀尖抵達他的胸口，但皮膚感覺觸碰物的溫度，啊一根手指頭，穌菊里的手指頭，緊接著，一根、兩根……十指如一群溫馴的小獸，走上他臉部的草原，溫柔地嚼著草根，慢慢地，手指頭伸直，掌心貼面，彷彿一隻小獸趴下來，溫暖的腹部貼著他，一時間地底下岩漿翻滾奔湧，他的身體倏忽間緊繃如弦。他伸手攬過去時，「撲通」一聲跌下床來。他的夢醒了。他站起來，摸黑走了出去，他自己的笑聲在他空曠的腦海裡飄蕩。

天亮時分，他披著一身露水回來，委頓不堪，倒頭便睡，醒來時仍有種糾纏不清的情緒，令心頭飽滿發熱，到處是穌菊里的影子，他以一個外科醫生的精確斷定自己愛上了她，這個女人使他內心分泌的膠狀物比化學物品更具黏合力，這裡頭的科學性遠遠超出了科學。據說穌菊里的丈夫是個外交大使，年輕有風度，只有少數人見過他，也有人說他早在航海中失蹤了。源夢六幻想像一個罪犯那樣作案，謀想著犯罪脫身的種種方式，和穌菊里睡過之後，如何保持平常，收拾作案現場，清除痕跡，抹掉一切可疑線索……罪犯的成就感不在犯罪，而在逍遙法外，他遐想著，竟慢慢品出通姦罪的刺激來。他想與穌菊里顛鸞倒鳳，同時又想著如何逃離天鵝谷。

## 17

沒有歌聲，沒有口號與喧囂，只有人頭攢動。黑旗飄蕩，天空因此黯淡無光。第二天便有人昏迷，此後不斷有人暈倒，救護車穿梭，警笛聲淒厲，像電鋸一樣切割壓抑、凝固的時空，彷彿有一隻手攥緊了光明，指縫裡的微光擦過突失歡樂的臉。東倒西歪的生命如鮮花正在逐漸枯萎。聲援的群眾數量激增。來自四面八方的人擁向北屏，往圓形廣場一坐，也不吃不喝，原有的車輪式絕食計畫被打破，場面混亂，失去控制與秩序。有人拿著大喇叭，請大家要聽從組織安排，避免傷亡事故，但無濟於事，不得不成立了指揮部，由杞子兼任總指揮。她全副武裝，頭纏白布條，身套白馬褂，一躍踩上搭建的小台，講述這些天的事態發展，動情時眼含淚水，聲音慷慨悲戚。

夜晚，路燈的光暈投射圓形廣場，有一種夢幻般的溫情。晚上的氣溫比白天低很多，不少人臉色發青，嘴唇灰白，冷得直哆嗦，人們像從長途車上卸下來的行李，扔得橫七豎八，滿身塵土汙泥。清晨，沉睡的圓形廣場彷彿戰爭結束靜悄悄的屍橫遍野，旌旗破敗，蠕動的身體，凋零的手臂，殘煙餘霧繚繞不絕，嗚咽的號角連天響起，雲彩被緩緩染色，淡灰、淺橙、金黃、黃紅混合，太陽露出灰濛濛臉，它穿不透濃霧的封鎖。

四喜的聲音從廣播裡傳出來，她朗讀的是聶魯達的詩歌，另一位是富聲，一個廣播電台的專業播音員。他倆第一天見面就好上了。

源夢六在圓形廣場打雜，忙得團團轉。他聽著杞子的聲音，看看她印著巨大「哀」字的後背，心裡略感安慰，同時有種不祥的陰影。不知道從哪一刻起，他已經不生杞子的氣了，那些所謂的委屈、懊惱，像晨霧一樣，隨著太陽的升起無形消散，柔情如一聲婉囀的鳥叫聲驚醒了他，那曾多次湧現的、熟悉的生之喜悅，又一次照亮了他。他飢餓的愛情還活著，向他講述她被關進黑屋時痛苦與折磨，她在消瘦，也被鍛造，她吸吮了黑暗的精華與力量，破門而出，像一枚金幣那樣光芒四射。他暫且放下了愛情，像安頓一個孩子，讓她坐在一邊，看他繼續幹活，他不時安撫她幾句，朝她微笑一下，內心深感欣慰與愉悅。

他很想和杞子說話。

他把大喇叭升上旗杆，回到廣播站指揮中心，彎腰跨進帳篷，想著等忙完這一陣，向杞子認錯賠禮道歉，接受任何懲罰，和她吻一個天昏地暗。後來，他看見杞子背靠燈柱子，柱子上掛著吊瓶。她在輸液（打點滴）。他們在開會。她聽著，眉頭緊鎖，臉色蒼白，下巴尖得像一枚錐子。她瘦了，一臉宗教似的莊嚴，源夢六幾乎認不出她來。她始終沒有朝他看一眼，或者看見了，臉上沒有反應。他心想她是不是認不出他來了。他和她這是在幹什麼呢？一樁驚天偉業？一次無聊起鬨？她因爲失戀，糊裡糊塗參加了遊行，現在會不會因爲跟他鬧翻，又懵裡懵懂發起絕食呢？源夢六正胡思亂想，但見杞子突然猛地扯了輸液管，站了起來，說出一個令他震驚萬分的詞——自焚，要用她個人的死，換取千百個絕食者的生。

源夢六覺得自己呼吸都停了，心裡說道：杞子，你瘋了。

她像回答源夢六似的，聲嘶力竭地說：「我沒有瘋，我非常冷靜，只有這樣，才能喚醒那些冷漠的良心……」

她話音未落，突然暈倒在地。

燈柱上的輸液塑膠管在風中擺動。

這是杞子第三次昏倒。

不久下起了驟雨。人們都在雨中。水珠順著源夢六草垛般的頭髮落下去。當最後一抹風捲走了頭頂的殘雲，天空露出透明的藍色，與之遙對的是一片狼藉的圓形廣場。蓄飽雨水的黑旗重心下垂，像受難的耶穌，吊著手臂，耷下頭顱。

無論誰死了
我都覺得是我自己的一部分在死亡
因為我包含在人類這個概念裡
因此我從不問喪鐘為誰而鳴
它為我，也為你
在恐懼和戰慄中，我要實現我的生命
就必須讓自己做一次公開的坦白
暴露我和我的時代的虛偽

……

四喜在廣播裡朗誦詩歌，黑春進來打斷了她，他帶來幾條重要消息，要立刻廣播。

「根本沒有實質性的談判，他們顧左右而言他，明顯在拖延時間。」黑春坐在桌子上，手裡拿著一根菸。

「那很麻煩，聽說指揮部的人暈倒了不少，都在醫院躺著。」源夢六說。

「我知道，誰負責臨時指揮？」黑春問。

「富聲。他很有組織經驗。」

「他媽的，老天也作對，一場雨病倒一片，但願不要爆發流感。紅十字會捐獻的醫藥明天上午能到，還有一千頂帳篷，運輸公司給了五十輛大巴無償使用，再下雨，就有地方躲了。」黑春用手從前額捋到後腦勺。

「其他地方情況怎麼樣？」

「沒有傷亡，但也夠嗆。」

「聽說醫院全滿了。」

「蕎木正在打探內幕消息，情況比想像的還要複雜。」

黑春把菸點著，看著火柴燃到手指頭才吹滅它。

源夢六來回走了幾步，身上的衣服像一件道袍。

「舜玉來找過你，」源夢六說，扯扯衣服，「沾你的光，我穿上了這身乾衣服。」

「不管怎樣，我相信歷史會承認我們的。」黑春又點燃一支菸，深吸一口，目光落在那身怪異的裝束上。「你猜那位大人物怎麼說？他說啊，『作爲一個梅花黨員，我從不隱瞞自己的觀點，但我今天不講，而且我也差不多講了我的觀點』。」

源夢六忍不住笑了。

「他們毫無誠意。還說本想去看望我們，和我們直接談話，但聯繫不上，沒辦法進圓形廣場。」黑春從桌子上跳下來，將剛點著的菸胡亂碾成了粉末，「純粹是扯淡！眞正的流血犧牲就要到來了，喪鐘將爲這個時代而鳴。」

「黑春，我認爲，你們應該撤……」

「撤？爲什麼？你瘋了。」

「你應該比誰都明白他們的態度，誰會伸手打自己耳光？」

黑春怔了一下。這時，只聽見一陣「砰砰」的響聲，有人用石塊砸帳篷。

加萬西裝革履，一步跨進了帳篷，說道：「指揮部已經宣布復食了。」

黑春大驚，說道：「復食？我不相信！大家堅持了八天絕食，怎麼會在沒有取得任何實質性進展的時候同意復食？」

「我們不復食，我們不撤退！」外面有人喊口號。

「走，我們一起去指揮部。」

指揮部設在一輛大巴車上，車窗已被砸得稀爛，一地玻璃碎片。杞子等人正在車裡頭商量辦法。

黑春一步跨上車，劈頭就問：「你們爲什麼宣布復食？」

杞子本來像一個單薄的紙人，現在彷彿又被剪瘦了一圈，她艱難地吞嚥著自己的唾液，頭髮像蓬亂的鳥巢，被一種無家可歸的迷惘籠罩。黑春大約是想到了陽光下她琥珀色的臉和漆黑的眼睛，不敢直視她，「爲什麼要出賣那些艱苦的絕食者？」

杞子不吭聲。

「那麼，我來跟你解釋吧，」蕎木站起來，身上髒汙，額頭上一抹血跡，「我有可靠的消息，很快就會宣布軍管，極有可能今天晚上、明天早晨清場，我們召開了緊急會議，復食是經過代表商討決定的。」

「砰」，一塊磚頭砸向大巴車。

「這怎麼能讓他們信服？這些艱苦奮鬥了八天的人，連投出自己神聖一票的權利都沒有，」黑春說道，語氣緩和了一點，「破壞民主程序，就是損害指揮部的威信，你們願意被人們唾棄？」

蕎木不吭聲，像一個渾身榨不出一枚銅板的落魄漢。

「我們必須馬上重新投票決定。」黑春拿起麥克風，準備利用廣播設備，召集代表開會。

杞子如餓虎撲羊奪過話筒，「你這才是擅作主張！我是總指揮，我會對大家負責。」

黑春愣了，像陌生人那樣看著杞子，臉色像燃到頭的蠟燭，火光搖曳，終於滅了。

他扭身就走，一下車就消失在人群中。

人們已經把大巴車圍得水泄不通。

源夢六朝車裡望了望，掂量了一下，抬起僵硬的腿，扶著車門上了車。

「黑春是在維持民主程序，據我所知，大多數人要堅持絕食。但是，我認爲你做得對。」

杞子沒說話，嘴角顫抖著，源夢六看出了她內心的委屈。

「再耗下去，都會有生命危險，我必須對他們負責。」她說。

「也許應該商量一個更周全的辦法……」源夢六想勸她撤，但說不出口。

「其實，我們早把生死置之度外了。」

「你有時候感情用事……但是，無論如何，我爲你感到驕傲……」

「夢六……」

「杞子，你是一個優秀的……領袖，你是負責任的……我想，你們應該撤回去……你們撤吧，」源夢六終於說了出來，自己也吃了一驚，「你們沒必要在這兒白白地犧牲一切。還有，杞子，我爲那天的胡話向你道歉，你能原諒我嗎？」

杞子目光遙遠地看著他：「我早就忘了那件事。」

「這些天，我總是在想著你。我們走吧，不賭氣了，我們離開這兒，按以前的計畫，出去。」

「夢六，我承認開始是有點賭氣，但後來不是了，現在更不是，我不能退，要退，也是最後一個退。」

「有些話，我們寧可信其有，不可信其無。」源夢六有一種不祥的預感。

「不，大家都在看著我們，沒有人犧牲，就對不起它！我願意死，就像我寫的那樣。」她早就想過這個問題。

「杞子，你總該想想你的父母，他們四十歲才有了你，你是他們的生命。如果你眞的死了……

他們……。」

「他們會聽到我寫的這句話，『孩兒不能忠孝兩全』。」

「你再也沒有考慮過我們的感情了嗎？杞子。」

「我對你的感情沒有任何變化。」她的臉色和語氣都很平靜。

「那等這一切結束，我們……」

「我沒有時間跟你談雞毛蒜皮的個人問題了，你能不能利索一點？」

「我相信一切很快就會結束，我們……」

「你走吧，如果你覺得這事毫無意義，你馬上離開這裡，我不想連累你。」

「……我想留下來，陪你，杞子……」

「我不孤單，我和很多人在一起。你不要囉嗦了。」

杞子匆匆說道。

有一瞬間，源夢六逮到了愛情的魂，她輕靈幽黑，在月光下奔跑，發出不同顏色的光芒，她跑到國旗背後，從此藏了起來。

他感覺自己在杞子的眼裡漸行漸遠，像山水畫裡的孤單人影，大約只剩螞蟻般大小的印跡。

他默默地下了車，像一個到站的長途乘客。

「你的〈喪鐘爲誰而鳴〉寫得很好，眞希望你能留下來繼續寫下去。」

他似乎聽到杞子這麼說了一句。他沒有回頭，也許停頓了一下，也許沒有。天空早早地掛起了半邊月亮。他感到有點兒冷，像一個人在野外迷了路，心也是慌的。

源夢六離開圓形廣場時，四喜和富聲正在舉行婚禮，他們的結婚證是黑春做的，用列印紙寫了兩人的姓名和出生年月，蓋上團結會的紅戳，發給了他們。廣播宣告死不撤退，人們帶著勝利的激情爲這樁喜事起鬨，圍著餓得兩眼無神的人跳舞、翻跟斗、南拳北腿。賣零食的小販兜售瓜子花生。冒青煙的地方正在烤羊肉串。小偷混跡人群。情侶依偎。源夢六跨過障礙物，穿過氣氛活躍、啤酒味飄浮、臊味繚繞的圓形廣場，泡沫般消失在空氣裡。

他只能步行回局。街上到處都有人打架，不時碰到流血的傷者。一個年輕人拒絕治療，敞著傷口給大夥看，說要爲此流盡最後一滴血。源夢六低頭走得更快，臉上開始流汗。他在醫學部碰到極力挽留他的老教授，正要說話施禮，老教授卻瞟他一眼，不理他，神色怪異地走了。源夢六很無聊，看了看天，心裡鬱悶，突然覺得六神無主，智慧局裡有點淒清，他在樹下坐了很久，慢慢得出一個結論——出去，去了不再回來，在那兒找一個姑娘結婚，生一串外國公民，過自由日子。他果斷地站起來，撣一撣褲子，扯一扯領子，對自己說道，你算是想明白了，源夢六，這才是正確的人生，英雄不是你能當的，你幹不了驚天動地的事，愛情，也只不過是一場夢。他環顧四周，古舊灰暗的辦公樓裡靜悄悄的，無數扇空洞的窗戶看著他，發出冷峻深邃的光。

加萬身穿米灰西裝，襯衣扣到喉結，也不嫌熱，鞋上落一層土，顯得有點寒磣，他驚訝地問源夢六怎麼不在圓形廣場，語氣含有責備。源夢六忍耐他身上的市儈勁，說，那裡沒我什麼事兒。加萬更驚訝了，說你謙虛了，你那首〈喪鐘爲誰而鳴〉寫得非常好，比號角還有力量。源夢六說那不是我寫的。加萬說，三劍客中，黑春的詩風格明顯，流於直白，白秋的浪漫婉約，除了你，沒有誰能寫出那樣的詩。源夢六心裡承認加萬分析得有點靠譜，但不願因爲他的讚美改變態度，那首詩他的確沒有署名，他並不想和那些事情扯上關係。他說加萬老師您不是團結會的嗎？您怎麼不在那兒？他看到加萬後頭有個瘦高男人，削臉尖嘴的側影，正點菸，源夢六覺著面熟。加萬說團結會內部混亂，他已經辭了，權力鬥爭和名利爭奪，讓他對這個組織失去信任，就拿杞子來說，國際媒體認準了她，她總是出現在頭版頭條，聲譽超出了其他人，別人妒嫉了，上演內部綁架她的鬧劇，杞子對手中話筒的迷戀，就是對權力的迷戀，她自己沒有意識到……

源夢六心不在焉，見那瘦高男人不耐煩地抽著菸，大約是加萬的朋友。加萬左右看了看，低聲說，晚上最好別出門。源夢六問爲什麼。他詭祕地說，待家裡沒壞處。源夢六說要清場了？加萬拍拍他的肩說，聽我說的沒錯。

源夢六邊走邊琢磨，自己與加萬並無交情，憑什麼相信他？他什麼來由？

他回過頭去，看見瘦高個正和加萬一起，還是想不起來在哪兒見過這個人。

到西廂胡同口，源夢六感到悲傷隨著一股穿堂風直插心窩，好像它在此等候多時，看見他便一竿子捅了進來，痛得他差點捂住胸口蹲了下去。他重重地喘了兩下，眼淚湧出來，身體杵在地裡，動不了，心裡在喊「杞子，杞子啊」。

我這是怎麼啦？兩腿灌了鉛，腦袋進了水，咣噹咣噹地，絞著麻花步，肩膀擦著圍牆，牆上新漆的標語早氾濫了，不新鮮了，我睏了吧，是的，睏了，渴了，餓了，我要洗個澡，好好睡上一覺，什麼也不想，鳥、風、吆喝、收音機、愛情、民主……統統閉嘴滾一邊，別跟我談這些了，誰也別惹我，我只想睡個好覺。

一夜死睡，不知睡了多久，門都是敞開的，一睜眼便看見有個姑娘站在門口，陽光把她處理得面目模糊，周身發光，像白衣仙女下凡，他努力兩眼聚焦，發現姑娘高大壯實，腦袋幾乎頂到門框，彷彿被卡在門口。他從來不認識這麼牛高馬大的姑娘，不免吃了一驚，撐起上半身問：「誰？」那姑娘一貓腰鑽進來，身上的光暈消散不見。他看清楚了，是個男人，這男人是舜玉她爹。

舜玉他爹頭髮亂捲，衣服髒得要命，表情複雜古怪，盯著他一句話也不說。足足兩分鐘之後，他才臉色蒼白地開了口。

「這個……你先收好，埍的問題……等你回來再討論。」他緩緩地把仕女埍擺在桌上，轉過臉異常嚴峻地下了一道命令，「現在你必須馬上離開北屏。」

「爲什麼？」源夢六嚇一大跳，「我爲什麼要離開北屏？」

「他們開槍了……」舜玉她爹聲音顫抖，眼淚在眼眶裡打轉，「昨晚上已經開槍了，坦克在街上不長眼了，到處都是血……舜玉她，她中了流彈……死了……」

源夢六腦子裡轟地一炸。「舜玉……死了?!」

「這是火車票……這點錢留著路上用，應該夠了……在鄉下應該是安全的，注意不要拋頭露面，等我的消息。」舜玉她爹忽然變得有些婆媽。

源夢六根本聽不見，蓬頭垢面地就往外衝，舜玉她爹一把拽住他。「別去了，早就清理乾淨，戒嚴了。」

「無論如何，我得去看舜玉一眼……還有杞子，對，杞子，他們在哪兒？」

「他們在第一批重點通緝名單上。」舜玉她爹沉重地說。

「不行，我得去找他們。」

「名單在不斷增加，等你的名字出現，就來不及了！」舜玉她爹火氣大了，「……難道你想讓你的父親……也承受失去兒子的痛苦嗎？」

源夢六的心被重重地敲擊了一下。

不，這不是眞的，這是作夢。他死死地盯著舜玉她爹，等著他露出紅潤笑容，他絕不會爲這個過分的玩笑生氣。

然而，舜玉他爹無助且悲傷，眼裡結著血色蛛網，他握著能將任何東西砸成齏粉的拳頭迅速地走了。

他呆愣癡傻，仍不能回到現實，恍惚間卻看見玫瑰驚現一點紅，他奔向窗檯，一枚嬌羞的火紅花蕾，宛如閉目熟睡的嬰兒。他小心地連盆帶花抱在懷裡，這是他與杞子甜蜜之賭的結果，身體就是賭注。她喜歡紅玫瑰，他喜歡白玫瑰，她說如果他贏了，她把身體交給他；她贏了，他也得把身體交給她，不過她有個附帶條件——他必須永遠熱愛詩歌，無論何時何地何種環境，永遠不許放棄寫詩。他當時暗笑她的附加籌碼毫無分量，因爲對一個詩人來說，寫詩是生命的本能，是個人存在的意義。他自然一口答應，每天祈禱玫瑰開花，期待那一刻他和她以水乳交融的方式回饋愛情。終於花開，他看著嬌嫩安詳的花骨朵差點笑了。但是，那紅色花蕾突然如血浸漫開來，他的頭腦霎時異常冷靜。

——必須去找杞子。

# 第二部

## 1

早餐有罐頭肉、醃菜、煎雞蛋、小米粥。源夢六洗了碗、杯子、盤子、刀叉和平底鍋，放回原位。從廚房的一切看不出穌菊里有什麼變化，窗外的天空還是那麼藍，果園的小鳥也叫得歡樂，只是源夢六的心彷彿哪裡缺了一塊，像屋頂破了洞，不時有冷風灌進來，吹涼了肺腑。他從床角裡摸出鑽石，對著它們的光芒取暖，意識到身上黏乎乎的，於是洗了一個澡，揩乾身體，按下牆上的綠色按鈕，軟管裡噴出水果香味的爽膚霧劑，片刻，他披上乳白浴袍，擰開金色水龍頭，接滿一杯黑啤，喝掉半杯，含著滿嘴麥芽餘香，在客廳的躺椅上放開身體，流淌一些與穌菊里有關的情緒。他聽到音樂聲，以爲是大腦幻覺，但很快想起了牆縫，音樂是從那兒飄出來的，天鵝谷的人民在同一時間，聽同樣的曲子，播放站是國家核心機構裡的一個小部門，叫做音樂輸送部。不知道那牆縫裡還有什麼東西，竊聽器？監視器？或者乾脆是一雙眼睛？此時的旋律像一塊橡皮擦，不斷塗抹源夢六腦海裡的影像，把穌菊里從濃墨重彩的水墨畫擦抹成淡灰底片，杞子和眾多的姑娘游進他的腦海，不久也慢慢地消失在深水處，他淹沒在綠波蕩漾裡，精神渙散，像男主人那樣在躺椅上休憩片刻，換上長袍布鞋出了門。

路上遇到送葬隊，死者身上蓋著白色布單，放在木板上，由四個身著白衣的男人抬著，隊伍裡有樂隊、教士、友善的市民，所有人低聲合唱關於死者生平的敘事長詩，曲調平靜安詳，沒有悲傷。源夢六目送隊伍走上山丘，已經聽不見樂隊的演奏，他們停在那兒，圍成一圈，像花環一樣戴在山頂，似乎在舉行什麼儀式。藍色天幕一直扯到看不見的地方。街上冷清乾淨，源夢六一直往東，走到山底下，那兒有一棟風格複雜的灰色建築，兩道尖頂如劍直插雲霄，厚重的木門敞開，門楣的半圓形空間有浮雕覆蓋，彩色玻璃窗以紅藍顏色爲主，窗櫺工藝精巧。跨進大門，大廳裡頭明亮空曠，教堂似的尖肋拱項上雕刻繁複，光線從彩窗裡投射進來，地面反著柔光，屋子裡有種慈祥、肅穆的宗教氣氛，闃寂中帶著陰冷。粗柱上畫龍雕鳳，幾座卷髮的人頭石像分布在大廳四方，長廊像射線一樣筆直地伸出去，彷彿漫長的時空隧道。源夢六從其中一條往裡走，越走越深，溫度忽然下降，他冷得身體直打顫。慢慢地，他感到這棟建築物在產生變化，腳步聲迴盪著一種金屬質感，嗡嗡地震顫，像走進了一個大鐵盒，後來又彷彿沉到了水底，所有聲音都消失了，光線變得微弱，視覺模糊，最後陷入黑暗之中。空氣裡瀰漫濃烈的海水味。忽然，他有點眩暈，彷彿整個空間在飛速移動，這種感覺持續了幾秒鐘，他彎下腰吐了起來。半小時後他吐空了胃。黑暗中突然牆壁洞開，視線霍然開朗，猛烈的燈光當頭打下來，像太陽一樣把周圍照得慘白。他感到眼睛一陣脹痛，伸手遮住了光源，耳邊聽見機器咔嚓開啓的聲音。當他睜開眼，發現自己置身於一個菱形空間，緊接著頂燈的強烈減弱，變成天藍色的柔光，音樂像雪花般飄了起來。

「源先生，歡迎您來到天鵝谷，」一個機器人的聲音，同時，牆壁上伸出一條硬幣大小的金屬管道，停在源夢六面前，「您從這望遠鏡裡可以看到我。」

源夢六握住金屬管道，瞇起一隻眼睛。他看到的彷彿水中的倒影，模糊不清，那是一間機器房，散發迷人的橙色光芒，屋子裡擺滿了綠色植物，牆壁上有一些密密麻麻的按鈕，屋中間放著一張大書桌，一把沙發椅，上面坐著一個人。這個人打著手勢，告訴他調試望遠鏡右下方的按鈕，他看到的將會更清晰，同時更有夢幻色彩。

源夢六調好焦距，隱約看見一個看不出性別的人坐在椅子上，綠色的頭髮水草一樣，戴著半截白色面紗，彷彿身穿金屬盔甲，全身反光。

那機器似乎笑了一下，伸手按了按鈕，把望遠鏡關了。

源夢六聽到機器嗡嗡運轉的聲音，他身邊的一切都在開始運作，機器設備，儀器、儀表、閥門、操控器，被擦得發光，電子數字蹦跳，紅色的螢光閃爍，各類資料標杆迅速地轉動。一個通體發亮的球形電子螢幕慢慢翻轉，裡頭傳出機器人聲音：

「請坐，源先生，很抱歉，今天才有空和你見面。」

一個男人從牆縫裡冒出來，光頭錚亮，放上一把中國式官帽椅，姿勢僵硬，雙手交握站在一邊。

「你是誰？你們為什麼要把我帶到這兒？」他不願坐下，狐疑地四下打量。

機器人哈哈一笑，說道：「源先生，你的語氣不太友好，來到我美麗的天鵝谷，你應該深感榮幸。你膽小、懦弱，沒有理想，也缺乏精神支撐，我知道你需要被激發，所以，我們要改變你的欠缺、瑕疵，你會成為一個人格完美的詩人。你想想，穌菊里、千藏、善來……還有眾多的天鵝谷人，就會相信我不是吹牛。」

「我是好是壞，跟你有什麼關係？我只是一個普通人，對你們沒有利用價值。」源夢六覺得機器的說話方式似曾相識。

「哈哈哈，收起你那套陳舊的思維方式。」機器大笑不止，「你有什麼問題，儘管問，有問必答。」

「你是什麼人？」

「天鵝谷的精神領袖阿蓮裘。」

「女人？」

「抱歉。」

「女人?!」

「這並不重要。」

源夢六沉默片刻，問：「天鵝谷爲什麼不許性交？」

「一個人可以使千萬年的歷史生色，也就是說，一個優秀的、偉大的、完全的人勝過無數殘缺不全、智商低下的人。天鵝谷嚴格按科學生育，保證人口素質，絕不會生產廢人。所以……」

「所以你們奪取優良的食物，占有蔚藍的天空，擄獲完美的人類……」

「這話說得不好聽，也不友好。」

「這是扼殺人性……」

「沒人性才是合乎邏輯的。人性有什麼用？人性只是個混亂的染缸。人性只會把事情弄得一團糟。我相信你也看到了天鵝谷的富裕、秩序，人們的智商、學識、精神以及對他們人生的態度，沒有欲望、貪婪、私心、雜念，一切向善，天鵝谷將成爲世界上最理想的地方。」

「是的，沒有反抗，只有順從，沒有自我，只被操縱，把人變成機器，這是徹頭徹尾地閹割。」

「天鵝谷人，哪一位沒有豐衣足食，哪一位不是幸福快樂，誰會反抗舒適如意的生活？」機器人說完又狂笑幾聲，似乎已經得意了一千年。

「那麼，你要把我怎麼樣。」

「拯救你，讓你重新像個詩人。」

「我不是詩人，我也不需要拯救，請讓我回去。」

「據我所知，你是個不錯的詩人，但你並不愛國。」

「胡說八道，我對國家的感情，你是不會知道的。」

「源先生，既然你愛國，當年你爲什麼從廣場逃脫？」

「我不知道你說什麼，——對祖國，我有我的感情表達方式，並且，事情並不是你們理解的那樣，任何人知道的都只是片面……」

「你錯了，旁觀者清……。」

「井底之蛙。」

「眞抱歉，我本是要誇獎你的，你遠離了骯髒的東西，你很英明。」

「我沒必要和你談論這些，你們侵犯了我的個人權利。」

「稀奇，你們像農民活在沒有教堂的村莊一樣，卻跟我談人權？也許你想隋棠姑娘？放心，我們會把她請來，但願你和她的基因相匹配，有時候，一個神童……」

「不，我跟她沒有關係，」源夢六大聲說：「我不想結婚，更不想生什麼神童。」

「哈哈，源先生，別這麼快下結論，你會愛上天鵝谷，並且在這兒安居樂業。」

「坦白說，我感覺不到你們的善，你們以剝奪別人的自由爲樂。」

「你眞固執，慢慢會明白的。」

「我只想回去。」

「我們正準備讓你當文化官員，你仍要回去，行屍走肉一般，被自我譴責和愧疚糾纏？」

源夢六暗自吃驚，她似乎完全掌握了他的過去以及他隱祕的內心世界。

沒錯，他承認，他活在精神牢獄裡，並且深深知道，永無解脫的可能。他清楚地記得那一天，當他一覺醒來，舜玉她爹帶來令人崩潰的壞消息，火紅的玫瑰花蕾在那天悄然出現，他沒有坐火車走，他去找杞子，活要見人，死要見屍。智慧局全部放假，門衛眼睛是紅的，夜晚目睹的恐怖還在他的話語裡顫抖，他描述了槍聲、坦克、火光，以及短兵相接的搏鬥，傷者、死者、救護車，場面混亂壯觀，就像電影大片。他告別門衛，又奔走了幾處地方，一無所獲。街上到處是穿制服的人，巡邏、搜查、盤問。他走到琉璃街，街上空空蕩蕩，天主教堂牆面滿是彈孔，受傷的街道閉緊了嘴巴，鳥雀噤聲，空洞漆黑的破窗沉默窺視。北屏街更是狼藉，人行道被裝甲車壓塌了，路基被削掉了，石墩和交通標誌被碾成了粉末，馬路上到處是裂縫，燒焦的車輛橫在路中間冒煙，路旁一些樹木被連根拔起，街道兩邊的牆上也是彈洞，樹幹上血跡斑斑。他想穿過北屏街去圓形廣場，被穿制服的人攔住了；他強衝，結果挨了一槍托；他鬧騰，希望他們把他抓起來，也許像上次一樣，能在審訊室裡見到杞子。他甚至求他們抓他，但被轟走了。他蓬頭垢面，一隻光腳，一隻趿著拖鞋，他們當他神經病。他心中茫然塌坐街頭，被輾壓變形的摩托車紙片一樣貼著地面，他把那看成了一張肉餅，他知道杞子凶多吉少。

他哪兒也不去，就在西廂等人來緝拿，但是沒有人來抓他，因爲房東老大爺對員警說這個人沒有出門，天天在家睡覺。第三天他去了青花酒館，酒館已被查封，老闆被抓，罪名是窩藏和護送通緝犯，誰也不知他被關在哪裡。

大約兩年後，源夢六收到舜玉她爹的一封信，準確地說是臨終遺書：

「……很遺憾我們已經沒有辦法當面討論仕女塤的問題了。不過我可以肯定地告訴你，這枚塤，是我們家傳下來的，至少有兩百年歷史了。底座的字是我親手刻的，『夢六』，『夢』是想念，『六』是一個姑娘的名字……我以爲我們可以見面細說……」

信是從外省監獄寄出的，信封上蓋的是半年前的郵戳。

舜玉她爹，就是那個在河邊教母親吹塤的人……每想到這個結論源夢六就感到窒息，長久無語。

當你的親人無辜地死於祖國的槍口，你的生命也被收買了，你不再是你。

他的聲音軟下來，不那麼義正嚴詞了。他不想回去，此時更是湧起一股說不清楚的厭惡。不管天鵝谷的機器能否捕捉人的思想，並且能了解一個人的歷史與未來，他只是考慮這位精神領袖的話。哪個男人不想獲得權力、地位、威望?不過，他並沒忘記怎麼維護尊嚴。

「你們不要妄自竄改我的情感，更不要詆毀我的兄弟姊妹。給誰配種是你們的事，我只想要個人自由。」

「你眞是囉嗦!今天的談話到此爲止，再見。」

咔嚓一聲，機器的運轉戛然而止，歸於寂靜。

## 2

週六早上，通常會有一次公開的學術報告，之後是自由沙龍，大家憑喜好聽講。源夢六對於自己出現在會場感到十分詫異，他完全想不起他是怎麼來的。他記得似乎和機器人有場談話，但已弄不清那是現實還是夢境，迷迷瞪瞪一望，只見山坡劈出的一塊平地上，擺了一張橢圓大桌和一圈竹椅，圍坐著好些年輕人，他認得有千藏、穌菊里，他們的表情相當嚴肅，像冬天裡的岩石。他還注意到幾個十六七歲的姑娘，其中一個金髮粉膚，體態豐滿，眉眼細長，有股滿不在乎的神色與傲氣。一個俊朗飄逸的少年，五官組合美完極致，印堂飽滿，面相細膩溫柔，眼裡閃爍理想主義的光芒，他們叫他多瑞，多瑞不時對金髮粉膚的姑娘投去讚賞的一眼。

山風輕吹，坡上樹葉搖擺，鳥兒起落。一陣節奏強烈的鼓聲之後，多瑞主持宣讀一份學術報告總結。內容稱讚完美的天鵝谷，但仍存在極少數盜竊、通姦、淫亂，道德敗壞的現象，原因在於一些人的價值觀還沒有他媽的轉變，還有人把黃金鑽石當他媽的寶物，這些腐朽的思想將嚴重影響文明發展，阻礙天鵝谷成為世界上最理想的居住地。

「……在某些國家，牛逼的貴族、金鋪老闆和高利貸者，還有一些不為國家著想，毫無憂患意識的人，他們全都在遊蕩和無益的奔逐中過著他媽的奢侈豪華的生活，富人們狼狽為奸，盜用國家名義為自己謀利、聚財，剝削窮人，而一般勞動者、車夫、木匠以及農民卻不斷辛苦操作，他媽的牛馬不如，所得不足以餬口，生活悽慘，還抵不上牛馬的遭遇，可是他們的勞動是必要的，任何國家都不可缺少。牛馬也有休息的時候，牠們不必爲將來擔憂，而牛馬不如的人呢，勞累受苦一無所得，還要承受他媽的老年的貧窮與痛苦。牛逼的天鵝谷絕不重蹈這樣的覆轍，政府的所作所爲，一切都是爲了天鵝谷的人民，爲了人民的牛逼生活，要統一向善、樂觀、以學識爲榮的思想，只要每個人擁有純粹完美的精神世界，詩意的棲居在天鵝谷就是現實。」

「牛逼」、「他媽的」，這樣的詞頻繁出現在學術報告中，源夢六聽得愕然，仍不由自主地點了點頭，臉上露出夢遊般的笑容。他仔細看著他們，目光最終落在穌菊里身上。她始終神情嚴峻，那一刻，連她的頭髮都閃著理想主義的光輝。無論如何，他相信在某些夜晚，穌菊里的身體曾經狂歡顫抖，她也曾在彬彬有禮的空談中酒足飯飽，熱切地期待下半夜的來臨，和某個男人顛鸞倒鳳。在那些隱祕的晚上，她臉色華潤，明亮的眼睛散發戀愛的氤氳，頭髮格外順滑，她甚至早早地取下了唇環——想到那溫暖濕潤的嘴唇，他的身體突然繃緊，但立刻被荒誕感沖散了。

千藏似乎瘦了一圈，略帶憔悴，但仍意氣風發，還有睥睨天下的傲氣。當他看見源夢六，站起來奔下台階，邀他加入辯論桌。

源夢六腦子裡浮現綠毛妖怪、機器人，以及金屬味道很重的空間。「我見到一個綠毛妖怪。」

「什麼……妖怪？」千藏問道。

「是的，綠毛妖怪，你們的精神領袖。」

他們走上台階，學術報告剛好結束，正是小憩的時間。

圓桌上的茶壺酷似男性生殖器，黃金高腳茶杯鑲鑽，杯口輕薄扁長，是女性生殖器的樣貌，裡面盛著黃金液體似的黑茶。

金髮粉膚的姑娘捏起茶壺，彷彿倒出了一堆珍珠，只聽見一陣尖細清脆的碰撞聲。

他感覺口乾舌燥，彷彿渾身著了火。

辯論開始前，千藏介紹源夢六，稱他爲詩人，特別提到他是優秀基因攜帶者。眼花撩亂中，源夢六知道金髮粉膚姑娘名叫芙也蓉，穌菊里的學生。千藏最後介紹的是多瑞，精神領袖雕塑的作者，年輕的藝術家。

源夢六與多瑞握手，心裡暗自驚歎那隻手的綿軟滑膩。

他瞬間想到了黑春、白秋、當年歲月以及姑娘們，他坐下來，感到地動山搖。

「源先生，您臉色不太好，似乎需要休息。」芙也蓉說道，來自唇齒的音節如輕風掠過山谷。她背後是淺藍色的海。

「您好像還沒睡醒。」多瑞語氣有點懷疑。

穌菊里面無表情地看著手中的材料，不時用筆圈點一下，顯得胸有成竹。

「多瑞，我們繼續聊，」千藏說道：「說到犯罪，比如有一個人，到人家果園裡偷了幾個桃子，偷了幾隻雞，又或者殺了一個人，大家都覺得他是在犯罪，理當受到懲罰。可是，一個國家侵略另一個國家，毀壞宗廟，搶奪重器，殺掉千千萬萬的人，卻不被認爲是罪行，反而被人頌揚。這些事情的本質都是一樣的，都是不義，都是犯罪……」

「……不滿意生活現狀的人才會急於造反，一無所有的人才會去搗亂，乘機混水摸魚。有的政府爲了鎮壓混亂，使用虐待、掠奪、查抄、綁架的手段使百姓淪爲乞丐。如果一個國家所統治的只是一群乞丐，國家只是某群人的私有財產，那是人民的悲哀。」多瑞說。
源夢六昏昏沉沉。「你們都是綠毛妖怪的私人財產。」
芙也蓉頓了一下，但並不改變說話的思路：
「如果國家是私有財產，就像專制政體一個人做生意的東家，無論有多少夥計，所得的利益全部歸了東家，而且夥計們都受東家一個人管。反過來，就像合資營業公司，人民都是股東，公司賠賺，各股東都關痛癢，人人有監督公司的權利，也有對公司出資的義務。」
「你們都是綠毛妖怪的私人財產。她親口對我說的。」
千藏猛然提到源夢六：「我聽說你們有些城市的犯罪率特別高，因爲他們對社會很不滿，心裡很仇恨，你怎麼看待這種社會現狀？」
似乎誰也沒聽見源夢六說話，他還在想綠毛妖怪的事情。
「你心裡有恨嗎，源先生？」千藏問，一隻手玩轉茶杯。
「恨什麼？」源夢六說。
「比如女人，比如……」
「沒有。」
「我聽說你們那兒的人喜歡華服盛裝，但極少有人會想到給精神披上貂皮。他們不仰視太陽和日月星辰，偏偏喜歡玩弄金銀珠寶。你是否認爲這樣使人更加高貴？源先生？」千藏接著說。
聽著這種毫不掩飾的譏諷，源夢六感到血液突然加速：
「當然不，我不否認有少數生活奢華的人，我們不能要求人人都吃粗茶淡飯，既然你覺得無法以外表論高貴，那麼穿得光鮮與否又有什麼關係？用麻布與綢緞分別裹住同一個軀體，那人的精神是不會變的。至於我個人，我以爲用鮮血寫就的生命才是最高貴的。也許你想說，別人對你脫帽屈膝不能給你眞正的快樂，這個舉動既不能治好你腿上的風濕病，也不能糾正你的視力，我認爲沒有人會對一件貂皮，或對一粒鑽石鞠躬屈膝，歸根結柢，還是那個人本身受到尊重。」

他語速很快，像一架機關槍對著目標集中掃射。他突然對自己的說法感到新鮮，並且很愉快地認同了自己的思想，因爲這番話帶來的痛快，他感到這類談話不再像醫術會議上談論詩歌一樣可笑了。

千藏很紳士，但話語逼人：「國家富了，到處大興土木，錢財花了，東西成了，政績有了，就是品味低了一些，說白了，還是炫富的思想太重。一個國家都這樣，難怪老百姓也……」

「你說的現象的確有，但不要以偏概全，無論如何，政府總是在爲人民服務，造福人民的……」談到這個，源夢六聲音明顯疲軟。

「爲人民服務？」芙也蓉輕笑一聲，頭湊過去幾分，「當權者會給人民當保母？騙小孩兒的鬼話你也信？」

「源先生，我也覺得你在開玩笑。」多瑞摸著自己袖口上的鈕扣，語氣肯定地說：「民主國家的人民不會有尿布要洗的。」

「我認爲，應該是有什麼樣的人民，就有什麼樣的政府。」千藏說道。

芙也蓉反駁：「不對，有什麼樣的政府，才有什麼樣的人民，什麼樣的雞下什麼樣的蛋！」

「那也不見得吧，一隻其貌不揚的雞，有可能會下出雙黃蛋。有的雞羽毛華麗，漂亮高貴，下的蛋卻又小又難看。」多瑞為自己比喻得意地笑了起來。

一隻小鳥落在桌面，用尖嘴梳理牠彩色的羽毛，歡快地蹦了幾步，飛上穌菊里的肩頭。

### 3

夜裡，一想到自己打算犯罪，把穌菊里剝光，源夢六就全身充血，彷彿整個人膨脹成一條貪婪癡妄的男根。他身體裡那頭不安分的小獸被寂寞餵肥了，強健了，蛋白質豐富了，時刻獸性萌動。他不知不覺長胖了，新生的肉和他委靡的內心情緒並不一致，他的身體在背叛他，充滿報復性的欲望。他健壯結實，營養良好，眼仁漆黑明亮，一副中產階級的養尊處優，歷史的痕跡從他的眼裡淡去了，神韻忽然間多了股天鵝谷的意味。

就像一棵樹生長，一朵花開放，源夢六享受著日月容光。不過，一想到他們要把隋棠弄來，就心煩意亂，他們要把一個漂亮姑娘的可愛貪心弄掉，將高尚塡塞進去，不用多久，她全身流淌著高尚的血液，雪白的臉兒也將添兩朵高尚紅暈，她的眼睛，可愛貪心使她的眼睛明亮蕩漾——你得水性良好才能有勇氣跳進那兩潭深水中，可是欲望的消失將使它們成為兩口枯井，這是多麼可怕的事情。

然而，他又想見她。他不大能想得起她的容貌，如水中花影晃動，看不清楚，有時候她是杞子，有時候是穌菊里，有時是一堆模糊的波浪。他被弄昏了頭，幾乎不記得自己的來歷了。

他穿著寶藍色長袍的身體從椅子上站起來，踱著安逸的闊步，看見穌菊里在打理花園，摘除枯葉，鬆土澆水。他已經認得了一些花草：何氏鳳仙、斑點梅笠草、獨麗花、鹿蹄草、萼距花、千屈菜、柳蘭、山桃草、芙蓉葵、蛇莓、蝶豆……他想，一個沒有性生活的女人，只有靠侍弄花草打發時間，與半夜撒拾銅錢的寡婦一樣，那些高矮不一，色澤各異的花草，長在地上，吊在架子上，在半空中胡亂攀爬招展，彷彿也扎紮著充滿了痛苦。

「這是什麼花？」源夢六指著雪白肥碩的那朵，沒話找話。

「茶花，童子面茶花……可惜，它在最美的時候，就要下墜了。」穌菊里神色平淡自然。

「不是下墜，是凋謝，凋零，或者凋落。你可以說，女人過了最美麗的年齡，屁股、乳房統統都要下墜。」源夢六小心地打趣她。

「……人也可以說凋謝？」穌菊里不能體察到他的用意。

「是的，比如說，某個女人死了，像花一樣凋謝了，也可以說，那個女人凋謝了。」

「千藏一直等著你的詩作，」穌菊里沒有微笑，聲音也沒有變得溫柔一些，「他很看重你。」她說。

「我是個醫生，早就不寫詩了。」

「你隨時可以寫，這對於你來說一點都不難。」

「我不想寫。」

「爲什麼？」

「詩歌有什麼用？」他的眼裡突然黯了下來，就像黃昏撲進了房間。

穌菊里的雙眉突然擰了起來。她不知道如何回答。

「菊里，我能問你一個問題嗎？」

「請講。」

「漫漫長夜……你想那件事兒嗎？你想……那滋味兒嗎？」

「什麼？」穌菊里不明白他的曖昧指向。

「……你見過現任精神領袖？」源夢六把那些調情話嚥了回去，他害怕又惹惱了她。

「見過。」她仍然蹙著眉。

「親眼看到？」

「電子螢幕上，以前她每週都會出現，有時與頂尖的學者一起談論科學與詩歌，有時也與老百姓聊點家常。」

「她漂亮嗎？」源夢六問道。

「也許吧，她個子不高，喜歡戴各種顏色的面紗。」

「頭髮是綠色的，海草一樣？」

「有時是，有時不是，燈光的緣故。」

「那我不是作夢了，我眞的見過她，和她談過話。」他一口氣說道：「我看見了她在房間裡走動，打電話，她很年輕，她提到了你、善來、千藏，她誇了你們……」

「……這段時間她根本沒在電子螢幕上露過面，她周遊世界去了。」穌菊里溫和地打斷了他，同時把掐掉的葉子埋在土裡，從容地將地面收拾乾淨，做這些時腰肢扭擺，屁股拱動，彷彿裙子底下關著一隻動物。

源夢六想接著談他的遭遇，但穌菊里已經沒有興趣聽下去了，他孤單地站在陽光下，看著她的身體被屋裡的黑暗吸了進去，很久都沒有挪步。

晌午的時候，源夢六疾步穿過街道，兜裡的鑽石碰撞他的身體，路邊小憩的人朝他微笑，他見那淺笑大有深意，好像都知道他要逃離這個地方，那種視他爲甕中之鱉的眼神，讓他意識到自己正在幹一件愚蠢的事情。於是他放慢腳步，雙手反剪在後，不急不緩地走著，努力回憶第一天到天鵝谷的路徑。奇怪的是，他完全想不起來了，記憶被在相同的地方截斷，彷彿站在長堤上眺望茫茫江河，一切無跡可循。他並沒有停下來，希望能邊走邊喚起記憶。他保持閒逛的樣子走了很遠，經過那塊刻著文字的石碑，突然往山下衝去。跌倒了，一連翻了幾十個跟斗，滾下山坡，身體撞上一堆軟物。他緩過神時便見兩隻獅子看著他，目光和藹，其中一隻還欠了欠身體，儀態雍容地給他騰出一塊地方。

他幾乎站不起來，似乎是早知道無路可走，不過是爲安心才這麼做，跌了一跤後，他那顆不安的靈魂順勢安靜多了。頭枕獅子思索一陣，覺得自己和飛鳥、爬蟲及各種哺乳動物沒什麼不同，沒有語言，沒有聲音，無人問起他的失蹤或死亡，他作爲最普通的個體總被遺忘，自然消滅與增長交替的普通群體從來不需要牧羊犬，人們整齊劃一，如同一個龐大的個體。

他的心灰溜溜的，兩條腿已經站起來，並且朝山裡面走去。

胡楊樹乾瘦，葉片稀疏，鳥巢卡在樹丫間，荊棘一叢一叢，白花細碎，像姑娘的花襖，有一種淡淡的清香。不久聽到溪澗的水流聲，順著溪流走了半晌，來到一眼潭水前，潭很小，直徑不過四五公尺，水色烏青，水波將落葉趕到潭邊，仍然不停地推搡它們，無處可去的葉子只得相互傾軋。

源夢六將它們撈起來，放到樹底下。

他想，每一條小溪都奔向大海，順著水流的方向走下去，會有一個結果。

果然在天黑前來到一條河邊，河面寬二三十公尺，河水不深，水面平靜，對岸是灌木叢林，再遠處是連綿的山，山尖一抹雪白，凜凜的，十分耀眼。

他下了水，打算蹚過去。他記得那個晚上正是這樣蹚水上岸。他四下看了看，沒有爛船殘骸，於是又抬起頭看了看天，沒有月亮，青色的天空已經擰得出夜色了。

他嘗到水是鹹的，心想海就在不遠的地方，不覺有幾分興奮。水很冷，似乎一下子吸去了體內的溫度，他一陣哆嗦。這和他踩中的東西有關係，一個骷髏頭似的硬物，長了滑溜的苔，他的腳趾頭擦到了眼窟窿、嘴洞，清楚地感覺到兩排堅利的牙齒，他彷彿還踩到了肋骨。

那時河水淹沒了他的大腿，

天還沒有完全黑下來，四周朦朧，只有山頂的那抹雪線還很清晰。水裡有魚群游過。他從沒見過這樣的魚，形狀怪異，長度不過一指，身體近乎透明，牠們在離他一公尺左右的地方聚攏，停止前進，彷彿在等待更多的魚到位。如果不是水面的波紋，牠們很難被人察覺。牠們柔軟得像一團巨大的液體，海藻似的飄擺，並且不斷變化隊形。他被吸引，伸手朝水裡一撈，魚群一驚，迅速散開，瞬間全部消失。水面很快恢復平靜。

他繼續往前蹚去，突覺左腿一陣刺痛，他立刻意識到被什麼東西咬了，緊接著又挨了一口。他扭身倉皇回岸，只見小腿肚上兩個泉眼一樣的傷口不斷往外湧血。正想弄點什麼包紮傷口，他看見善來望著他。

善來似乎一直在河邊，他嘴裡正嚼著什麼，不急不緩地走近了，朝手心吐出一堆草末，替他敷上。血止住了。

「河裡的魷魚很厲害，牠們能在幾分鐘內把你啃得一乾二淨，只留下白森森的骨頭。」善來背著一個小竹筬簍，眼睛閃爍嘲諷的亮光。

「魷魚還會吃人？」因爲極度誇張，源夢六的五官瞬間放大了幾倍，從夜色裡凸顯出來，有點猙獰。

善來朝他擺了一下頭，示意他跟他同走。「每次有河葬的時候，在夜裡頭總能聽見人的靈魂在河裡掙扎，河水像開了一樣翻滾。其實那是魷魚在搶食，牠們會發出一種奇怪的聲音。」他回頭看了身後的人一眼，「多少萬年以前，吃人魷魚就存在了，在元謀人的壁畫上就有牠們的樣子，牠們非常凶狠。」他反手敲敲背簍，「所以，用這些傢伙和玉米一起爆炒，好吃得要命。我抓了一些，牠們夠凶猛，但是也夠愚蠢，給牠們弄點亮光，牠們就過來自投羅網了。」

源夢六聽了有點噁心，很想嘔吐，他瘸著腿跟在善來後面，慫恿他把魷魚倒回河裡去。

善來當沒聽見，他擰亮手電筒，那束光在源夢六的小腿掃了兩下，看到沒有新血滲出來，他認眞地說：「如果你清白無罪，上帝會讓傷口長起來的……」

想到自己差點被魷魚啃得只剩骨頭，源夢六微微打了個冷顫。他不敢輕舉妄動了，像個無知的孩子，默默地聽著長輩的嘮叨，緊跟著善來的腳步，連腳下的枯枝被踩斷的脆響也讓他心驚肉跳。

他們漸漸遠離了那條小河，從長著肥厚葉子的灌木叢中擠過去，走進樹林，四周散發潮濕而又芬芳的香氣，偶爾會有一絲腐臭的氣味夾雜飄蕩。源夢六覺得很不對勁。一種走不出去的恐懼籠罩著他。黑夜的森林使他想起多年前的事情。年輕人像樹一樣生長在黑夜的圓形廣場，等著暴風雨的侵襲與清洗。樹林沉默而騷動，蘊藏著一種巨大的哀傷與無助，彷彿被禁錮的猛獸隨時會張開血盆大口從黑暗中撲出來。杞子像一隻貓頭鷹，停在樹上，明亮的眼睛保持高度的警覺。

「我不明白，你到河裡去幹什麼？」善來說道，手電筒光亮在對方臉上停了兩秒鐘之後被擋開了，那束光打在樹林裡，有人一閃而過，手裡抱著什麼東西。

「我……只是試試水的深淺。」源夢六很不自然地回答，他什麼也沒看見，黑暗中似乎傳來幾聲嬰兒的啼哭。「你聽？」他側耳說道：「是什麼怪鳥在叫？」

善來並沒有馬上回答。他們走到樹木稀少的地方，半塊月亮被大樹丫叉起來，蝙蝠低飛，螢火蟲螢光閃閃。

「那是一個垃圾處理場，」善來說：「有人過去扔東西，禿鷲就會叫起來。牠們高興。」

## 4

當年在圖書館看到加萬的詩和照片，她就幻想著能認識這位英俊詩人，沒想到多少年後在醫院相遇。此時的加萬已無年輕時的倜儻，但仍不失風流儒雅，臉上的皺紋加強了隋棠少女時期的愛慕。剛入社會的隋棠含苞待放渾身緊致，也許正對源夢六萌生一種類似於愛情的好感，這種好感很快被加萬的詩人身分與那輛凱迪拉克輾得粉碎，她在加萬那雙盛滿權欲的眼裡炸開驚豔，老才子俏佳人，沒費周折就兩情相悅了。

加萬的心臟有毛病，要動手術，保險公司比他的家屬更關心他的死活。起先加萬的藥廠出了事，有病人吃藥後丟了命，加萬惹了官司。隋棠說她用人世間的各種手段企圖由偏位扶正，但加萬家那棵老樹根深葉茂，颱風海嘯都奈何不得。

當源夢六得知隋棠懷上了加萬的種，腦袋嗡地一聲炸開了。

隋棠的愛無非是少女夢想的實踐，不可靠。加萬許諾給隋棠兩百萬，只要她把孩子打了。加萬的正室暗底裡做鬥爭，只等隋棠拿下加萬的種，分文不給，但要想方設法阻止隋棠把孩子生下來瓜分家產。隋棠一面忍受身體的妊娠反應，裝作要把孩生下來，一面悄悄去醫院墮了胎。這隻受傷的鳥雀落進了源夢六的花園。他曾幻想那是杞子。他把她放進溫暖的巢穴，醫治她，對她悉心照料，她的羽毛重新光亮耀眼。當她的身體痊癒，她又談起了令她著迷的詩人，她提到了白秋，他的死亡以及他遺書裡的詩句，「我看見士兵和刺刀在我的詩行裡巡邏，在每個人的良心裡搜索」。她有時穿著粉色雪紡長裙，在花園的休閒椅上讀源夢六的詩，或者望著遠方的山脈出神，彷彿還沒有走出過去的陰影。

「杞子……不，隋棠，我還是給你說說加萬的事兒吧。」源夢六說，也許是酒精的緣故他語無倫次，「你並不了解他……黑春也許還活著……你很難知道事情的眞相。」他瞧瞧隋棠的臉色，她對他的話題表現出很有興趣的樣子。

加萬賣友求榮的故事，是摩根說的，背叛祖國，或者背叛某種政治信仰，總是比出賣朋友的罪要小。

那年夏天空氣敏感脆弱，人們的神經像緊繃的弦，一點灰塵落上去都可以砸出一陣混亂響動。夏天提前來到，很多花都不開放，很多樹沒發芽。那時候的人動不動就搞詩歌朗誦，三天兩頭就會有規模不等的詩歌朗誦會。最轟動的那次是在圓形廣場附近的小公園裡，那兒的草地裡埋過死人的，現在已經鋪成了水泥。那天的樹上、牆墩、屋頂、鐵欄杆，到處都是人。朗誦者基本上都是學生，他們朗誦聶魯達、米沃什、惠特曼、泰戈爾以及三劍客的原創詩歌。後來呢，一個年輕人衝上舞台，朗誦了一封虛擬的辭職信，他的身體像旗杆一樣，枯瘦伶仃的，額頭冒汗，他太緊張了，蒼白的臉突然紅得像塊磚，他說：「做暴政下的順民是不道德的……」他這句話把氣氛推到了高潮。這個人在一個只有代號的宣傳單位工作。有人大喊偏頭痛到了該醫治的時候了，青年人到了爲國獻身的時候了，人們的情緒被激發，場面失控，一片混亂。有位不太著名的詩人一邊朗誦，一邊脫衣服，接下來更多的詩人脫光了，詩歌朗誦變成了一場行爲藝術。後來員警來了，光屁股的和沒光屁股的，詩人和非詩人統統被帶走，以擾亂社會秩序的罪名拘禁十五天。但問訊內容跟脫衣無關，更多的質疑針對詩歌的內容，他們要調查煽動民情，宣揚反動的幕後指使者，尤其是小廣的那封辭職信，「暴政」一詞給他惹下了巨大的麻煩，他比其他人多蹲了幾天，摩根在這時認識了他。

一切總算結束了，但局勢仍然緊張，抓的抓了，判的判了，斃的斃了，還有很多的人受到密切「關注」，摩根跑到老家的孤島上躲起來。加萬費盡周折找到了他，給他帶了很多同學死亡與失蹤的消息，當然也有香菸白酒和書籍，他陪他喝酒、聊詩歌、談理想，分析當前局勢，摩根感到自己在坍塌的世界之外獲得了寶貴的友誼，他決定與加萬一起繼續爲死去的同學做一些事情。摩根隱姓埋名，加萬通過自己的關係，給他在縣城找了點事，採購香精、水松紙、醋酸纖維絲束之類的材料。摩根也心存疑慮，爲什麼當大家東躲西藏時，加萬沒受任何影響？他甚至還有點春風得意。直到有天深夜，加萬從省城驅車兩小時趕到摩根租賃的古屋裡大發感慨，痛罵當局，還告知摩根他退了梅花黨，辭了公職，摩根對他的崇敬之情油然而生，這才視他爲患難之交，眞正推心置腹。這個晚上的加萬提出要成立組織，開展地下活動，他負責弄錢，讓摩根找可靠的人，計畫先辦一份地下報紙，宣傳啓蒙大眾，同時回應海外的有關組織。他還厚顏無恥地說，所有的人都該像個詩人一樣行動起來。

熱血沸騰的摩根又找到了活著的意義，他立刻始籌備，不久便在孤島上找到了地下印刷廠，和一撥値得信賴的兄弟，然而加萬的錢總是沒籌夠，他一等再等。有一天，小廣突然出現在摩根面前，問他與海外組織有沒有聯繫，他偷了一套祕密文件，也許很有價値。摩根半信半疑，問他爲什麼要冒這種坐牢的風險。小廣說爲了流血死去的同輩，他一直希望能幫忙做些事情，他無法袖手旁觀。摩根當時敷衍過去，將這件事告知加萬，加萬聽了大喜，要摩根把文件拿到手。摩根覺得小廣這個人吊兒郎當的不靠譜，不能輕信。過了幾天，加萬開車來到摩根的住處，一起分析了小廣這個人，最後總結他値得信賴，即使不可靠，也絕無危害。三天後加萬又來催要文件，摩根還在猶豫中，加萬又要求摩根三天內拿到文件，因爲他已經把文件的事對海外組織提了。兩天後加萬再次來到摩根住處，大爲光火，他說海外組織已經來了五個人，不能讓他們等，他們還有別的事情要辦。如果一開始就不講信用，以後就無法開展工作了。他把菸頭從窗戶裡彈出去，五官擰成一團，要摩根馬上去取，然後一起去賓館找海外組織的人。

摩根取了文件到城裡與加萬在賓館會合，將文件交給加萬，但並沒有見到組織的人，加萬說他們暫時不方便見他，文件他會轉交給組織。

其實所謂的「組織來人」，不過是加萬的胡編亂造，也正是他花了一百元請小廣朗誦辭職信，再以重金買下了小廣參與文件事件。摩根剛走出賓館，就被一群便衣逮走了，旋即因洩漏國家機密被判入獄五年，出獄後沒有工作，寫文章也沒地方發表，窮困潦倒。

立功的加萬搖身一變，經起了商，娶了高官的女兒，寫起了歌功頌德的政治抒情詩，拍馬屁的才華日益傑出，他踩著詩歌的爛梯子，爬著良知的黑煙囪上去了。聽說摩根日子難過，他暗中託有頭有臉的朋友出面，要與摩根握手言歡，用金錢洗清舊日恩怨。

「無論如何，加萬也比你強，他敢做，他敢壞，他知道自己要什麼。」隋棠困倦的聲音不失刻薄，「而你呢？你不寫詩了，你要什麼呢？你的理想呢？」

「白秋死後，寫詩是矯情的、賣弄的、虛僞的。」源夢六驀地沉下臉來，「分行的句子只是一排排屍體，一切都是耳鳴和幻象。」

隋棠仰靠沙發閉著眼，似乎已經睡著了。

「是啊，三劍客，不是死掉了，就是被閹割了，誰都認爲和醫生談情說愛更符合現實。」她懶懶地打開眼睛，慢悠悠地說道：「……有血性的漢子，在風裡越跳越高，高出我的喇叭，高出我們害怕破裂的八度音節。我們已經離開了那個時代，已經開始學著爬行。佩劍的俠客無法闖入防盜門，只有幾個男人留著長髮在北屏混。他們怕不怕血，無可考證。我還是願意相信，除了高歌和吶喊外，我們身體堅硬。我等待著一場戰爭，把我的祖國運回來。莽原裡的狼都老得快死了，也沒有橫空出世。我並非暴徒，我只想嫁個詩人。」

見源夢六沒有任何反應，隋棠擺正身體，慢悠悠地說：「最後兩句是我加的……你不會不知道這是誰寫的吧？」

他當然知道這是黑春在流血的前夜寫下的詩。這首詩在地下流傳。每一位朗讀者都充滿悲戚。死去的沒有活過來，失蹤的仍然失蹤。青花酒館被查封了，舜玉她爹被抓……他不想把過去的歷史壓上現實的生活，尤其是不忍讓隋棠這樣美好的姑娘明白歷史的殘酷與沉重，更爲隱祕的原因是他本人在那個關鍵時刻並無英雄舉措，不足以令小姑娘著迷。他輕描淡寫地說：「我是個醫生，我只在乎病人的死活，我從來不關心誰寫了什麼詩。」

## 5

給源夢六腿上的傷口塗藥時，穌菊里什麼也沒說，她蹲在他面前，臉部像遙遠的風景，蒙著淡霧。源夢六感到自己是一條魚，在她的魚缸裡得到保護，同時也被限制，處處碰壁。他情願放棄她的身體也不寫詩，她並沒有爲此故意刁難他，倒是他心裡非常不安，有時猛然一陣懊悔，但很快認定自己做得很對，如果被囚禁的詩歌和身體得不到解放，一切都沒有樂趣，他想她也應該明白這個道理。他在和姑娘們上床的時候，彼此的身體是自由的，無條件的。本來就是，在自己的房間裡使用自己的身體胡作非爲，誰管得著呢？他看著穌菊里鼻翼上那顆閃光的鼻釘，她隔一陣就會把身體的哪個地方鑽個洞，她的耳朵都快打成篩漏了，連肚臍也不放過。他想她遲早會變成一個渾身是洞布滿掛件的人，而她天然的洞卻不允許任何東西穿越。

寂靜平淡中，她已經用白紗布給他包紮好了，告訴他被魷魚咬過的後果，她說如果他嘗試寫詩分散注意力，傷會好得快一點，因爲詩性對傷口有一種隱祕的刺激作用，它會使人體分泌出無數的再生細胞。一般人自然痊癒的可能只有百分之五十，常見的情況是傷口反覆化膿，新生的肉繼續腐爛，一旦感染便會一命嗚呼。

「我現在去美術館參加展覽開幕式。」穌菊里的淺灰長袍外披了一件及膝的黑色風衣，頭髮梳成辮子盤在腦後，用一根紅色玉簪固定，搖身變成了玉簪螺髻的仕女，落花人獨立，她開口說話時他頓覺桃紅柳綠。「如果你有興趣，倒是可以去看看現在的年輕人腦子裡想些什麼，有什麼不同。」

源夢六看見了她的裸體，流淌麥穗的金黃，椰子般圓潤結實的乳房裡瓊漿蕩漾。他想到他試過的女人都是水，遇性便揚花，又野又放肆，她們的髮髻在那一刻彈開，她們的身體在那一刻綻放，她們嗓子裡發出嬰兒般貪婪的聲音在他耳邊嗡嗡直響。她們揪住他的頭髮，抬起身體咬他的肩膀，他毫無顧慮地幹掉她們。他們有時彼此流露出甜蜜的愛意，結束後恢復彬彬有禮，各自談起經歷過的有意思的人有時還會笑場。但他再也沒有愛上過任何女人。

源夢六回過神來，眼前已經空了，一縷淡香轉瞬即逝。他望向穌菊里走過的空門，夾在籬笆中間的卵石小徑長出了野草，大路上空空蕩蕩。他發現這是個陰天，像在醞釀一場雨，他的心情隨之變得晦暗，腿上的傷也因此明顯疼了起來。他泡了一壺黑茶，端著茶杯在屋裡轉圈，那些擁擠的綠色植物使屋子裡的氧氣稀薄，他到窗前深呼吸，遠處一片火燒雲，他知道別的地方已經下了一場雨，明亮正向這邊浸染過來。

美術館在四公里以外的山腳下，坐環保電瓶車需要二十分鐘。源夢六抬腿步行，往美術館方向走，這樣他有足夠的時間思考，反悔了可以隨時在哪個地方停下來，撒泡尿再打道回府。一路上灌木叢讓位給松林，松林化成一望無際的麥地，他在麥地邊的草皮上坐下，細心觀察如稣菊里膚色的麥地，他摘下一串麥穗用指尖感覺麥芒的尖硬。天氣忽然晴朗，彷彿是刷子一刷，麥地突然加重了顏色，黃得刺眼。它們像沙漠一樣，他的視線被遠處的地平線上一排筆直的樹切斷了。也許這只是一種幻覺。他重新上路時，完全不記得自己有過任何停留。左邊是綿延的山脈，樹木年老高大，榆樹、栗樹、橡樹、山毛櫸，擁擠著在風浪中翻滾，向遙遠的遠方延伸。他在麥地和高山間的道路上行走，他感到自己正穿過一片虛空，陡然間一切都消失了。於此同時，他的嘴裡吐出了兩個句子：

屍體在這邊
靈魂在那邊

他摸出塤來，用手指把它擦亮，吹起了〈傷別離〉，像風一樣嗚咽。有條路朝右拐，往樹林中央延伸過去，兩旁的樹枝在天空中交叉，一陣風吹將陽光和樹葉搖動起來，彷彿圓形廣場上的人群騷動。很多年來，源夢六都不知道裝甲車開動起來是什麼樣子，他的想像力在某一瞬間全部瓦解。而此時的冷風灌進缺氧的腦袋，遼闊的麥田讓他恍然大悟，他看到收割機開進麥場，伴隨著轟隆隆歡快悅耳的節奏，小麥紛紛倒下，農民的臉上蕩起豐收的喜慶，於是大地空無一物，太陽慢慢變紅，只剩白鳥在低飛尋覓。被收割的小麥堆放到哪裡去了？慶功會上的紅酒比血還要黏稠，並且腥甜無比。一杯酒倒成一條河流，一個字變幻一具屍體，正確的錯誤的男的女的老的少的稚嫩的眼睛睜得又大又圓，一聲不響地捲入突襲的波浪中，流向大海。每到夏天，全世界的麥穗低下了頭顱，百花凋盡，果實發育不良，蛀蟲一年比一年猖獗。夏天像戀愛中的女人一樣濕潤，電閃雷鳴。這一刻他的想像力和麥地一樣金黃四射，詩情像群鳥從森林裡劈哩啪啦的飛起來。

他背靠著樹打閉上眼睛。

「Hi，醒醒，源先生，您怎麼在這兒打盹啦？」一個姑娘的聲音。

源夢六精神恍惚，他發現自己仍坐在路邊，面對一眼望不到頭的麥地，背靠著一棵無皮的樺樹，一隻螞蟻在衣袖上兜兜轉轉。

「噢，是你……」他站起來，因爲叫不出姑娘的名字有點尷尬。

「去美術館。您要不要搭順風車？」姑娘金髮粉膚，一身非主流打扮，她兩腳踮地騎著自行車，前面的柳條筐裡放著畫軸，細長眉眼有幾分刁鑽傲慢。

「不用了，謝謝。」源夢六說。一個豐滿的姑娘——他心裡想道。

「你似乎正在醞釀……」姑娘像隻歪著腦袋的肥鳥，一頭卷髮亂雲飛渡，「醞釀寫首詩什麼的吧？」

「不，沒有。」源夢六不談一切與詩歌有關的話題。

「老天，面對這麼好的景色，你眞的在路邊睡著了？」姑娘擺正頭，直視源夢六。

「能隨時隨地睡上一覺，是上輩子修來的福氣，這可沒什麼遺憾的。」

「你好像是在說一頭豬。」姑娘很不客氣地說。

源夢六緩慢地看了姑娘一眼。「就算是吧。」他不想跟她繼續說下去。

「那就對了。我看你也不像，最好不要去玷汙了詩歌。」姑娘鼻孔裡哼一聲，甩出一個輕蔑的表情嗖地上車走了。

源夢六彷彿被人摑了一巴掌，愣了半晌。他用背部借著樹幹的力量撐起身體，摩擦中一些碎屑落下來。他本想罵姑娘一句，但她在高山與麥地之間騎車的背影讓他閉了嘴，他突然想起了杞子。這姑娘和杞子完全不像。他只是看到騎自行車的姑娘就想起杞子，有時看到自行車，看到一切滾動的車輪也會想起杞子，看到一切年輕姑娘更會想起杞子。他常常後悔離開圓形廣場時沒把杞子帶走。他低頭往前走著，像在地上尋找什麼，最後上了一輛電瓶車，在年輕人嘻嘻哈哈的談笑中，他記起那個胖鳥一樣的姑娘叫芙也蓉，是穌菊里的學生，牙尖嘴利地喜歡啃咬政治，源夢六對這類女人缺少好感，甚至可以說是討厭。

天鵝谷美術館遠看像一顆橫放的鳥蛋，外殼由一層深灰色的文化石包裹，周圍沒有任何依附，顯得遺世獨立。廣場大小不一的裸體雕塑形態怪異，通往美術館大門的道路兩邊插著國旗。沒有嘈雜，沒有喧譁，甚至連腳步聲也消失了。源夢六在木色長椅上坐下，腿上的傷有點疼，他開始擔心它會一直爛下去，爛到看見裡面的紅肉，爛到變成一具骨架。白秋在泥土裡早就只剩骨架了，他的詩集被整理出版了，人們閱讀他的詩歌，但沒有人追問他的死因。源夢六嗅著陽光和草地的混合氣息，對自己出現在此時此地感到迷茫。一些標致的男女朝美術館裡走去，有人好像認識源夢六，朝他揮手，他沒理會，他沉浸在自己的情緒中。當一隻彩鳥尖叫著落在雕塑的頭頂，他突然意識到他是追隨穌菊里而來。他抻抻腿站起身，天鵝谷所有的展館都是免費開放，像公園一樣，所以他徑直朝裡走去，穿過鋪著暗紅地毯的長廊，到了展廳中心，開幕式剛剛在掌聲中結束，人群正緩慢有序地散開。

源夢六以爲這是一顆密封的鳥蛋，結果發現鳥蛋裡面遠比想像的敞亮空曠，他無法想像光從哪裡進來的。這個巨大的空間裡搭建了無數錯落的方格子，每個格子裡都有不同角度的光打進去，各種風格的畫、雕塑、攝影作品、手工模型……有的懸掛，有的飄蕩，有的空間在播放動漫、電影、紀錄片。他被一組油畫黏住了。畫面是雪地上一棟破落的舊廠房，冷漠的煙囱、鋼梯、腳印、寂靜、凋敝、剝落的外牆以及貧苦簡陋的生活痕跡。扯在樹間的鐵線上搭著孩子的爛衣服。廢棄的火車軌道，鏽跡斑斑的通風管，遼闊無邊的雪，甚至畫面以外的東西，他都看見了。他覺得自己到過這個地方，也許是少年或者童年時期，在一個偏僻縣城，也許是在夢裡，總之他熟悉這畫面，他的心被觸動了，他想開口說點什麼。他身邊有人像他一樣近乎默哀地在這組油畫前逗留片刻，然後面無表情地離開。他們都沒有交談的欲望。這兒沒有黑春、白秋、杞子、舜玉……源夢六腿上的傷又疼了起來。他低頭彎腰伸手檢查傷口周邊是否開始紅腫，他摸到皮膚有點發熱，這時身邊停下兩雙腳，它們的主人在輕聲交談。

「多瑞，如果豬也會對藝術感興趣，你看這算不算件有意思的事情？」

「從哲學意義上說，豬是不會思想的，但是豬到底有沒有思想，也許得去問豬……」

「Hi，源先生，」腳尖轉向源夢六，他直起身來，腦袋幾乎擦到姑娘的胸，又是她！「真巧啊，您覺得……一頭豬會對藝術感興趣嗎？」芙也蓉笑瞇瞇地說。她肥沃的身體擠壓著他的空間，他感到自己被逼到了牆角。他沒有後退，他第一次近距離地看清這姑娘凹凸有致的五官彷彿是白麵團上精雕細刻出來的，眼睛像淡藍色的琥珀，紅潤的嘴唇帶著天然的嘲弄與性感。多瑞的位置正好與源夢六和芙也蓉構成等邊三角形的三個點，他顯然不知道「豬」的由來。兩個男人握了一下手，拉開距離。

源夢六還沒說話，穌菊里和千藏突然從另一個方格子裡出現。

「聽說你的腿受傷了，現在感覺怎麼樣？」千藏身穿豎領咖啡色長袍，剃了光頭，嘴邊蓄了一圈短鬚。

「不要緊，現在好多了。」源夢六說道。見穌菊里和千藏雙雙出現，他心裡頓時湧起了一股醋意。但是他又不自主地欣賞千藏的從容俐落英氣逼人，以及溫婉中夾雜的傲慢，他在內心讚美他，同時又感到有種來自千藏的無形逼迫，一個灼目的男人，就像黑暗中的燭光，他將周圍的一切變成一團團虛幻的暗影。

源夢六不想在他的籠罩之下，他獨自轉身繼續看展覽。

「源先生，看了這些學生的作品，你一定有一些想法吧？」千藏跟上幾步，「你願意接受採訪，還是就這次展覽作品寫篇文章？」

「謝謝，我只是個醫生，我對藝術一竅不通。」源夢六擺擺手，頓了一下，接著說道：「千藏先生，冒昧問一句，你覺得天鵝谷是完美的嗎？」

「如果能寫一首長詩，那是最好不過的事情。」千藏好像什麼也沒聽到，「我們就缺這個，缺好詩，缺牛逼詩人。」

源夢六將目光投向穌菊里，後者微微昂起了下巴，像是體驗雨點滴下來的感覺。

「我一直很難相信大詩人的來頭。」芙也蓉雙手揣在她奇裝異服的口袋裡，如一隻吃飽的懶貓對食物不屑一顧，「戴著鐐銬的人，只能寫上了枷鎖的詩。」

「混亂不是自由，自由是從秩序中得來的。」多瑞插了一句。

千藏背對著一幅三四公尺長的殘雪圖，他的咖啡色與雪景彼此映襯。「我認爲首先一個牛逼的詩人在精神上應該保持眞正的純粹與高尚。你知道，人群好像森林中的樹木，它們互相需要，這樣彼此都可以得到空氣和陽光，每棵樹都能獲得一個美麗筆直的外形，」他的嘴角往右上方一扯，像風將燭光弄了一下，露出一絲淺笑，「至於那些彼此分離的樹木，都是旁枝斜逸，枝杈矮小彎曲，糾結不清的。」

源夢六再一次把目光投向穌菊里，他不想談論詩歌，他希望馬上從這種談話中解脫出來：

「你和多瑞去雕塑展區看看，有幾個地方需要稍微調整一下。」穌菊里對芙也蓉說，兩個年輕人應聲走了。「去露天咖啡館喝點什麼，你們不會反對吧？」

「這個提議不錯，我正好有點累了。」源夢六稍微抬了抬受傷的腿。

他們穿過迷宮一樣的過道。咖啡館像飄在空中。可以看到一望無際的金黃麥地、地平線，和向遠方傾斜下去的天幕。白雲零散。

繫著花邊圍裙的服務員很快弄來了炸洋蔥圈、薯條、玉米爆魷魚、咖啡。

「當然，人性這根曲木，絕對造不出任何筆直的東西。」似乎不把話說完，千藏不會吃任何東西，他架起二郎腿，雙手抻了一下衣服下襬，使它妥貼，朝穌菊里使了一個眼神。

穌菊里從隨身小包裡拿出一本翻譯詩集，說這樣的好天氣這樣的此刻非常適合朗讀詩歌，翻開詩集，低沉緩慢地念了起來：「『只要想起一生中後悔的事，梅花便落了下來，比如看她游到河的另一岸，比如登上一株松木梯子』……」每次讀到這兒，她就倒回去從頭再讀，如此反覆幾次之後，幾乎是在她停頓的瞬間，源夢六脫口而出：「『危險的事固然美麗，不如看她騎馬歸來……』」他像著了魔一樣一口氣背下去，面色逐漸紅潤，目光變得豐富有神，他站起來，面朝一望無際的麥地讀到最後「只要想起一生中最後悔的事情，梅花便落滿南山」，眼淚在突然結束的寂靜與空白中流了下來。等他回轉身，面色已淡，眼裡的光也滅了。三人面面相覷。

「你的聲音在證明你仍是一個優秀的詩人，你對語言的感覺非常強烈。」千藏有點激動，這打破了他一貫的冷靜與傲慢，「也許，是你重新成爲一個詩人的時候了！」

「千藏說得沒錯，或許連你自己也不知道，你剛才的感染力……」穌菊里那雙巧克力色的眼睛盯著源夢六，她說話明顯缺乏底氣。

「牠們吃人肉，最後又被人吃了……」源夢六從小竹筐裡捏起一塊魷魚片嗅了嗅，重新放了回去。「我是醫生，建議大家多吃健康食品。」

## 6

這一夜，源夢六覺得有點難過，他想起了隋棠，粉紅筋脈的隋棠，她像夜空的木星在窗戶的正前方閃亮。天鵝谷的月亮總是圓的，只不過有時金黃，有時銀白，有時她長滿絨毛，有時像岩石冷硬，有時活像塊大燒餅，有時除了月亮她什麼也不像。她總是充滿立體感，常常覺得踮起腳尖就能看到她的背面。他相信隋棠就在那一邊，嚓地一下敲掉玻璃藥蓋頭，用針頭滋溜吸個精光，把空瓶子拋進垃圾桶。白臉兒繃得緊緊的，胸脯挺著，黑眼珠滾來滾去，她總是想不起什麼放在什麼地方，她的心不在焉有時令病人吃盡苦頭，有一次還要了一條命，當然這種醫療事故除了少數幾個關鍵人物總是不爲人知，醫院要保護自己的幹部也避免壞名聲影響醫院的收入以及對國家的貢獻。

他知道隋棠其實有比當麻醉師更高的志向，她對生活的品味遠遠高於目前的職業，甚而可以說，她是很有藝術天分的姑娘，她寫得一手好書法，還會畫你看不懂的畫。這個社會太需要人們不懂的事物出現，而今大家只不過是在比誰的圈畫得更圓。她還會雕刻，她的辦公桌上就雕了一具奇怪的軀體，當你覺得像動物時發現它更像植物，湊近去再看時，除了此刻紋你什麼也抓不住。但是麻醉師的身分太強大了，它是一股主流，滔滔洶湧而過，把她沖得只剩下一張麻醉師的雪白臉蛋。源夢六正是熱愛她被沖掉的那一部分，那彷佛是一個死去的天使，他爲此沉吟難以自拔。

現在，杞子的臉蛋變成月亮貼在夜空，他感到已經過去了幾個世紀，其實他已經忘記了她，只是每次抓起對她的那種感覺，摸到她在他心裡長成一個疙瘩，像膽結石腎結石腸結石一樣，堅硬無影。他衷心希望它們疼起來，「天啊，我完全感覺不到自己的身體了」。月光流瀉。月光斗膽向東流。飛鳥昆蟲乘風破浪，如黑流星從窗前劃過。他逐一撫摸自己的身體器官，他的心、肝、肺、膽、脾、胃、大腸、小腸，他的膀胱他的腎、他的神經他的血管，他的眼鼻嘴耳，他的頸椎鎖骨……最後才想起自己的生殖器，「啊，我的睪丸，我的陰莖，可憐的小東西」，他們像在大戶人家的屋簷底下避風寒的乞丐流民，一身皺褶疲沓，委靡不振，多麼盼望來一頓有魚有肉的豐盛的晚餐，它等著豁出命來饕餮。他擔心他的會陰橫韌帶、他的考勒氏筋膜、他的鱗莖狀海綿肌等運轉不靈……他撫慰這隻飢餓的小鳥，它的身體在溫暖的掌中漸漸甦醒，它終於提起精神睜眼打量世界，它看到月光如瀉，夜柔似水，它彈彈腿，拍拍翅膀，尖叫著迎向月亮飛沖而去。他看到了杞子，她剛洗完澡走出月宮，一襲白衣頭髮濡濕，懷抱玉兔嘴唇殷紅，前胸湧浪，眼裡開著雜花，她在瞬間仙去，化爲岩石漫山遍野。

源夢六想起那次手術，也許是麻醉劑量不夠，他看見加萬眼角滾下了一滴淚。加萬的遺囑被他的結髮妻子撕了，大概世上所有有錢人的老婆不得不換上蛇蠍心腸，她們時刻準備將丈夫的情人生吞活剝。源夢六曾經以爲勇敢的愛情再次來到了人間，來到他和隋棠之間，加萬死時的某滴眼淚裹著他與隋棠，未來他們化身琥珀，千萬年之後，被陳放在古玩收藏家的櫥櫃中。這一夜源夢六恍惚意識到自己殺了加萬之後畏罪潛逃。他努力回想，但他的努力就像是朝鏡子上面哈氣，過去越來越模糊不清，他不斷地把隋棠和杞子搞混了，他的過去正在逐步消失，現在他已經徹底忘掉了整個少年時期。

# 7

天氣更涼了，大清早的霧封鎖了所有的出口，能見度很低，到處瀰漫潮濕的氣息。世間萬物比往常更安分，寂靜像一只瓷碟，甚至都沒有什麼來敲碎它。不斷有水珠從葉尖上滾落，平靜的節奏帶著愜意與感傷。

源夢六在霧裡走著，頭髮像黏了一層白線絨。這個清晨他的身體像一支堅硬的駁克槍死死地瞄準前方，它需要一頭獵物放空子彈，而他內心的野獸同樣有撲出去飽餐一頓的衝動。他沿著穌菊里常走的道路跟過去。幾分鐘前，她提了一筐衣服去了河邊，她喜歡在早晨的流水中淘洗衣服，就像她喜歡在晚飯結束時洗澡，睡覺前在床上看書……當然她一定還有別的習慣，他想，譬如棉質胸罩、T字褲以及高潮時的反應。他的直覺是她經歷過男人，她一定偷偷摸摸地幹過那些事兒。她如何克服排卵期的躁動與欲望？她古怪的性情是不是長期壓抑的結果。他身體裡無以名狀的熱情高漲，伴隨著對她的憐惜之心，他堅定地舉著槍一刻也沒疲軟。

他窺視四周，滲進濃霧的樹林彷彿仙境。他聽見自己脈搏鼓動，血液喧譁，膽囊裡分泌出苦味的液體，寂靜中有無數的聲音像風一樣奔跑。像猴子一樣攀上樹摘下穌菊里結實的椰子，將她放倒在地——無論她反抗還是順從。他幾乎在霧林裡迷路，是隱約的擣衣聲給他引路，彷彿晨鐘暮鼓，在一個看不見的地方敲響，他相信那是她的召喚，她在霧中已然潮濕的身體在等待他，他變得急切、堅決，義無反顧，頭髮開始滴水，衣服濕漬斑駁，一條開著白色野菊花的小徑通向穌菊里，衣服已經放進了竹筐，她坐在長椅上翻著袖珍本，玫紅色長袍底下露出蔥綠布鞋，鞋上繡著梅花。

他在五公尺開外停止前行。

霧切斷了周圍的一切，像一個隱祕的房間。他看到她頭髮是胡亂挽起來的，這亂洩漏了她內心的焦慮。他猜她在讀《聖經》。他知道該如何才不至於驚著她。就這樣僵持了幾分鐘，當他打算退回霧裡重新出場時，她抬起了頭。她是微笑的，她的微笑像麥穗般充滿光澤，對他的出現沒有絲毫吃驚，彷彿她約他來的。

她似乎換了一個人，他感覺到她的變化，此時的她像一道沒有難度的數學題，不費吹灰之力就能將她破解。她像個小姑娘一樣饒有興致地打量他，眼裡凝固的巧克力已經融化，像果汁一樣黏稠，她眼睛一眨，那果汁裡便漫溢出一縷香甜與善意的嘲笑。他意識到自己有點狼狽，像個雛兒般有點局促。他們都找不到開場白。霧在變幻繚繞，輕柔地籠罩四周，更靜的靜寂正在聚攏。他輕快地滑向她。

「菊里……眞巧，你也在這兒。」他捋了一把頭髮，同時意識到那把駁克槍已經不在了，他有種赤手空拳的膽怯。「我聽到這邊有響聲，所以……你看的什麼書？」他背著雙手歪了身體看書的封面。

她合上書，他看了看書名，是《古拉格群島》，他在她身邊坐下來，她便讀出了聲音：「六月三日，新切爾卡斯克廣播電台播送了米高揚和科茲洛夫兩人的講話。科茲洛夫並沒有哭。他們也沒有再許諾要查明當權者中的肇事者。他們在講話中只提到：這次事件是由敵人挑動起來的，而敵人一定會受到嚴厲懲罰……米高揚還說，蘇聯軍隊根本不許裝備達姆彈，所以那些達姆彈肯定是敵人使用的……所有受傷的人從此便不知下落，誰也沒有再回來，相反地，死傷者的家屬全被放逐到西伯利亞去了。其他許多有牽連的人、被記住的人、被抽入照片的人也都遭到同樣命運。對被捕的遊行參加者進行了一連串的祕密審判……」

「嘿，菊里，你朗讀的時候眞是漂亮，就像一隻歌唱的小鳥。」源夢六小心地打斷她，他拿定主意來點甜言蜜語，此刻他的情感在閱人無數之後回到單純樸實，「我記得我第一次見你的樣子，在人群中，你像一棵寂寞的龍舌蘭，長髮飄飄，你不可能知道我那一瞬間的感受——當我以爲永遠見不著人類的時候，我看見了你，」他定睛看著她，她臉龐濕潤，嘴唇微張，彷彿有些驚訝。

她合上書，插入下襬的口袋裡，顯然那是專門爲裝書設計的，大小正好。「嗯，你當時竟敢跟我走了，也不怕我是妖怪，半夜吃了你。」她說。兩手抻了抻裙襬。他又調侃了幾句，覺得她已經上道了，說話又放肆了一點：「我倒是想被你吃掉，最好我能親眼看著你把我吃掉。」她不明白這句話裡的下流意味，說你眞是幸運，天鵝谷是不會人吃人的。片刻無語，他接著想辦法把她朝那方面引。「你見過野合花嗎？我那天本想採一朵回來給你，但是那花很奇怪，一碰它花瓣就全散了。」他遺憾地搖了搖頭，「我覺得那是世界上最美的花，它簡直像個口頭傳說，很少能被人親眼見證……我運氣不錯。」穌菊里養花種花，認得的品種不少，對野合花卻是一無所知，不免爲自己的孤陋寡聞感到不安：「它是什麼顏色？類似於什麼花？」他略一沉吟，說道：「雪白，或者粉白，花瓣細得像米粒，近看遠看完全不同……我說不清楚，總之很驚豔啦。」她費勁地想像野合花的樣子，但很快放棄了：「不行，我要看看到底是什麼奇花異朵。」她跳下椅子，「你現在就帶我去。」他喜歡她這一躍，像個任性的小姑娘。他問她給他什麼獎勵？她說你是乘機敲詐吧。他說給一個擁抱算不算過分？她瞅他一眼，算是默許。他站起來，雙臂一圍，像賭徒圈住剛剛贏得的籌碼。她一貼緊他，他就舉起了駁克槍。擁抱由鬆變緊，沒有誰率先撒手。萬物沉靜，似乎也沉浸在擁抱的滋味裡。她身體柔軟，他擠迫她的豐滿，而削瘦處使他感到稍一用勁就能將她折斷。當他正要低頭吻她，頭頂突然一聲恐怖慘叫，一隻禿鷲像模型飛機低空滑過。擁抱因此結束。他領著她朝樹林裡走去。開始各走各的，十分鐘後便已經手牽手了。他根本不知道該去哪裡，他很想找一片舒服的草地把穌菊里放倒，告訴她什麼是眞正的野合花。穌菊里似乎很有耐心，也不催問。一路上不見天日，樹木濕漉漉的，冰涼的霧水滴到脖子裡，她就會尖叫一聲。

「累嗎？歇會吧。」源夢六指著橫臥的樹，他覺得這個地方不錯，足夠隱蔽，絕對安全。「我好像轉糊塗了，我記得離河不遠……」

他兩腳撐地坐在樹幹上。穌菊里看著他不說話。他伸手一拉，她便在他兩腿間了。「你見過那片榛樹林嗎？」他捏著她的手，觀察她麥穗色的手指和指甲上的月牙白，「我忘了在哪個山坡了，那兒的灌木叢……」

她的屁股已經落上他的大腿，他自然攬穩了她的腰，她的胸幾乎頂到他的嘴巴。他突然嗓子裡冒火，悶頭把臉抵進她的山堆，身體一瞬間燒了起來。他開始順藤摸瓜。穌菊里像塑膠娃娃被他擠弄出一種怪異的聲音。片刻，彷彿他使勁過猛，塑膠娃娃從他手裡彈了出去，她像頭小鹿停在他兩腿之外，頭髮凌亂地說：「我還是要看野合花！」她今天有種不可思議的天眞活潑。他感到自己就是一條男根，牢牢地長在地裡，動彈不了。「我還有個條件，」他去夠她套在玫紅色衣袖裡的手，「我要你吻我一分鐘。」他今天也有股令人費解的任性，彷彿他們兩小無猜。「過來，」他說：

「就一分鐘。」她瞪著他不吭聲。「那好，我來吻你，這樣總可以吧？」他邊說邊站起來，同時爲自己流暢自如的表現感到吃驚。他說做就做了。沒有監控，沒有警報的此刻，他吻到了一個眞實的女人，以至於他需要喘口氣時，她仍不放開他。他覺得她上道了，不安分的手開始明火執仗，打算就地解決她。

一隻烏鴉粗魯地「呱」了兩聲，穌菊里像聽到警報突然推開源夢六，如夢初醒，迅速把自己整理妥當。

「不行，這兒不安全。」她捧著自己的臉，只露出眼睛，「附近應該就是垃圾處理場，送東西的人從這裡經過就會看見我們。」

源夢六想起善來也提到過垃圾處理場，他現在不想去弄明白爲什麼選在樹林裡處理垃圾，他的身體快要爆炸，這才是火燒眉毛的事情。

他們重新尋找野合花。他攥牢她的手，鼻子搜索僻靜幽深的方向，她緊緊地跟著他，像一場私奔。有時攀坡，有時一路小跑。他感到跟穌菊里這種女人必須挑明一點，因爲她絲毫不懂他關於種種低俗趣味的暗示和隱喻，她是個高雅的女人，同時也是個無知的精神處女，當然她是否是眞的處女，他沒有依據。

「野合花只有在一種情況下才開，不知道我們的運氣怎麼樣。」走到小山坡前，源夢六停止了前進，他認爲無論是從生理還是物理的角度，這個坡度都很適合躺倒，而且草地密實乾淨，不會弄髒穌菊里的裙子。

「你一點都不想知道野合花在哪種情況下才開？」他轉身面對她。他慶幸霧色仍然濃郁，像帷幔垂下來。

她仰臉看著他，欲言又止。

「我知道，在有人野合的情況下才開。」她說，並且得意地笑起來，「我也知道，植物界根本沒有這種花。」

「啊？」源夢六心裡湧起狼狽感。「你……」

「你看那棵樹上的花，我要，你給我摘。」她聲音還是天真的。他折下一根枝條，上面有四五個花骨朵，她嗅了嗅，「我很喜歡，我看就叫它野合花吧。」

「啊？」源夢六又吃了一驚，這一瞬間事態一百八十度大轉彎，他已經落入了被動，他的嘴很快被穌菊里的嘴堵上了，她突現的瘋狂與激情完全不在他的設計之中，這使他的精心布局顯得幼稚可笑。他猛然反應過來，她一直在裝糊塗，這發現雖出人意料但也超出了他的預期，這大大地刺激了他的獸性，他唯一想做的就是馬上把她摁倒，以免夜長夢多。他和她絞織纏綿一起倒地，他感到那個恰到好處的斜坡對於從容地進入她的身體很有幫助，二話不說便開始解盔棄甲。但是，猛然間，太陽像一束舞台強光突然直射下來，打在兩人身上，穌菊里的身體本能地一挺，源夢六也嚇了一跳。他們站起來，無比驚愕地看著籠罩的迷霧像逃遁的幽靈，眨眼間消失得一乾二淨，他們發現他們不在樹林裡，這是一片空曠的地方，只有一棵參天老樹赫然入目。也就是霧氣消散的剎那，隨著幾聲怪叫，兩隻禿鷲像滑翔機從天而降，向那個彷彿是隕石砸出來的深坑俯衝下去。

這股不祥之氣摧毀了源夢六，興致完全敗了。他想知道那深坑裡有什麼東西。「我們去看看。」他說。

「別看了，」穌菊里抱緊自己，近乎乞求，「就是一個垃圾處理場，沒什麼好看的，也許我們應該離開這兒。」

「你等我，我看一眼，馬上回來。」

「我再說一遍，別去了，眞的，你看了會吃不下飯的。」

天空像一塊藍色玻璃。空氣裡沒有一粒塵埃。遍地雜花野草。筆直金黃的銀杏樹像燃燒的火炬。源夢六回頭望了穌菊里一眼，她的話刺激了他，他加快腳步向那個深坑跑過去。她看見他站在坑邊，很快轉過身來，像胃痙攣那樣彎下腰。後來，他慢慢地離開了那個坑，似乎腿上的傷發作了，臉色蒼白，嘴巴緊閉，一眼也沒瞅她。

她清楚地知道他看到了什麼，接下來幾天他想起來都會吐，吃什麼吐什麼。

## 8

一想起被禿鷲啄空的嬰兒和血肉模糊的殘骸，源夢六胃裡就開始翻湧，他感到自己越來越不像個開膛剖肚的醫生，娘們兒一樣脆弱。他原以爲這世界上不會再有讓他噁心的事物，包括死亡、政治、詩歌、欲望……他想吐，但吐不出來。他連續兩天沒吃東西，昏昏欲睡。那嬰兒彷彿是活的，他眼看著禿鷲眨眼間啄斷嬰兒的喉管，清空內臟，剔盡皮肉，抖擻一身血跡斑斑的羽毛，目光猙獰。沒有人告訴他，那個坑爲什麼被稱作垃圾處理場，他連同他這個話題都不受歡迎，連善來也不屑於給他解釋。黑茶使他越來越餓，也因此慢慢平靜下來，和穌菊里之間的親暱也蕩然無存，彷彿一切只是他的臆想。他無法求得證實，穌菊里仍是一種文明的冷淡與客氣，他想像不出她的放蕩，正如他想像不出像國徽一樣嚴肅的千藏，在某個隱祕的時刻也會完成面目扭曲的高潮並且射精。

一周後，源夢六被安排到別的地方居住，離穌菊里大約一兩公里遠，那也是一棟帶花園的小樓，建築結構相同，園中花草蕪雜，屋內陳設完全一致，客廳牆上畫著樹林、魚、蛇、蝴蝶，臥具全是新的，蠟染被單中央繡著一面銅鼓，周圍幾組對鳥，對鳥之間有蛇抱葫蘆，蝴蝶正從鳥和蛇之間飛出來。房間瀰漫著一種洞房花燭的曖昧氣氛。源夢六痲木地轉了一圈重新回到客廳時，芙也蓉彷彿從天而降，豐腴的身體陷在籐椅裡，金髮梳攏成一個高聳的髮髻，一身白肉飄香，一雙冷眼孤傲。

「你怎麼在這兒？」他的意思很明顯，他目前很不樂意被人打擾。

「這是我的家，」她慢吞吞地說，將泡好的黑茶沖到杯子裡，她的手指肥白如蛆，與黑茶相互映襯帶來強烈的視覺衝擊，「你不會什麼都不知道吧？」

芙也蓉今天有幾分貴婦韻味，像蒙娜麗莎，裹了一件朱紅的大翻領寬鬆外袍，裡面是藕荷色睡衣，胸部半裸，飽滿欲裂。即便如此，源夢六也覺得她並未成年，帶著少女特有的天真任性。「願聞其詳。」他也忍不住使用諷刺的口吻，「我倒要看看又有什麼新鮮花樣。」

「這個你認眞看看，如果你看不懂，我有義務給你翻譯。」芙也蓉從胸衣裡掏出一個信封，封口被小心地拆開，外表保持原貌。源夢六打開一看，是天鵝谷婚姻基因辦下發的紅頭文件，嚇了一大跳，有一種被就地正法的惶恐，不由閉了眼睛，彷彿引頸待刎。這一瞬間他的腦海裡浮現了亂七八糟的紅頭文件，每一份文件像一枚子彈殺氣騰騰，裡頭的黑名單散發燒焦的糊味，鳥像灰燼一樣滿天飛。

文件是英語手寫體，字跡清瘦，紙張肥白，一股清新的木香撲鼻，文件的格式十分講究，版式美觀，無可挑剔。抬頭居中是一行略胖的紅色加重字體，「關於分配源夢六先生與芙也蓉小姐結為夫妻的決定」，——源夢六驚得跳了起來，血往腦門一沖，「啊哈」一聲大笑，腔調怪異地說：「分配源夢六先生與芙也蓉小姐結為夫妻……的決定？」芙也蓉淡漠地抿了一口茶。源夢六張著嘴接著往下讀，文件對這個決定做了詳細闡釋，關於他和芙也蓉的種族、身高、體重、血型、飲食習慣、興趣愛好，以及各種基因資料十分詳細，科學論證他和芙也蓉小姐是絕配，他們的下一代將會是百分之百的神童，孩子的心智與思想在五六歲，甚至更早就能完全成熟，與成年人一樣，他們的結合將會創造科學史與基因史上的神話。文件還有一堆理論，比如國民素質高，國家強大，國與國之間的較量，無外乎是國民素質的較量，是知識的較量，因此，富國強民從基因著手，教育抓精神從娃娃出發等等，最後結尾寫道：「我們創造新社會並不是因為我們優於他人，只是因為我們是純樸的人，有著簡單的人類需求——空氣和光亮、健康和榮譽，還有自由以及完美的精神追求。我們，公正無私的操行與生俱來，我們，優秀的天鵝谷新民族，若干年後將會讓世界矚目。」

「荒唐！荒唐！荒唐！」源夢六連連搖頭，「無稽之談，你信了？你從了？」

芙也蓉面如滿月，彷彿花肥葉壯地開在寒風中，她拭著桌上的水，衣服摩挲出細微的聲響，她什麼態度也沒有。

「芙也蓉，我們彼此都不喜歡，卻被命令成為夫妻，你不覺得太可笑了嗎？如果我沒猜錯的話，你喜歡的人是千藏？你應該告訴他，我們應該去追求各自的幸福。」

源夢六覺得芙也蓉這種華美的姑娘好像是一味藥，養血斂陰，補而不膩，柔肝緩中，止痛收汗……他很難將她看成花，也許這是芙也蓉的不幸，穌菊里恰恰相反。天鵝谷的姑娘們不急不躁，在這種緊要關頭，芙也蓉也是安靜平淡的，說她勝劵在握也好，說她麻木不仁也行，她只是愛理不理地開了口：「幸福在心裡，用不著去追、去求。喜歡誰，跟和誰結婚並不衝突。你們大泱國的人習慣把好東西都據爲己有，把美的弄到醜了，好的弄到碎了，結果呢，什麼都破破爛爛的，還說什麼看破紅塵了，要出家了，其實那是逃避。」

「芙也蓉，你對這包辦婚姻……無話可說？」源夢六沒勁了，「我是一個俗人，沒有你的境界……如果你從來不知道愛情有時會要人命，你就不可能懂得眞愛……」

「誰說婚姻非得有愛情？天大地大，都沒有你的心大，天下沒有心外之事，心外之理。」芙也蓉有自己的一套觀點。

「你們天鵝谷的制度，你去遵守，跟我沒關係。我要選擇和我愛的人結婚，這是我的權利。」

「咳，看來你的確什麼都不知道——你已經被任命爲佰戶長了，我要恭喜你當官掌權，爲天鵝谷做貢獻。你的居住證和任命文件一會兒就會送來。」芙也蓉鼻孔裡哼了一聲，「……我眞不知道天鵝谷爲什麼要對一個過氣的詩人這麼器重……總之，請你少點私心吧，這是愛集體的表現。」

「當官？你竟然把結婚與愛集體扯到一塊？」

「難道你不愛天鵝谷？」

「我愛我的祖國。」

「哧……可你的祖國並不愛你。」

「你胡說八道，我不會跟你結婚的……我不想造什麼神童。」他想到善來變成一個沒有皺紋的小老頭，經文爛在肚子裡，消化不良，膽結石、腎結石、腸結石、血脈不通，被知識撐倒了，他用手術刀在他身上挖洞，切口子，取出之乎者也數萬條，生僻文字一堆。

「眞是不自量力。識時務顧大體吧，忘記別的女人。」芙也蓉想了想，加了一句，「你知道我說的是什麼。」

源夢六的憤然出門結束了這次不愉快的交流，一小時後又重新回來，情緒已經平靜了，芙也蓉的態度也是大變，對他尊敬有加，字句措詞都很講究，連沉默時都顯出幾分聖潔的順服來。她稱他爲源老爺，一副相夫教子，夫唱婦隨的樣子。

「我想我之前對你多有冒犯，不管你還寫不寫詩，我都應該像尊敬一個詩人一樣尊重你，我多有不是，現在，我知道怎麼做了。」芙也蓉捧出一堆衣物，一件朱紅色對襟長袍，領邊袖口繡著禽鳥和花枝，下襬也是，禽鳥鵠望，或者展翅，活生生的。她展開新衣，源夢六不由自主地張開手臂往袖筒裡套。她邊伺候他穿衣邊說：「這是特地爲你做的，是佰戶長的官服和新郎官的新衣混成的風格。以後你就是受人敬重的佰戶長了，你不知道，這個職位一般只是德高望重的人才能擔任，所以這是一份殊榮，我相信，你是能帶頭行善，盡職盡責的。」

彷彿實施了奇怪的催眠術，源夢六慢慢地有幾分飄飄然了。他看著芙也蓉給他扣扣子，扣到最後兩顆時她彎下腰去，乳房在膝蓋的擠壓下鼓了出來。她扣上最後一顆，替他扯扯衣襬，摸摸衣上的禽鳥站起來，也許彎身血脈不通的緣故，這位白種姑娘的臉上起了紅暈，髮間風起雲湧，一枚塗紅了的貝殼垂在胸間。

源夢六攤開手臂打量自己。身上醒目的禽鳥，眼神詭異，羽毛光彩重疊，像一件魔衣，他穿上去就感到胸口發熱，腦海裡一團糟，兩腿輕飄飄的，有點騰雲駕霧的感覺。

「今天晚上的篝火晚會，我們是主角，一定要準時到場的。」芙也蓉表情低順，彷彿賤妾、糟糠之類的謙卑。

天一黑，她又變了一個人，換了一身白色紗裙，雙翅一展便飛出了門，蒙娜麗莎蹦蹦跳跳，用尖利刺耳的嗓子唱著婚禮進行曲。他不知她跳的什麼舞，踢踏、探戈、牛仔，都像，都不是，既放蕩又收斂，瘋狂時戛然而止，節奏強勁柔韌，肉波蕩漾。她一路狂舞，把源夢六帶到圓形廣場。

人很多，篝火已經燒旺了，鼓聲擂響了，原來是個化裝舞會，出現了許多原始部落的野人，戴著各種面具，女人突然露出了身上的肉，披枝掛葉，雙乳抖動，扭動全身的瘋狂與欲望。有人用鐵棍兒叉著焦香撲鼻的兔子，抹調料，撒味精，魷魚、雞翅、豬心、土豆、洋蔥、大白菜等被烤出奇香異味。

源夢六一眼就看見了稣菊里，即便她戴著禿鷲面具，她的炫目無遮無擋，髮如瀑布，全身塗滿油彩，在篝火中閃耀。她的胸前扣著兩片瓜殼，戴了一串紅櫻桃，下身圍的是麥穗裙子，兩條挺拔光滑的腿如遊龍靈活。之前芙也蓉曾告訴源夢六，每逢這樣的晚會，天鵝谷允許人們剝掉一切矜持的外衣狂歡，他沒想到是這樣的場面，他想看看禁欲的天鵝谷，狂歡的底線是什麼。美色與食物的香味在挑動他。熱烈的音樂鬧得厲害，鼓聲笛聲喲呵聲絞成一團。男人女人像受到刺激與鞭打，動作猛烈，腿腳抽筋，群魔亂舞，貼胸、抵臀、碰肩，在空間碾軋，你進我退，欲擒故縱，動作粗野、放肆，充滿挑逗與誘惑的，像一場性交。女人們的臀部像海盜船一樣激蕩，發出尖聲浪叫。

「佰戶長，今天雙喜臨門，你怎麼有點悶悶不樂？」千藏摘下獠牙面具，下身圍著一圈豹皮，手裡拉著一杆長矛。

「欣賞。」穿著官服的源夢六簡短地回答。「不過，他們跳的是什麼舞？」

「萬舞。中國人發明的。春秋時楚文王死後，他的弟子想追求楚文王的女人，發明了這種舞去挑逗她。」

「噢……原來這就是萬舞，我聽說跳萬舞的人要穿漂亮的衣服，要吃好的食物使容光煥發……可你們這是……」

「沒錯，食必粱肉，衣必文繡。」千藏露出傲慢的微笑，「不過，對天鵝谷人來說，衣服只會遮蔽我們完美的身材。」

兩人正說話，多瑞用鐵叉杵一隻燒熟的動物過來，說：「源先生，這是隻兔子王，昨天就是牠把水牛的喉管咬斷了，一百隻兔子把那頭牛吃掉了。」

獅子吃草，魷魚咬人，兔子殺牛吃肉……對於天鵝谷的反常東西，源夢六已經不再大驚小怪。

「源先生，多瑞的烹飪水準和他的雕刻藝術一樣出神入化，不如來看看多瑞如何操刀解兔。」千藏朝廣場揮了一下手，大聲說道：「請奏〈桑林〉樂曲！大家繼續跳舞！」

多瑞已將烤熟的兔子取下置案，桌上早就準備了幾把寒光閃閃大小不一的刀，他拿刀片肉，動作像舞蹈一樣舒展，音樂中肉瓣如梅花翻飛，肉香飄蕩，停頓間他換刀，剔骨，支解，源夢六聽到皮肉與筋骨剝離的聲音，兔肉油光閃閃，香味撲鼻。在最後一個音符，多瑞優雅地放下了屠刀，解兔過程與音樂同時結束。

「啊，佩服，庖丁解牛也不過如此吧！」源夢六大爲驚歎，「怎麼會高明到這個程度？」

「多瑞的確很推崇替梁惠王宰牛的廚師。」千藏嘴角微揚，「一切都是藝術。這樣的美感不亞於讀到一首好詩吧？」

源夢六摩挲著自己的雙手，盡量克制內心的激動。千藏又提到詩，這樣的話令他敗興。

芙也蓉跳夠了，像剛出籠的肉包子熱氣騰騰。她面色愉快。站在一邊，眼裡又流露出一抹驕橫。

已經有人端來荷葉餅、黃瓜條、大蒜泥、甜麵醬、辣椒圈和蘿蔔條，在案几上擺成一圈。

「佰戶長，現在請您，和夫人嘗嘗片皮兔。」多瑞必恭必敬，完全沒有大藝術家的架子。

源夢六感到自己是一位身穿龍袍的皇帝，不由自主地往臉上貼了幾分威嚴，以至於嚼著美味的片皮兔肉時，他的表情也僵硬得可笑。

「再過四十分鐘，就是新人入洞房的時辰。」千藏吃了幾卷起身離席，「有人會帶你們去醫院，一切都安排妥了。」

「醫院？」源夢六嚥下最後一口肉。「咳，爲什麼要去醫院？」

「人工授精。」千藏頭也不回地說。

源夢六彷彿被人抽掉了屁股下的凳子，落下一個四仰八叉的表情。

「你知道的太少了，」芙也蓉補充道：「這是規矩。」

# 9

初升的太陽從東邊打斜穿過籬笆插入花園。一旦身體裡被播下了種子，芙也蓉就有了新婦的樣子。她像一隻受孕的母貓，走路時更顯雍容華貴，原先的叛逆、調皮、刻薄，以及鋒芒全部消失殆盡。她也開始伺弄花草，等待身體裡的種子在大晴天發芽抽穗，開花結果。源夢六恍然如夢，他對她的感覺變得更加陌生，她的腦子裡想什麼，他一無所知，恐怕一輩子也弄不清楚。他感到天鵝谷的人都像被設置了程式的機器人，面對指令，無條件地服從，又彷彿人人都是哲學家，用崇高的精神消滅私欲，對人生也不乏深刻的見解。

源夢六腿上的傷口還沒癒合，果然像他們說的那樣，好了又爛。

成爲源夢六的法定妻子之後，芙也蓉每天用一種不知名的藥水給他清洗創口，嘴裡念念有詞，像是晚餐前的禱告。源夢六仍然被那晚上的荒誕感糾纏，去醫院的路上，他發誓絕不服從他們的安排，哪怕以死抗爭。到醫院後他們把他和芙也蓉分開，他被帶進一間光線曖昧滿牆壁畫的密室，壁畫的絢麗複雜與莊嚴的宗教意味令他十分震撼。他掠過青綠和赭紅色相間的山，蜿蜒的河流、平原、山丘、樹木，以及赤足飄逸飛翔的神，巨型蓮花之上的男女正做著各種交媾姿勢，隨著光影的變化，他們像膠片一樣活動起來。與此同時醫院的工作人員在某個角落裡吹起了蘆笛，曲調肉感淫糜，一個女人低誦經書，哼哼唧唧地好像叫床，彷彿是畫中人發出了淫聲浪語，源夢六可憐的意志與尊嚴在這樣的刺激下全線崩潰，年輕的護士帶著讚賞的笑容送來一個琉璃瓶，他痛快地繳納了自己積蓄已久的精子，他們要把鮮活的精子用工具輸進芙也蓉的子宮。他最後看清蓮花座上是印度教的濕婆和他的妻子。他們靜止不動。也許那些淫穢的畫面只是他的想像，畫面的最後是倒置的裸體女人兩腿分開，一株植物從她的子宮裡生長出來。

芙也蓉是可以使喚的女人。婚後閒散、平淡，黑茶喝得雲散天開，清理了五臟六腑，連同性欲、雜念也洗了個一乾二淨，變得像初生的嬰兒一樣純淨無知，大片的空虛鑽進了腦海。被太陽塗抹成橙色的芙也蓉，向日葵似的臉面向東方，她肥沃的身體注滿了太陽的溫度，源夢六看見她的小腹裡的種子冒出了嫩芽。他心裡有一股陌生的柔情與短暫的甜美。這種始料未及的家庭生活在某種程度上撥動了他的本能，彷彿燭光點亮了幽暗的心房，他藉以審視自己。他始終無法釐清他的生活。沒有詩歌的人生坍塌了，過去，他曾想過如何在這片沼澤地裡重建自己的世界，但是徒勞，整個地球都在淪陷，他不能揪住自己頭髮離開地面。

源夢六有點喜歡眼前的寧靜與安詳，一個你碰都沒碰過的女人懷著你的孩子，你幾乎不認識她，她對你禮貌周全，她讓你感到自身的尊貴與價值。從這一點來說，他欣賞這種簡單完美的事物關係，就像得什麼病吃什麼藥一樣。他有時會很清醒地想念穌菊里，遙遠的隋棠和生死未知的杞子，芙也蓉也不會爲此不爽。她把他的所有東西都清理了一遍，她擅自銷毀了他的錢包、銀行信用卡，她說那都是垃圾，天鵝谷人不需要那些累贅，精神不能用阿拉伯數字來衡量，人不能活在一堆數字裡，把時間浪費在對身外之物的爭奪上。芙也蓉又說春有百花秋有月，夏有涼風冬有雪，無所事事是最好的時節，可以寫詩、學習、精神昇華，沒有變生肘腋，令人措手不及的事情發生，沒有妄念，心情愉快，家和國興。她總是把事情和國家扯上關係，將一隻跳蚤描述成大象，也把鱷魚說成壁虎，她的責任是全力協助源夢六當好佰戶長，甚至將來的仟戶長，一個合格的妻子理當這麼督促丈夫。

芙也蓉披著陽光，頭髮往後梳攏成一個髮髻，額頭雪白，光潔發亮，理想具體化成了她的五官，你望她一眼，就能清晰地感覺到花骨朵綻放的生命與精神力量，你覺得自己不過是一隻卑微的蜜蜂，除了採集花粉變成蜂蜜，怎麼也觸及不到那股精神，就像你只能感覺陽光的溫度，但看不見鈣。她後來坐下來，手垂在椅子扶手上，在陽光下如一片白瓷，彷彿一擊就碎。手指白胖如蛆，指甲紅潤。源夢六從不知道它們的柔軟與溫度，也不曾感受它們的欲望與好奇心，它們也從來沒有進過他身體的草原，但它們是自己的一部分，他覺得這個很有意思。

在芙也蓉耀眼的白淨面前他的眼睛瞇成了縫，看起來色迷迷的，彷彿算計著怎麼將她引誘。他一想到對他的合法妻子什麼都不能幹，也許某一天只能到樹林裡和妻子通姦，馬上就意識到這事兒不對勁，問題很嚴重。

「你把我的那包彈子兒放哪裡去了？」他記著他的鑽石。

「扔了。」芙也蓉回答。

「你又亂動我的東西？那是善來送的紀念品。」源夢六上火，他心疼鑽石。

「還在說你的我的？你的就是我的。你忘記了我的權利是天鵝谷賦予的，」芙也蓉不急不緩地說：「我是你紅頭文件指配的妻子。」

源夢六語塞，同時翻搜垃圾桶，沒找到：「你應該嫁給你的天鵝谷，它比任何男人更適合當你的丈夫。我現在就要和你解除婚姻關係。」

「源先生，我知道，如果你和穌菊里結婚，是不會這麼說話的。不過，我得提醒一下你，只有基因辦才有權力解除婚姻。」

「甭管我和誰結婚……天鵝谷禁止性交，人工授精，製造神童，這些事情，你不覺得違背人性嗎？」源夢六背朝太陽，他的身體鍍了一層毛絨絨的金邊。「芙也蓉，作爲一個人，一個女人，你眞的沒有任何想法？」

「沒有。這是規矩。」

「總有太陽照射不到的地方，有點陰影也不奇怪……可是眼下，這種事兒……」

芙也蓉輕輕地笑了，彷彿說他少見多怪。她轉身進屋，出來時手裡托了一套茶具。「很多年以前，我們一位藝術家去中國弄了很多文物回來，你看這個紫砂壺，據說有一千年的歷史。試試天鵝谷的水和中國的紫砂壺沖出來的黑茶味道有什麼不同。」她沏茶很講究，一點也不敷衍。「吸菸損害健康，不許吸菸，禁止產菸，將黑茶定爲國飲，因爲，飲茶洗心，茶能生善，能入清涼地。」

芙也蓉說話不像胸大無腦的人，源夢六對她尊了幾分。「一個民族維持這種單一的口味，會營養失衡的。規定全民飲茶，似乎太霸道了。」

「在有些地方，好茶被凡手焙壞了，好山水被俗子敗壞了，好子弟被庸師教壞了。天鵝谷沒有這類糟糕的問題。」芙也蓉啜口茶，閉目品味。「源先生，不要雞蛋裡挑骨頭了，其實你也承認你們那兒非常差勁，最起碼連可憐的民主與自由也被統治者攥在手心蹂躪得奄奄一息……」

「拜託，你一個女人，不要扯那些沒譜的事。」源夢六粗暴地打斷了她，連喝了兩杯茶，「這茶也沒什麼特別的味道。泡茶的人不用心，茶的魂早跑了。」

「你說得對，我的確分心了。我一直在想一個問題，你……」她盯住他的臉，「有沒有和穌菊里做那件事情？」

「哪件事情？」源夢六明知故問。

「好，我直說吧，你有沒有和她上床。」

「沒有。」他冷冷地說。

「你是我的丈夫，我不會出賣你。」

「是實話，沒有。」

「那千藏呢？千藏和她的關係……」

這也是源夢六想知道的事情，於是他像無所不知那樣神祕地一笑，故意刺激她：「這我不好說，你該去問當事人。」

「夢六，我覺得我們理當無話不談。」芙也蓉改叫源夢六的名字。

「嚇？無話不談？憑什麼？跟你不熟，你連朋友都算不上。」源夢六突然想乘機治一下這個女人。

芙也蓉有點尷尬，臉上印著斑駁的樹影，看起來像患了白癲瘋。

## 10

沒有人告訴源夢六當佰戶長具體該幹些什麼活。天鵝谷是德治爲主，夜不閉戶，路不拾遺，當官的越清閒，證明社會越安定，像深水湖平靜無波，從來沒有上訪、靜坐、寫大字報、聚眾鬧事這類事兒發生，到處流淌一種無爲而治的淡定從容。當然源夢六與芙也蓉的關係沒有實質性的轉變，他們還是兩口不相干的井，各自裝著一片天，看起來是相敬如賓。作爲一種夫妻關係，源夢六暗底裡覺得在某種程度上這種狀態比大泱國的婚姻文明，也更高級。大泱國的婚姻更虛僞。他記得隋棠對此有過一番評價，她說大部分的已婚男人都在外面當婊子，把牌坊立在家裡，妻子們的隱忍、姑息、寬容和所謂的識大體顧全局的觀念促使男人的劣根遠比他的本根強硬粗大，妻子們既沒有能力把丈夫的劣根性變小，更沒有魅力把男人的男根弄大，她強調這是社會定勢、思維定勢、心理定勢以及婚姻自欺欺人掩耳盜鈴的最高表現形式。男人的脾性從來不像他的本根那樣謙卑、識時務，他們的靈魂又更多的像他的本根猥瑣，充滿藏汙納垢的皺褶，他們也沒有本根的直率與眞誠，要麼乾脆裝出一副宦官的派頭，用一種閹人的腔調，說著性別模糊的權力話語，於無人處讀讀《花花公子》，在黑暗中淫隔壁美人。很顯然隋棠身體裡的這種爆發力是加萬給的，源夢六覺得她的說法雖然偏激，但也不無道理，並且對於減少他自身的荒誕感很有用。

屋子裡到處是詩集，芙也蓉隨時拿起一本朗讀，詩的內容充滿煽動性，像是專門讀給源夢六聽的，攪得他筋骨都煩了。起初他一聽她讀詩就出門，不斷逃跑讓他深感疲憊，他無法與她和平共處，他曾提出分居要求但被基因辦否了，反寫了一封檢討書，從此對詩歌的態度更加曖昧。他知道芙也蓉企圖找到一首詩啓動他對詩歌的靈感與欲望，她徒勞無益，她對他是否寫詩的過分在意只是引起他的疑心，他感覺這是一場陰謀，包括婚姻。他內的疑團越滾越大。他想起了那個眞假未知的精神領袖、樹林裡的垃圾處理場，以及奇怪的養老制度，他時常觸碰到記憶裡變成空白的部分，那兒像缺牙的空洞，涼颼颼的。

在無聊中的煎熬與相持中，他想到了組織開會，或者說精神論壇，這是躲避芙也蓉最好的辦法。先是召集一些什戶長和伍戶長，定好會議或論壇的主題，選一個好風景的地方住上幾天，把討論成果交給報社發表，供大家學習。第一次會開得不錯，精神的洗禮讓每個人容光煥發。由於沒有具體的問題發生，他們不得擬定一些可能性未雨綢繆。會議的最後由每月一次修訂爲每週一次，每次兩到三天，每次在島上風景不同的地方舉行，會議大小視情況而定，禮樂長、衛士長、醫工長、祠祀長以及佰戶長下面的多個什戶長、伍戶長都得出席，所有人必須呈交一周思想彙報，群眾精神報告，提出問題和建議，對於精神和趣味低下的人，要特別調查研究，針對性地個別輔導交流，樹立精神模範標兵供後進人員學習。

源夢六的這項工作無可挑剔，清閒的人頓時忙碌與焦慮，高效運轉，短時期內甚至解決了未來五十年內可能出現的種種精神危機，他們材料堆積，他們日理萬機，他們火車頭一樣冒著白色蒸汽，簡直是爲天鵝谷的精神事業鞠躬盡瘁。這種做法影響很大，很多地方來學習經驗，接待藝術策劃兼總調度人員是多瑞，比起雕塑，多瑞更喜歡廚藝，他常在迎接客人的宴席上表演「多瑞解兔」，並且私下裡練習「解雀」，準備在年度工作彙報上露一手。源夢六與多瑞配合默契。但這一次產生了分歧，因爲有一批重要的官員要來巡視，源夢六亂了手腳，吩咐大搞城市衛生，刷牆、修馬路、栽樹、種花，還要多瑞準備特色菜席，盛宴款待。

「佰戶長，什麼是特色？什麼是盛宴？」多瑞顯然反對大操大辦，他對源夢六的變化有點不太適應。

「特色，就是與眾不同……」源夢六指頭撫著官服上的刺繡，表情凝重地說：「依我看，殺一頭獅子，搞幾對熊掌，弄幾條虎鞭，還有沙魚、鯨魚肉……」

多瑞驚歎了一聲，告訴他天鵝谷人從來不吃這些東西，源夢六說讓他們嘗鮮，馬上去林子裡找獵戶，去碼頭邊找漁民，讓他們送貨。多瑞說天鵝谷沒有人打獵，也沒人捕魚。源夢六啞然失笑：「任何地方不可能沒有打獵和捕魚的。」

「多瑞，優秀的廚師，除了會烹兔解兔，更要懂得怎麼煮各種珍稀動物，他應該掌握烹飪世界上任何東西的技藝，甚至能把一塊木頭做出肥豬肉的味道來，這只是個比喻，但你懂我的意思吧？」

「源先生，這是你一廂情願的想法，人不能什麼都吃……」多瑞說道：「我知道你們總是想方設法去弄法律明令禁止捕殺的動物，滿足權貴與富賈們炫耀與刁鑽的口味，那是一種沒有底線沒有信仰的表現。」多瑞並不奉迎，他認爲只要誠心待人，吃什麼是次要的，他最近潛心研究了幾道好菜，與以往有所不同，他會全力以赴全面展示。多瑞的這個台階讓源夢六下得比較自然，因此也就順水推舟，要多瑞報菜名，多瑞詳細講解每道菜的做法、營養價值、色澤口感，他一時間滔滔不絕，不像是談論食譜，倒像是談養生之道，他把他的思想融到烹飪裡，讓人覺得吃的不是菜，是文化。

「當然，如果在席間即興寫詩、朗誦，那麼宴席的特色與品味就出來了。」多瑞爲自己的想法摩拳擦掌，「源先生……你是詩人，是個文化官員，如果你不反對……」

源夢六沒有吭聲。多瑞後來果眞這麼做了，源夢六稱身體不適離席回房休息，只聽見朗誦的節奏像更鼓一樣莊嚴地敲打，靜寂與詩意的聲音在四周落下帷幕。

此後一周，「開會」這種傑出的模式在天鵝谷被迅速推廣。源夢六也由佰戶長升爲仟戶長，換了新官服，領邊袖口依然是禽鳥，不過已經看出是鳳凰，羽毛華美，身姿高貴。源夢六分不清是眞是幻，他感到自己像在主演一場舞台劇。戲散後他去了穌菊里家，那時她和千藏在屋裡喝茶，他們對他說些恭敬的道喜話，態度偏於冷淡，源夢六坐了一會，也覺得乾巴巴的無話可說。

回到家，芙也蓉的表現令他欣慰，她對他依順周全，無微不至。他們甚至開始平心靜氣地聊起了人生。當芙也蓉用瓷白的手捂住嘴，臉色通紅地奔向洗手間，源夢六立刻知道她懷孕了。

「政府的槍法眞準啊。」他跟過去，站在洗手間門口，一副事不關己的態度。

芙也蓉停止乾嘔，問：「什麼槍法？」

「嘿，眞是高效率，不興奮，不沮喪，沒有前奏，也不用高潮，一切按天鵝谷的意志圓滿開花。」源夢靠著門框六嘻皮笑臉地說：「不過，生孩子這種事，不勞而獲是最可恥的，你瞧，天鵝谷給我戴了多大一頂綠帽子啊。」

芙也蓉又發出一陣嘔吐聲，源夢六的話被沖進了馬桶。等她消停下來，他不得不陪她去醫院做檢查，塡各種表格，等政府批發准生證。芙也蓉嘴裡含著酸果，她開始讀盧梭的《愛彌兒》，談論孩子的名字和教育。只要她將手放在自己的小腹，源夢六就面紅耳赤地喘不過氣來，他的心臟彷彿被她攥緊了。

夜裡他焦躁莫名，根本無法集中精力思考，腦海裡總是出現短暫的空白。他走進深夜的街道，那裡月光流淌，植物生長，灌木叢裡傳出窸窸窣窣的聲音，經驗告訴他，有人在野合，偷享和月光一樣自由的性，倍受滋潤的植物們披頭散髮，大樹粗壯淫糜，一股放縱的氣息瀰漫。

月亮點亮天空，畫出街道和房子的形狀，顯得朦朧詩意，同時也充滿理性與冷靜，源夢六品味這種不近人情的浪漫，忽然發現不遠處有一道妖冶的藍光，變幻旋轉，忽明忽暗。他追過去，那道光彷彿給他玩遊戲，始終跟他保持一定的距離。他不知不覺跟到樹林中，那道藍光快速轉了三圈突然朝他的臉部投擲過來，他的腦袋轟地炸開一團白霧，意識全無。

醒來時他坐在中國式官帽椅上，周圍又是他熟悉的機器房，他立刻站起來喊道：「喂，聽我說，我只是普通人，眞正大腦發達智力超群的，不是我這種拿了納稅人的錢敷衍了事的敗類，你們應該去找那些高素質的人，他們有正義感、有良知、有理想，愛國憂民，他們的血液熱得燙手。坦白說，他們優秀的基因更適合你們的計畫……咳，我可以給你們提供名單，男的女的胖的瘦的學文的攻理的我都知道，我可以帶你們去大泱國，哪個城市哪條街哪個門牌號我一清二楚。他們信任國家，信任理想，信任每一個同胞，我敢說帶走他們一點都不難。」

「源先生，你眞不該這麼說話。」還是那個機器人的聲音，懶洋洋的，充滿不屑與嘲弄，「你是我們的機器檢測搜到的基因最強、精子品質最高的男人。當然嘍，你可以懷疑某個人，但一定要相信科學，相信機器。」

源夢六以爲那機器人會把望遠鏡遞給他，他很想把她看清楚一些。但顯然機器人不打算這麼做。「……不可能，一定是機器有問題。我這種人，就像垃圾一樣不值一提。」

「哈哈，源先生，你天生是天鵝谷的人，具備謙卑、低調、恃才不傲的美德，你會贏得更好的聲譽和地位……」

「我不需要……你也不可能知道人們需要什麼！」源夢六大聲說道，餘音嗡嗡地。

「這你放心，天鵝谷的人們需要什麼，我一清二楚。我們不會被現代享樂生活玷汙，腐朽、糜爛、道德淪喪、精神空虛……人類生命有限，我們不會製造垃圾、醞釀危機，我們的基因實踐是讓每一個人天生是社會菁英，我們要提高整個人類的品質。」

「那全是主觀空想……邱吉爾說西方社會有兩種最不壞的東西，一是民主政治，一是市場經濟，照我看，天鵝谷有兩種最壞的東西。」

「噢，請問哪兩種？」

「禁欲和政治包辦婚姻。人類自古就有稻米高粱等五味俱全的食品滿足與味覺，花草的芬芳調養嗅覺，雕琢刻鏤的藝術滿足視覺審美……而你們卻對人的情感與身體加以禁錮……至於什麼優秀基因……」

「源先生，你眞是大大低估了一個優秀民族的堅韌意志，淫邪亡國古時候就有啊，低下的個人欲望只存在於普通人身上，天鵝谷人民內心恢弘，崇禮尙德，注重更高貴的精神追求，怎麼……」機器人慢慢說道。

「這是變態的和平假象。我知道，前不久，有一個男人失蹤，一個姑娘自殺，她是被你們的所謂高貴逼死的……你們謊稱男人精神失常掉河裡被魷魚吃了，自殺的姑娘是對個人信仰的追隨……」

「維護正常秩序和制度的尊嚴，殺一儆百只是最普通的方法。」

「謬論，草菅人命。」源夢六簡短地說。

「不對，是你的腦海裡雜草叢生，你要盡快像清除妨礙機器運轉的任何東西一樣將它們弄乾淨。不過話又說回來，你的會議論壇做得不錯，精神檢查、思想彙報，搞得有聲有色……你有野心，懂得運用權力爲人民服務，這是非常好的素質。」機器人長吁一口氣，「人類的活動方向，不管是政治的、經濟的，還是文化的，不能由個體的直覺或感覺來決定，機器無私、講究資料……對了，恭喜你要當父親了，政府會派專人照顧懷孕的女人，科學安排飲食，保證母嬰營養。」

源夢六根本不聽機器人說話，他注意到螢光閃爍、色彩交替變幻的機器，奇形怪狀的按鈕發出咔嚓的聲音，他用指頭揿下紫色開關，燈光突然像酒鬼一樣跌跌撞撞，緊接著，源夢六雙手彈琴般一通亂敲，只見劈哩啪啦地火星爆裂，所有的機器嗚嗚咽咽地抖動，繼而像受驚的野獸瘋狂咆哮，零部件彈跳，千百種噪音混亂，聲浪像一個巨大的生產車間。機器人憤怒的聲音夾雜其中：「亂了，全亂了，膽敢破壞機器，你會被絞死，活餵魷魚……現在機器運轉失靈，資訊混亂，資料結論錯誤……你今天的無知魯莽，將會導致無數的冤假錯案的——你是一個劊子手。」

室內溫度陡然增高。狂躁的機器果然在進行資料統計、資料篩選、類比操作，像打字機似的咔嚓聲，資料被源源不斷地列印出來，比報紙印刷還快，資料霎時堆積如山，滿紙天書，片刻就把源夢六圍困屋中。他翻過紙堆打算出逃，看見一份英文綜合報告，關於天鵝谷人的思想與精神的資料圖表統計，紅色字跡顯示包括他在內的哪些人患有精神瑕疵等多種疾病。他的名字像條吸飽了血的百足蟲，鮮紅肥胖，擺動數不清的爪子向他靠近，突然變成一頭巨大的怪獸張嘴咬他，源夢六當即軟倒在地。

## 11

政府制定的孕婦菜譜講究營養搭配，三菜一湯，葷素都有，除了定時定量，還有靈活供應，如果孕婦嘔吐，就馬上補充食物，孕婦拒食是反對政府甚至叛徒。崇高的奉獻精神迅速壓倒了妊娠反應，吐得面無人色的芙也蓉仍是吃了吐，吐了吃，樣子鎮定胃口很好，她不再在意嘔吐的聲音與姿勢，她像一架篩檢程式，食物、新鮮果汁從她嘴裡倒進去，不久紛紛流進了黃金馬桶，她不負責任的腸胃被洗得疲憊不堪。

她很快瘦下來，臉削了，肩窄了，蒙娜麗莎成了林黛玉，白皮膚泛青，肉感沒了，骨感來了，可憐的姑娘禁受著成爲偉大母親的煎熬，禁受著愛國主義的嚴峻考驗。源夢六不關心這些，他沉浸在對機器人的思索中，到底是夢境還是果眞去了某地方？也許幻聽或臆想的毛病更嚴重了。他整天恍恍惚惚的，他老是想不起黑春和白秋的名字，甚至背不出一句他們的詩。他定格在望得見群山和河流的窗邊，只見牛群漫過青草山坡，人們俏皮的聲音在天空飄蕩，彷彿見到了《舊約》中的人，他們擁有許多土地和牛羊，上帝總是眷顧他們。他渴望和上帝說話。

源夢六與芙也蓉的基因後代是否超拔，政府和科學家都很重視，對烹飪營養學很有研究的雕塑藝術家多瑞被指定爲芙也蓉的營養師。天氣不好，又沒有會議的時候，源夢六總被難以排遣的淒涼感包圍，多瑞是他唯一可以交談的朋友，每次見他就如獲救命稻草。他給芙也蓉帶來新創的美食：雪山飛狐（炸魷魚片）、波黑戰爭（菠菜炒木耳）、穿過你的黑髮我的手（海帶燉豬蹄）、小城一絕（涼拌蕨菜），源夢六說這套菜譜冷熱搭配，有情色，也有戰爭，創意不賴。他們聊到了不同國家接待外賓的宴席水準，比如一九七一年美國總統訪中國，當時中國的老百姓都吃不飽肚子，對美國人情緒牴觸，讓總統吃什麼是一個政治問題，結果是八個冷盤，七個熱菜，六個點心，一桌家常菜，但到一九九一年國宴的規格翻天覆地，山珍海味也平常。多瑞認爲吃是一門大學問，尤其是打開一個孕婦的胃口，需要很高的天賦。就芙也蓉懷孕的問題，多瑞的觀點讓源夢六震驚，他說剝奪一個小姑娘的天眞活潑讓她懷孕生子，這事兒不合人情，說嚴重點就是強姦民意。源夢六說自己也很無辜，他壓根兒沒想過這碼事，他問多瑞有喜歡的姑娘沒有，多瑞沉默不答，半晌才說沒有。

很難說奇蹟是誰創造的。妊娠反應不再干涉影響芙也蓉的胃口，她強大的精神力量成功抑制了嘔吐，皮膚恢復嫩白，身體重新豐腴。她被評爲孕婦標兵，受邀到處演講，大談控制妊娠反應的經驗與懷孕心得，最後做成勵志書出版熱銷。她的關鍵字是「意志可以決定一切」。源夢六的門楣釘上了「精神標兵戶」的黃金牌子，他感到自己這個僞基督被釘上了十字架一樣渾身不適。他無法敲碎芙也蓉嚴絲合縫的精神蛋殼，她的注意力集中在自己的事業與腹部，她的皮膚閃著瓷白而崇高的光澤。

這幾天芙也蓉很不對勁，脾性古怪，無名火難以捉摸，弄得源夢六煩躁不安。書上說孕婦妊娠反應影響性格，但芙也蓉的表現極爲反常，一個林黛玉發起脾氣來砸碗摔碟子，也很剽悍。有時候精神完全失控，一會兒嘔吐，一會兒哭，把自己弄得面目狼藉。他不知道是該阻止她，還是讓她痛快發洩。他根本不了解女人，更不了解懷孕的女人，摸不清動她哪根筋快樂，哪根筋悲傷，哪根筋是一條致命弦。他像望著別人的妻子那樣望著她，心裡揣想她有個什麼樣的丈夫，讓她如此痛苦，那男人一定不是好東西。他又想，這個女人有沒有父母兄弟姊妹親朋好友，她的政府派來特別照顧她的僕人，是否令她感到幸福，政府能否代替一切。

源夢六的樣子帶著無辜的愚蠢與無知，它進一步激化了芙也蓉的情緒，她罵他這個外地人，毀了她的人生，當政府找不到更好的基因對象來與她配對生兒育女時，她過得十分快活，她每天參加辯論會，在學術領域裡，談不上叱吒風雲，但也頗有聲名，她不想結婚生孩子，她希望積累更多的知識，將自己的辯論之舌磨得鋒利閃光，殺人不見血，政府可能碰巧安排她和相愛的人結為夫妻，但不是一個良心附在虛僞之上，心貼著別的女人的人，總之她認為源夢六是個掃把星，他出現以後她就倒楣透了，是他把她變成了一具可惡的生育機器。

源夢六被她罵得狗血噴頭反倒十分高興，他喜歡她這樣，這表明他們可以交流。

「芙也蓉，你錯怪我了，使你變成生育機器的，正是你可愛的政府。我是被你天鵝谷綁架來的，我也是一具生育機器。也許你不相信，在你們天鵝谷裡，人只是一堆資料，或者我們都只是實驗品。」源夢六拿出一副體貼的態度對芙也蓉說，他希望抓住她此刻的清醒，「其實……我很想回去，如果你能幫我，我會永遠記著你。至於孩子……也不是你我的意願，並且以後有政府養育，反正你和穌菊里，你們天鵝谷女人都不需要男人……芙也蓉，我再說一遍，我是被綁架來的，信不信由你。我遲早會離開，信不信也由你。我壓根不在乎這個鳥官兒，我情願回去坐牢也不願待在這地方——」說到這兒，源夢六突然打住，他想自己眞的有必要回去坐牢？

芙也蓉面紅耳赤：「你……是我見過的最齷齪的男人。」

「既然你這麼評價自己的丈夫，你應該申請離婚，我一定配合，把世界上所有動聽的詞兒都送給你，你看怎麼樣？」這番話有幾分眞心，並無口角的性質，芙也蓉不懂，她說源夢六心胸狹隘，對孕婦也會讓步寬容，稱他是小人，她說他永遠都不會明白天鵝谷人的精神廣度與高度，她恢復文雅恣態，用文明的詞語將源夢六說得無地自容，他只好一個勁兒地苦笑，說：「喝茶洗心、寧神，我泡壺新茶喝。」

這段時間，源夢六泡茶的功夫是長進了，也喝上了癮。很難想像開會的時候沒有茶會議怎麼繼續，端杯、聞香、啜飲，這一連串的活很能分散注意力，且具有領導風範，人人煞有介事，千篇一律的思想彙報滔滔翻滾，每個人都挖了一團包裹精神的腦漿，在你面前打散、撩撥，彷彿在垃圾堆裡找黃金，設法使它光芒四射，舉著比雪水純淨的靈魂大聲吆喝。芙也蓉很端莊地坐下來，膝蓋頂著圓形木茶几，裙擺落在地上。她披了一件淡粉夾襖，脖子細長，沒有一絲褶皺，這等毫無瑕疵的青春身體，用來孕育胎兒的確不划算，她的母性仍然潛伏，散發逼人的青春與純淨，甚至可以說她只是個好勝的小女孩。當源夢六這麼揣想的時候，芙也蓉說道：

「實話告訴你吧，我懷的不是你的孩子。」

源夢六沒有預想的驚訝，「這個不奇怪，你知道，我本來就懷疑政府的槍法。在一個禁欲的地方，這不稀奇。但我不明白，你爲什麼要告訴我？」

「你去揭發我通姦，你會升官的。」

「我不管你。」

「你這不是大度，是懦弱。」

「就算是懦弱也無妨。」
「你一點都不在乎？」
「芙也蓉，我們是法律意義上的夫妻，我和你在情感上沒有任何關係。不過，你需要我做什麼？我一定盡力而爲。」
「請你揭發我。」
「爲什麼非要我揭發你？這對你有什麼好處？」
「你想回去嗎？我知道一條祕密通道。」
「哧，祕密通道，你自己怎麼不用它逃跑？」
「我生死都不會離開這裡。」
「呵，你們想試探我，也不該派你這麼稚嫩的人上場。」
「……我不是什麼人派來試探你的。我只想知道，你心裡到底在想什麼。即便我懷了你的孩子，你還是不在乎我，一點都不在乎，咳……你是我見過的最冷血的男人。」
「芙也蓉，懷孩子這筆帳，你最好算到你天鵝谷的頭上。」等她稍微平靜一點，他接著說：「我要跟你說一件相當嚴肅的事情，你能保證不對任何人透露？」芙也蓉點點頭。「這事兒有點詭異，我敢肯定你不是這兒的人，你應該是東歐的，比如德國、波蘭、前捷克斯洛伐克、匈牙利、羅馬尼亞、保加利亞……那兒一定還有你的父母兄弟親戚朋友。你好好想想，是不是這麼回事？」
「我什麼也想不起來。」
「我懷疑你的記憶被破壞了。告訴我，你能記得最早的事是哪一件，哪一年，在什麼地方？」

芙也蓉想了想，還是搖了搖頭。

「我相信一定能水落石出。」源夢六覺得可以與芙也蓉談談機器的事情了，他告訴她所有與機器相見談話內容，當時的環境，「你失憶是有原因的，不光是你，還有穌菊里、千藏、多瑞，都有問題，也許，再過幾年，我和你們一樣，忘了過去、親人和朋友，把自己當作了天鵝谷人。我們會跟樹上的果子一樣，被摘到筐裡頭，永遠分不清來自哪一棵樹，我們活著，名字卻進了閻王簿，死不見屍，親人們悲傷度日。你想過沒有，爲什麼千藏是黑人，穌菊里像印度混血，多瑞像韓國人，你又像東歐貴族，還有其他不同種族的人……我無法解釋這是怎麼回事。你說你是生育機器，我也不過是頭種馬。所以，我們是一根繩子上的螞蚱。」

「我看是你中邪了，」風涼葉黃，芙也蓉冷冷說道：「病得不輕。」

## 12

無聊的會議最終被辯論代替。千藏每次都是辯論的主要人物，這回只是靠著亭子的廊柱，眼望池塘裡的觀賞魚，彷彿他只是其中一尾，並且是離群獨游的一尾。或許他有心事，不能對群魚說，群魚是正義道德的化身，他只能在激烈的思想鬥爭中吹著水泡，在不斷浮現的水泡中面壁思良策。

此時景色宜人，清風戲水，鳥雀破靜，遠處一抹雪山臥龍，天瘦雲肥。

源夢六朝水裡扔了一粒石子，魚群驚散，獨游的那尾黑鯉魚擺了幾下尾巴，待在原地不動。源夢六說話了，他說的是魚，魚會想些什麼，兩尾同游的算不算情侶，魚有沒有家庭概念，魚會不會流眼淚。他說他犯睏，但是晚上總睡不好，半夜起來望星空，他被折磨著。上帝照料太多貧困痛苦的人，魔鬼爲非作歹尋歡作樂去了，「我怎麼辦，千藏，你說，我和芙也蓉……你不覺得這事太荒唐嗎？」

那尾黑鯉魚徑直游開了，尋到更僻靜的地方，腦袋夾在石頭縫裡，屁股對著世界，尾鰭停止了搖擺。

「源先生，不瞞你說，你是我見過的——最齷齪的傢伙，你心裡也是這麼想的，只不過你不願承認。」精神這種東西就如一味藥，一旦起了作用，千藏的臉就黑裡透紅了，那種容光說不上來，只覺得他戴了金鐘罩，別說語言文字，就是槍林彈雨也難以動搖他內裡的信仰。

源夢六默默地呆了一會，除了把手中的麵包屑撒向黑鯉魚，他實在找不到更符合內心世界的行爲和言語了。

「……噢，其實我很想知道你來自哪裡，有朝一日我們回了自己的家，應該保持緊密聯繫，你作客，我拜訪，我們也許會成爲患難與共的兄弟……我原本可以有許多患難兄弟的，你不知道，他們流血、死亡、失蹤、潛逃、尋求庇護所……而我，逃出了歷史的城門，與這群患難兄弟失之交臂。」源夢六的話像冒氣泡，他覺得自己像一尾觀賞鯉吐著泡沫，魚鱗光潔金光閃爍，線條完美肌肉結實，游進魚群中，誰也找不出來，從眾使他感到安全與隱蔽，群魚安靜，行動一致，從不做踰矩的事情。他完全陷入對往事悲傷的回憶中滔滔不絕，再抬頭時，那尾黑鯉已經不見了，只剩一條空虛石縫，思維混亂的蝦米在練習彈跳。黑鯉游遠的背影淡定平常，慢慢潛入深水。水面細紋滾動。

千藏的聲音使辯論氣氛推向高潮。

一連幾天罕見的大雨，下得天昏地暗。

雨沒有要停的意思，源夢六撐把傘出了門。雨打在布傘上擂鼓一樣，傘周圍落下一圈瀑布，水流嘩嘩地。他像一塊磐石，一段荒木，一艘巨輪，內心激蕩。後來雨小了，霧濛濛的天空出現了一抹紅雲，太陽從雲層裡探出了半邊臉，小雨在陽光中既活潑又疲憊。他走到稣菊里家，鞋襪濕透。稣菊里像第一次見面那樣，捧出新衣物讓他換上。他們開始談論這場雨。這場雨的起始時間，它帶來的麻煩與不便，還有它的好處，好像他是專爲討論這場雨而來。

稣菊里把他的濕衣服晾好，她沏茶時漫不經心，手法散淡，臉上睫毛覆面，言語清冷有禮。源夢六像是與她隔河相望，中間河水滔滔，他多少有點無趣。令他傷感的是和她之間的這種疏遠，彷彿是被他人一手操縱的。他希望稣菊里是僞裝，其實她快要崩潰了，她很快會撲到他的懷裡大哭一場。白瓷茶碗內三尾青魚游動，碗邊一線濁黃，她蹙了眉頭，睫毛顫動，手發抖，脈搏紊亂，茶濺灑出來。

他感覺她比原來胖了一點，面有佛態，眼帶禪意。有時突然神經質地大笑，把氣氛變得尖。她不說話的時候像一株長在崖縫裡的蘑菇，低矮潮濕心事重重。他想跟她談點下雨以外的東西，比如由紅頭文件加人工授精製造的婚姻家庭，比如現在，比如未來。但穌菊里那種不容破壞的冷豔阻止了他。他拿起桌上的書閒極無聊地翻著，他想起她感興趣的話題，他心裡活躍了，打算以此結束窘境。

「我給你說一件趣事兒吧。」他把書放在膝頭，用手掌撫摸書封。待她的眼裡春回大地，萬物甦醒，他卻故意打住，等她發問。

穌菊里倒也不急，語氣平淡地說道：「是三劍客的笑話，還是領導人物的段子？你最好別炒冷飯，弄點新鮮的。」

「這事兒我對誰都沒講過，是關於黑春和舜玉的祕密……舜玉一直追求黑春，黑春的心思壓根兒不往她這兒靠……愛情眞是不可思議，一個久攻不下的堡壘有時卻能在瞬間拿下。」源夢六又賣關子。屋裡忽然黯下來，太陽已經陰了，小雨在樹葉上跳躍。「那時候街上的遊行靜坐快一個月了，有一天在北屏西街上發生了軍民衝突，一輛軍用卡車被砸得稀巴爛，黑春拿著磚頭朝這堆廢鐵發洩憤怒時，突然看見一個白裙女孩從公廁門牆扒下兩塊青磚砸向另一輛軍用卡車，那女孩竟是舜玉，黑春很吃驚。他認爲舜玉扔磚頭的姿勢充滿了革命風采，他中了魔似的，快步衝過去，抓起舜玉的手就跑。舜玉說：『你幹什麼，你別管我，我不是黨員了，我已經退出梅花黨了。』黑春說：『你最好還是梅花黨，我就是要讓人們看看我是怎麼幹梅花黨的。』」

穌菊里低下了頭，她彷彿受了刺激般有點戰慄。「野蠻。」

「有時候，野蠻就是浪漫……他們跑進了就近的窄胡同裡，黑春把舜玉抵在牆上，同時撩起她的裙子……這個王八蛋……你知道，舜玉愛著他，就算死在他手裡，她也不會反抗……」

穌菊里的身體本能地退縮起來。

「都是眞事兒，那時候發生任何事情都不奇怪。那是黑春的革命加愛情啊，他說等事情結束，就和舜玉結婚……」客廳裡亮了半邊，太陽又浮起來了，雨完全停了。源夢六瞇了瞇眼睛，頓了片刻，說道：「後來，舜玉死了，黑春失蹤了，一切都結束了。」

一個人可以閉上眼睛，但關不上耳朵。花開的聲音，天黑的聲音，飛鳥吶喊的聲音，骨頭被子彈打斷的聲音，機關槍突突的聲音，爆炸的轟隆聲音，子彈打中玻璃的聲音，嗡嗡飛舞的呻吟聲，火光刺破黑暗的聲音……一切像富有激情而又充滿殘暴的交響樂在源夢六的腦海裡鳴奏。

穌菊里用毛巾拭去桌上的水漬。「你還活著，可惜已經江郎才盡。」

源夢六已經說不出話來，他感到舌頭在流血，他嘗到一股鹹味。當他跨出大門，陽光潑灑一身，他聽見穌菊里在說「行屍走肉」，腿上的傷便開始隱約作痛。他獨自慢慢地走著，不知道該去哪裡，自打搬出來以後，他就失去了歸宿感，他餘熱未消，她卻沒有一絲暖意。地面潮濕。空氣清涼。一彎彩虹掛在山尖的薄霧之上。不遠處一片火燒雲。金色的森林向天邊鋪展。秋高氣爽，同時也露出了寒冷的先兆。源夢六坐在半坡的大槐樹下遙望群山野雲，不時有枯黃的樹葉落下。他看了看腿傷，其實它早已癒合，現在那隱痛又轉到心坎上，他突然十分難過，只好大口呼吸。

善來的出現讓他有點欣喜。他穿著深色小薄襖，多日不見，又多了一份老成淡定，彷彿熟知一切祕密。此刻他帶給源夢六的是一種老朋友的溫暖，他早就想說點什麼，所以就在見到善來的那一刻話就從嘴裡蹦了出來。

「善來，你曾經說靈魂是一只箱子，人死後，這只箱子放到哪裡去了？」

「變成了星星。」善來指了指天空，「一顆流星墜落，一個靈魂就消失了。」

源夢六看著他，他變成了一條魚，一條神祕的、黑白斑點的毛茸茸的魚，牠詭異地擺動尾巴，巧克力色的眼睛閃著狡黠的光，似乎在嘲笑人類不懂魚的世界。他從傷感中站起來，如果不是突然記起還有一個碰頭會要開，他願意在這兒永遠坐下去，坐到天荒地老。他心想：「小東西，我可是當你是好朋友來看待，你不知道這個世界的複雜……」

「他們讓我來找你，請你馬上到醫院去，聽說是機器的統計資料出了錯，你們不是天生的一對兒……」善來說。

遠處白雪覆頂的山像遮著蓋頭的羞澀新娘。天空薄得能用指尖兒一彈即破。月亮已經浮出來了，像個透明的肥皂泡，或者一枚銀幣，朝它吹口氣，能聽見一串銀質的呼嘯穿過耳孔的隧道。

## 13

源夢六對傳宗接代的事情毫無興趣，他認爲自己這輩子很糟糕，活得糊裡糊塗，再弄個孩子到世界上來，那是對生命不負責任，更何況世道環境越來越差，到處烏煙瘴氣，空氣渾濁。他看得多了，看得淡了，不如一個人自由自在死活無掛礙。他並不急於去醫院，一路上晃晃悠悠，他想芙也蓉住院關我什麼事，她有天鵝谷，有個全能的政府，無微不至的政府，面面俱到的政府，那才是她溫情的丈夫、威嚴的父親、無所不在的上帝……他彷彿看見她躺在潔白的病床上，有親人般的醫生護士陪伴，她們會握著她的手，試探她的體溫，摸著她的額頭，微笑著予以安撫與寬慰。所以，他是個多餘的人。他唯一的價值在於身上攜帶的基因與精子。他是一種特殊物質。不過，像他這樣的人在大泱國從來不會因此特別受寵，他們才不在乎這些。他們只要你平庸，有足夠的奴性，像顆螺絲釘擰死在自己的位置上，直到鏽跡斑斑。即便你用途更廣，作用更大，如你有思想，你不聽話，也要把你磨到殘花敗柳，隨波逐流。

照這樣來看，活在天鵝谷是件幸事。某一瞬間源夢六這麼下了結論，四周的美景加深了他的想法，空氣洗滌肺腑的塵埃，他意識空洞，輕薄透明的身體飄起來，像風一樣朝醫院那邊浮游過去。醫院幽靜清涼，綠樹遮天，溪水從木拱橋下流過，水草搖擺，漂浮的落葉像遠行的船。院子裡溫馨而有秩序，穿粉紅條形套裝的病人在花園裡散步、朗讀、講故事，聲音節制，神色美好。源夢六穿過花園，經過百米藝術長廊、圖書館、音樂廳，順著一條在春天開滿紫荊花的小道走進婦產科住院部，這裡散發一種女人香閨的氣味，源夢六鼻子受刺激，一連打了幾個噴嚏，腳步聲消失在天藍色地毯裡。

他推開病房門，和裡面出來的高個兒護士撞個正著，他被她那雙純黑的大眼睛嚇著了，孤星閃耀的黑夜突然籠罩了他。她像頭長頸鹿，眼睛太大，眨眼時彷彿汽車雨刷掃過車窗玻璃，還帶著慢鏡頭處理，這使她看起來懶洋洋的，有種見多識廣的傲慢。她知道他是誰，她把他逼退幾步順手帶上門後才叫他的名字，她開口說話時溫柔隨和，她說她聞他名很久了，很榮幸今天遇見，她很欣賞他攜帶優秀基因卻爲人謙和低調，她崇拜詩人，她喋喋不休只顧表白不容他插嘴，最後低聲向他透露一個祕密，說有關方面已經得出科學結論，她和他的基因組合才是最完美的。她說話時一臉學術的嚴謹，然後反手推開門，側身把他讓進病房，又順手帶上門走了。

芙也蓉躺在那兒面比牆白，頭髮蓬亂，似乎剛經歷過一場劇烈撕打。她始終閉著眼，練習擰緊與放鬆的面部表情，看不出她在忍受疼痛，放鬆時她顯得安詳與淡漠。源夢六彎下腰看著她的臉，問怎麼回事，好端端地怎麼病了？芙也蓉睜開一線眼縫，目光微弱散淡，她什麼也沒說，突然又擰緊五官，身體彎成了弓。她沒有發出半點聲音。他覺得她像一隻大蝦抽彈幾下後恢復平靜，他差點笑了出來，其實他心裡已經笑了，他站著不動，等她抽搐完，又問了一遍怎麼回事。她連眼也不睜，彷彿死過去了。

這時，高個兒護士走進來，她說這是引產藥物注射後的正常陣痛，再過幾個小時胎兒出來就沒事了。源夢六一驚，說什麼引產？誰敢亂動政府計畫的孩子？這是犯法的。高個兒護士從床頭櫃裡拿出一紙文件遞給源夢六，上面蓋著基困辦的紅戳。文件內容比較長，意思是說機器升級版後的資料顯示，源夢六與芙也蓉的基因組合只能創造智商不足八十的孩子，不符合天鵝谷科學造人的要求，違背基因學理念，為了保證人口素質，必須立即終止妊娠。

芙也蓉又抽彈了幾下。

「我是護士長羽月，有事您按這個。」高個姑娘指了指抽屜邊的紅色按鈕。她身材偏瘦，但也凹凸有致，打量她目光少不得要翻山越嶺。她剪著天真無邪的波波頭（鮑伯頭），頭髮黑亮滑順，彷彿能甩出水珠子來。她帶走了文件，出門時似乎回眸笑了一下。

源夢六繼續看著床上的女人，等著她的每一次抽彈。羽月護士長的態度表明，芙也蓉的「正常陣痛」不足掛齒，哪怕半絲憐憫也是多餘的。換個角度看，如果能告別不喜歡的身分，芙也蓉的陣痛便是喜悅的。源夢六想著那份文件，那裡頭明白寫著他倆的婚姻關係即將解除，一個捆了很久的人被突然鬆綁，身體還很麻木，手腳都不知怎麼放。他扒拉書櫥裡的書，挑了一本趣味性較強的，坐在床邊的沙發上翻了起來。身體溫暖舒適，血液慢慢地流暢活泛，不覺地看了進去。偶爾抬頭看一眼芙也蓉，發現她保持固有的表情與節奏抽彈，並無異常。

天黑後，芙也蓉的臉在燈下更白，她什麼也吃不下，喝口水都費勁。七八點鐘時，羽月護士長嘴唇泛著油光來查床，她顯然是酒足飯飽，心情舒展，流露出對一切駕輕就熟的樣子。「不吃東西哪有體力堅持？死活塞點進去。」她以一種專業權威的口吻對源夢六說道，然後略一沉吟，戴上橡膠手套，叫芙也蓉躺平，手指頭在她的下體捅來捅去，蹙了眉頭，嘴裡嘟囔道：「怎麼會這樣？宮口到現一點都不開。」她摘下手套扔進垃圾桶，找主任醫師彙報情況去了。

不一會兒來了四五個人，領頭的是個白髮蓬鬆的老頭，似乎飲酒過量，臉色通紅。他二話不說戴上橡膠手套一陣搗騰，臉色篤定沉著，繼後一個年輕實習生也手法笨拙地模仿了一遍，不過是五六分鐘時間，又統統離開了病房。芙也蓉像一堆廢物被扔在那兒。她繼續抽彈。有時張開嘴，像魚一樣，並不喊叫。

羽月告訴源夢六，爲了保持醫院安寧溫馨的氣氛，必須對一些產生劇痛的病人注射啞針，因爲嚎叫聲會有損人類尊嚴，使醫院變得恐怖。她在芙也蓉的病歷卡上寫著什麼，寫完將卡片塞進夾板裡，把圓珠筆插入左胸口袋。她說芙也蓉情況有點特殊，不過放心，明天早上一定能下來。羽月在能旋轉的圓凳子上坐著，兩隻腳呈八字形撐在地上，看樣子打算和源夢六誠懇地聊一聊。她從下襬口袋裡掏出一本小簿，上面是她這兩年的詩作，有一百多首，她沒給別人看過，因爲他是詩人，她願意讓他當第一讀者。她沒有使用「請教」或者「指正」這樣的詞語，彷彿這本是他的榮幸。

他翻開扉頁。她清純如玉。她十八歲。洗得發白的牛仔褲，吊帶背心。她像一頭長頸鹿。他把小簿還給她，說他不懂詩，也沒興趣。他站起來觀察芙也蓉，他問有沒有辦法讓她早點結束痛苦。羽月把詩集放回口袋，說眞生孩子宮口要開到五指寬，她現在這點痛根本算不了什麼，放心，胎兒明天上午一定能下來。源夢六說你的意思是她還要這麼抽彈一夜？羽月回答這屬於正常情況，你可以回家睡覺，護士會照顧好她。芙也蓉把手伸向源夢六，軟弱得彷彿已入彌留之際，他明白她的意思，點頭表示留下，但沒有去握那隻蒼白的手。

芙也蓉無聲地抽彈在深夜更加枯燥單調。醫院闃寂無聲，窗外的橙色燈光散發浪漫。源夢六看著書，昏昏欲睡，熬不住打起盹來，竟一覺睡死了，清晨羽月來查床時都沒醒。芙也蓉仍在抽彈，額頭冒汗，張著嘴奄奄一息。羽月戴好手套又檢查了一遍，這回她露出詫異的神色，因爲芙也蓉的宮口還是原樣。她看了一下時間，說現在病人必須吃點東西。源夢六立刻起身去醫院食堂取早餐。早餐自助式的，品種多得要命，麵包、乳酪、煙熏魚、魚片粥、饅頭、餃子、麵條、水果、牛奶、咖啡……紙牌上寫著「請勿浪費」。

源夢六匆忙吃了一點，帶了饅頭和粥回病房。以白髮老頭爲首的幾個醫生圍在芙也蓉的床邊，表情和動作和昨天一樣。走之前白髮老頭說，再觀察三小時，如果還下不來，只有把胎兒搗碎了往外卸。

源夢六把芙也蓉扶起來，試著餵她吃東西，芙也蓉只能在陣痛的間歇吃上一口，連嚼嚥都很艱難。這樣的事情源夢六以前對杞子做過，杞子會調皮地咬住勺子或者筷子，咯咯直笑。他心思恍惚，他問芙也蓉是不是很痛，她閉著眼睛紋絲不動地等陣痛過去，然後緩慢地點一下頭。他感覺她需要全力對付疼痛，也就不再說話，掌握好節奏餵她，半個多小時她僅喝了半碗粥，嚼了半個饅頭。她吃不下了，她必須躺著，那樣便於對付疼痛的襲擊。但躺下不久便開始吐，一下子全把胃倒空了。她的身體耷拉在床沿，像一棵失去水分的蔬菜披頭散髮。源夢六把她綿軟的身體放平，蓋好被子，替她擦掉汗水和眼淚，她猛烈地抽彈了一陣後恢復平靜，顯得十分困倦，並且很快就睡過去了。他看著她孩童般的臉，他想起她說話的刁蠻神色，她尖銳傲慢的言詞，還有她騎自行車揚長而去的恣態，她神氣活現……現在她只是一個繈褓中的嬰兒，任人擺布。她從來都不是她身體的主人。他心裡歎口氣。她的臉毫無血色。他感到時間在她臉上凝固了。她的唇上漸漸蒙了一層霜，嘴皮乾枯脫殼。他這才想到她需要補充水分。他握了杯子出去打水，飲水機在走廊盡頭，有礦泉水、果汁和現成的熱黑茶。他加了一杯礦泉水。回來見她睡得熟，又不忍弄醒她，只是捧著杯子站定了看著她。這時候他對她莫名地產生了一點責任感，無論如何，她是一個脆弱的小姑娘，智商很高，心地不壞，對他很盡本分。相反他自己倒是過於冰冷，時常陰陽怪氣，有事沒事都跟她抬槓，他從來都不信任她，他以爲這只不過是天鵝谷想讓他重新寫詩的手段之一，在她忍受陣痛時他麻木不仁，一點安慰都不給她。想到此處他有些懊悔，便在她身邊坐下來，去攥她的手。她的手很涼，像手術檯上死去的病人的手一樣，他心生不祥，他手上使了點勁，她沒反應。他同時感到屁股底下發黏，他站起來看到了血，他一把掀開了被子，只見芙也蓉下半身浸在血泊中。她死了。他心臟瞬間停止跳動，幾乎是被這個事實推彈到門邊，胸口冰冷，瞪著她，彷彿是他謀殺了她。

# 14

死就像一場雪在心頭長年不化，任何悲傷也沒法讓源夢六雪崩，他始終保持醫生的冷峻理性，他的痛惜與譴責像冰下的河流暗湧，雖然他不斷地把芙也蓉的死歸罪於她的政府以減輕良心的負擔。媒體和群眾都說這是一次突發的意外，甚至還有記者委婉地寫到了家屬的失職，說家屬當時沉浸在日本情色小說裡，可見夫妻感情淡漠。這種統一的口徑讓源夢六惶恐不安，他們竟然把一起醫療事故裁定爲婚姻問題，八卦一點的雜誌開始大作文章，探討家庭責任感與男人這東西，道德的利箭紛紛射向源夢六，一時間他使人唾液生津。

天鵝谷給了芙也蓉最後的榮耀，葬禮規格很高，在最有威望的教堂內，她躺在白色的鮮花叢中，面頰緋紅，身上蓋著天鵝谷的大旗，身居要職的政府官員在宣讀悼詞時聲音幾度哽咽，人們無聲地哭泣，節制地悲傷，有秩序地向她獻花低首告別，走出教堂馬不停蹄地繼續自己的生活。幾十天過去了，不時會有人提一筆，惋惜失去了一個基因超群的品種，這樣的人才損失是天鵝谷巨大的遺憾，但從無人追本溯源。一想起芙也蓉鮮花叢中的屍體，源夢六的心就有一種鈍痛，內疚和憤怒裹住了他的心，他辭了仟戶長的職，想重新搬回穌菊里這邊。

他想像那會是解脫和新的桎梏，總之和原來完全不同。芙也蓉的死帶給他一個嶄新的開始，對人彬彬有禮，背後是不動聲色的疏離。他想到和穌菊里再次見面，定不像初次相識，幻想和誘惑的蝴蝶滿屋子飛，氣氛即便沉靜也是歡樂的。那時他的心裡總是張弓搭箭，見到好姑娘就想射她。這會兒他明白什麼叫恍若隔世。

他和穌菊里常常無話可說，彼此默默地做自己的事情。連善來也不會破壞這種情景，進門從不弄出聲響，有時候揣著幾本書，有時把口袋裡的野果翻出來，擺在桌子上。他們不再討論靈魂或藝術。他們散發一種宗教式的冷漠。千藏極少單獨登門，偶爾路過也只是瞟上一眼，他在的時候總是有多瑞或者其他年輕人，每一次都要說到芙也蓉，一起唏噓。她的祭奠碑文挽聯全是千藏寫的，多有扼腕之痛。他們沒有批判源夢六，每逢此時他總是避開，有時去看看芙也蓉的墳上長草了沒有，有時去山林裡逛。有一次他尋找那個垃圾場，沒有找到，他一直搞不懂這兒的路況，他找不到記憶中的地方，比如那個機器空間，比如長野合花的山坡。天氣有點更年期的古怪脾氣，風雨欲來時，天空亮得反常，有時當頭罩著一片陰霾。

這天剛好下過一場暴雨，他們又在談論芙也蓉的死，說著一連串關於她活著的假設。源夢六悄悄走開，他無法回想她在他眼皮底下死去的樣子。山裡空氣潮濕清新，山谷寧靜，小路上空蕩蕩的，路邊長著一些肥黑的菌類，樹葉凌亂，稀薄暗淡的雲飄得很高很遠，山坡的植被每隔一段就有不同，有的是草，有的是細葉竹，有的是整片的杜鵑花。小鳥在啁啾。一絲風也沒有。源夢六的鞋子踏濕了，身上也落了些水。他不知道往哪裡去。他感到周圍荒涼，風剝去了他身上的溫度，他的嘴唇抖得厲害，牙齒上下磕碰，他雙手裹緊自己，姿勢難看地跑了起來。掉落的水珠子打中他的鼻尖，腳下水坑爆炸，枯枝脆裂，他彷彿奔跑在智慧局的操場上，姑娘們的吶喊聲驚天動地，她們在為黑春加油，黑春身穿藍白運動衫，像匹矯健的種馬，馬蹄翻滾，浪起雲湧，源夢六被甩後半圈。他總是敗給黑春。這是一個不爭的事實，他缺少黑春那種拚命的激情。他們曾打過一架，為一句詩，他挨了黑春一重拳，黑春告訴他爲什麼打他，他相信拳頭能令蠢貨獲得短暫的聰明。源夢六從不懷疑自己的智商，他以文科狀元考進全國最高學府最後進了智慧局就是證明。黑春說正是無聊的應試考試使他這種笨蛋登上大雅之堂，這並不能改變他進入社會後成爲庸碌無爲之輩的命運。於是有一段時間，源夢六坐在人堆裡喝悶酒，不交談，不思考，震耳欲聾的爵士樂在人海中流竄，到處是瘋狂扭動的軀體，噪音從他的體內沖流過去，他坐在那兒，無動於衷。看到太陽照常升起，人們紛紛上路，他們工作，他們健康，他們清醒，他們目光明亮，他們過著自得的日子，他心中絞痛，無所適從。有時候他想，也許黑春說對了，高智商在某種情況下一無是處，只能是庸碌無爲的一生。

但顯然黑春是錯誤的，天鵝谷證明了這一點。不久前源夢六的仟戶長當得風生水起，那些寫精神彙報材料的比往時的寫得精采，因爲都知道他是個詩人，大家都很討好地修飾語句，挖空心思一些帶勁的詞，定語拉得又臭又長，在會議上像朗讀詩歌那樣念讀報告文件，有意把長句斷行，十分講究停頓的時間與頻率，在聲調的抑揚控制上下了苦功，書生劍客俠骨柔情，表現出十分豐富的感情色彩，有的還會使用肢體語言，眉目傳情，政府工作會議突然變得空前的文學與詩性。不少人愛上了分行的版式，也有人悄悄寫起了詩，私下底塞給源夢六，請他「不吝指教」，他的身邊很快團結了一撥詩歌狂熱分子，工作會議徹底變成了詩歌朗誦會。尤其是多瑞，他憂傷的氣質與才華好像是白秋的翻版。

源夢六記得曾與多瑞有過一次不愉快的爭論，多瑞和白秋一樣認爲革命的詩人魅力最大，源夢六說革命不是鬧著玩的，古往今來，很多人玩掉了腦袋，關鍵是掉了腦袋以後，什麼都沒有改變，

「你應該去角逐諾貝爾文學獎，像泰戈爾、聶魯達、米沃什……」

多瑞當時溫和一笑，「你說的對，法西斯發動侵略戰爭的時候，泰戈爾拍案而起，向全世界疾呼準備戰鬥，反抗那披著人皮的野獸；西班牙爆發反對法西斯獨裁專制戰爭時，作爲一個外國人的聶魯達說『我必須走向街頭吶喊，直到最後一刻』；至於米沃什，第二次世界大戰爆發時，他沒有選擇逃離，而是參加了抵抗運動。」

芙也蓉插嘴，說詩人不能只是靜默地觀察生活和世界。

源夢六有點羞赧，他感到自己的愚蠢，他覺得他們這些話都是衝他來的，當多瑞說「一類詩人是樹，扎根在自己的土地上，另一類詩人是鳥，四處飛翔，我心甘情願當一隻鳥，到處流亡」，源夢六違心地稱這番話是幼稚的學生腔，膨脹的空想，純粹無知的理想主義，有家不能回不是浪漫，那樣的痛苦滋味沒人願嘗。

幾縷淡霧往山尖潛移，像敵人躬著背悄然侵入，緩慢地掠過野草，遊走在枯樹椏間。源夢六從天葬台上下來，滿面潮濕，頭髮結著霧氣，他斜抄近路，認準方向朝東走。他確信出路在那邊。他第一次固執地要從這兒走出去，離開天鵝谷。他越走越篤定迫切，幾乎是不顧一切，無路時胡穿亂鑽，連滾帶爬，路順時疾步前行。他不相信芙也蓉說的祕密通道，他只需要找到來時的路。滿身大汗時他看見了逶迤的灰色城牆，河流泛著清冽冷光，灌木叢裡伸出開著白花的枝條掃向河面。這個熟悉的景象令他振奮。然而他沒有辦法離城牆更近一點，甚至越繞越遠，最後連城牆都看不見了，彷彿是一場幻覺。他在林子裡繼續穿行，但已迷失方向，再加上身體疲憊不堪，不免頭暈目眩。

他正要找個地方休息一陣，突然聽到林子裡有異樣的響動，疑是野獸，連忙躲在樹後。隨著窸窸窣窣的聲音臨近，三個黑衣側影走進源夢六的視野，一人在前，兩人在後，彷彿解押犯人。前面那人像修女一樣黑袍拖地，滿身泥巴，瘸著腿，頭部裹得看不清臉，後面兩人緊跟其後，有一種緊張與不信任的關係。源夢六感到穿黑袍的人瞥見了他，身體退縮貼緊樹幹，屏息不動。他聽見他們停下來說話。

「小兄弟，我說的是眞的，請你們相信我。我不能回去，那不是療養院，那裡是地獄啊！」一個顫顫巍巍的聲音，不時發出呻吟。

「你清醒點兒，再說胡話，恐怕就得送你去精神病院。一把年紀了，有福不享，幹嘛要作賤自己。」

「我是逃出來的……你們聽我說，那是個燒活人的地方……你們看到冒白煙的大煙囪了吧？下面就是焚屍爐，他們把打了昏迷針的活人扔進去……天啊，我好痛，我的腿斷了，讓我去醫院吧，求求你們。」還是那個驚魂未定的聲音。

「我看你純粹是自討苦吃。對不起，我們的工作是把你送回療養院，裡面的醫院條件比外面更好，外面的人羨慕得要命呢。還沒見過願意從療養院裡出來的……可惜，我們還得等二十幾年才有資格進去享受。」

「進去……進去就是死，小兄弟，這是個大騙局……他們把老弱病殘的活人們扔進火爐……」

「咳，老傢伙神神叨叨的，配合點，趕緊走吧。」

「……我要解一下大手……我到那棵樹邊上去。」

「沒事，讓他去吧，他瘸著腿，跑不了。」

幾聲枯枝踩斷的脆響，解手的人朝源夢六這邊走過來，片刻之後又踅了回去，仍向那兩位絮叨求情，被不耐煩的年輕人粗暴地打斷，他終於閉了嘴。他們很快走乾淨了。望著被樹林封鎖的靜寂路口，源夢六感覺又是一場幻覺，但樹底下的白色信封證明剛才的確有人來過，並且是故意留下了線索。他彎腰撿起信封，發現那只是一張摺得整齊的紙，他打開來一看，臉色慢慢變了。

15

源夢六費很大的勁才走出樹林，微弱的斜陽輕薄如綢鋪在腳下。他早已兩腿痠軟。在長椅上歇息時，他看到了羽月姑娘。她素面淨白，唇色紅潤，波波頭光滑順溜，黑呢風衣敞開，裡面是桃紅色高領毛衣和凹凸地表，外加A字黑裙黑皮靴，配一雙天然純黑大眼睛，十分時尚。她像棵鮮活的嫩白菜，總是水分很足的樣子。無論如何源夢六的心還是忍不住擺蕩了幾下，如不是有緊要事在身，他會想辦法和羽月野合一次，這個他完全有把握。那天夜裡他去她值班室時她有所暗示，他可以擺布她，她敢為愛情冒天下之大不韙。這姑娘的性情跟穌菊里大不相同，她隨時準備跟你火一樣燒起來，彷彿燃燒是她活著的唯一樂趣。源夢六見識過類似的女子，似乎都不如羽月徹底，他感覺她不是那種很快成為灰燼的人，她有一種遠甚於淫蕩的堅貞，在不動心之前永遠是一隻閉合的蚌。又見羽月的瞬間源夢六心思密集，在女色面前短暫的忘記自身處境之後言歸正傳，他打算寒暄幾句去幹那件迫在眉睫的大事。

羽月是專程來找他的，她說醫院有情況，麥克院長要與他面談。她的手插在大衣口袋裡，站成稍息的姿勢，一副非去不可的樣子。他略一遲疑，站起來跟她走了。她腳步挺快，但不影響她說話。她說醫院已經死了幾個相同症狀的病人，院方懷疑會有傳染病爆發。他說外科醫生對傳染病恐怕無能爲力。她反駁永遠不能低估精神的力量，詩人能正面積極地影響患者的情緒，有時候詩歌就是良藥。源夢六說那你們到底是需要醫生還是詩人？羽月回答二者區別不大。他啞然失笑，如果詩人能開處方拿手術刀，醫生寫十四行詩給人治病，這世界倒也美好了，現實問題是天鵝谷看病不要錢，可有些地方的人窮得連醫院大門都進不了，輕病不看，重病看不起，多少人躺在床上等死。於是他說現在他既不是醫生更不是詩人，他只是一個迷路的外地人，他甚至請羽月姑娘指點迷津，求一條回去的路。

羽月眼裡那兩汪深水冷潭波瀾不興，她是個完美的充氣娃娃，對他的話毫無反應。她微微瞇縫的眼睛像窗簾半合的窗戶。風吹簾動，她若有所思。她說今天接收一個全身黑衣的瘸腿病人，高燒不退，滿嘴胡話，不斷地說療養院是屠宰場，聽起來很恐怖，給他打了一支鎮定劑才讓他閉嘴。她沉吟片刻，見源夢六心不在焉，又顧自說道：

「啊，會不會是鼠疫？中世紀那場鼠疫你知道吧，通過老鼠身上的跳蚤跨過英吉利海峽，蔓延到整個英國，農村死亡無數，城裡垃圾成堆，汙水橫流，那時候的人對傳染病一無所知，處理屍體的工人不懂防護，使病傳得更快。醫生用盡辦法，放血、煙熏、燒灼淋巴腫塊……人照樣死了。一些教徒認爲這是人類的墮落引來的神明的懲罰，他們穿過歐洲的大小城鎮遊行，用鑲有鐵尖的鞭子彼此鞭打懺悔。尤其是在德國的某些地方，猶太人被當作瘟疫的傳播者被活活燒死，大量的猶太人被屠殺，也有頭腦清醒的意識到可能是動物傳播疾病，於是殺死了所有的家畜……」

羽月一說話總是長篇大論，但不是家長裡短的碎嘴皮子，她很知性，讀書多，舉止恰當，偶爾弄出一撇笑容表示對於死多少人無所謂，神色泰然。她說話的節奏彷彿有標點符號引導，逗號頓號停頓較短，句號之後會延長半拍時間，遇到省略號，她要凝神看一眼遠處的風景再收回目光繼續下去。

當又一個省略號來臨，源夢六突然邁開步子把她甩在身後：

「羽月小姐，人命關天，我們必須盡快趕去醫院。」

身後發出一陣輕笑，彷彿樹葉簌簌落下。「你不是說你既不是醫生，也不是詩人麼，去了又能怎麼樣？」

他愕然回頭，只見她已經把風衣搭在手臂，桃紅色將她襯得嫵媚多嬌，臉上像忽然撲了很多胭脂，一雙黑亮水靈的大眼睛令笑意盈盈，有如黑夜降臨，孤星閃耀。

「你在開玩笑？」彷彿貓被老鼠捉弄了，他有點惱火，「這種事也能開玩笑？」

「當然是眞的。」她斂了表情，恢復充氣娃娃的樣子。「我只是在想，你去了能幹什麼？」

「我的確無能爲力。」他忽然覺得自己語氣太凶，有點歉意。

「麥克院長腦子進水了，對一個過氣的詩人抱那麼大的希望。」

「我再說一遍，我眞的不是詩人，更不是過氣的詩人。」

醫院隱約可見，門口兩株老樹，葉子落光了，黑鳥從枝椏間的鳥巢裡飛出來，叫聲怪異。

麥克院長辦公室在走廊盡頭。源夢六進門便見一顆白髮蓬鬆的腦袋，正埋頭用放大鏡鑑別古玩似的在書本間掃來掃去。那顆腦袋聞聲抬起來，臉色通紅，一副飲酒過量的樣子。這人源夢六見過，卻不知他就是醫院的頭。大泱國醫院的院長一般不會下病房，他們要開會，要出國考察，要陪老婆吃飯，要跟情人睡覺……更重要的是他們要保持體面的身分與威嚴。老頭似乎早過了進療養院的年齡，實際他剛剛五十歲，隨時可能進療養院養老。天鵝谷人都是這樣，不算早衰，他們是特殊的品種。

辦公室三面書牆，書櫃頂到天花板，書擺得整整齊齊。

「坐吧，你是詩人，看看這些，怎麼解釋？」老頭遞過一堆病歷。他的口音是英國西部鄉村的。

「讓詩人看病歷，把詩人當上帝了，」源夢六心裡這麼想著，態度不乏誠懇地說：「我只是小醫院的外科醫生，對傳染病沒有任何研究，不敢胡說八道。」

「你就別謙虛了，麥克院長看人從不走眼的。」羽月屁股落在桌邊，腿撐著地面，顯得格外修長。

源夢六覺得她與麥克院長關係不一般。

「源醫生，謙虛不是美德，它只會影響你的自信與判斷力。」麥克院長的眼睛嵌進腫胖的肉裡，射出兩道寒光。

幾份相同的病歷，症狀都是咳嗽、發燒、畏冷、血黑，有的身體出現黑色皰疹。

「恐怕是一種新型的傳染病。找到病源，問題會好辦一點。」源夢六想敷衍過去，他覺得這是個煙霧彈，眞正的內幕一定和療養院有關。「必須找到源頭與控制的方法，在適當的時候向老百姓公開疫情，並且開始普及傳染病預防知識，提醒注意事項。」

「新入院的幾個病人症狀完全相同，除了發燒、咳嗽以外，還伴有嘔吐、腹瀉等症狀，看上去像食物中毒。」羽月坐在籐椅上，兩臂搭著扶手，雙膝合併，斜擺出一個好看的造形。「病人神智不清，思維混亂，他們什麼也說不清楚。」她說完微微一笑。她是女王。

「幾百年前，英國一個村裡的裁縫收到外地的布料，四天後便死了，月底又連續死了六人。一塊布料把瘟疫帶進了村莊，最後村裡人全死了。那麼，我們得查查，疾病是否也有這種可能引發？」老頭拿起放大鏡在書頁上掃來掃去，慢條斯理。「情況的嚴重性不可低估，源醫生，你來負責這件事情。你的房間已經收拾好了，相關資料羽月一會兒給你送過去。你大約還不知道，詩人在天鵝谷的地位，就好比班禪在西藏。」他抬起頭，認眞地看著源夢六，「只要你告訴患者你是個了不起的詩人，他們不會對你隱瞞什麼的。這，也是我找來負責此事的主要原因。」

源夢六感到手腳冰涼，彷彿被噩夢纏了一夜。

「我倒認爲有必要來一場檢驗，把劣質的個體淘汰掉，這是符合自然現象的。」羽月擺正雙腿，從籐椅裡直起身來，像是替麥克院長送客。

麥克院長的恭維和羽月的剽悍說法把源夢六弄得啞口無言，他尷尬地立在原地，費了很大的勁才說出自己的想法，他要求去看今天入院的黑衣患者，「趁病人清醒能說話，也許能得到非常重要的資訊」，但得到的答覆是患者猝死，已經火化。

16

城市裡布滿松柴的香味和散淡青煙，到嚴寒時所有的壁爐都燃著旺火。無論凍雨還是下雪，病房裡乾燥暖和，床褥柔軟，散發藏紅花或橘子的清香。病人們像住在自己的家中，書架上的書不定期更換，病人可以自己去醫院圖書館閱讀或者借書。醫院有不同圖紋的窗簾隨病人的喜好挑用，每間房配有獨立的洗手間，白瓷的抽水馬桶與盥洗池，鏡子占了半面牆壁，防滑地面磚與牆磚顏色協調，小壁櫃裡擺著土陶藝術品，石架上點著檀木或者薰衣草，聞不到任何異味。在這兒，住院無疑是一種享受，富裕的天鵝谷即便有些不如人意的地方，誰也不會放在心上，大家過得恬淡輕鬆，沒有生活壓力，沒有錢財憂愁，人們互相攀比的是藝術造詣，精神世界誰更富，或者誰更有道德。

從病房視窗總能看到不同的美景。此時淡黃的陽光從天空斜刺下來，堅硬的光柱插進樹林，淡霧若有若無彷彿太陽散發出來的熱氣——事實上陽光早已冷卻，並無溫度——古怪的鳥在枯枝敗葉間穿梭跳躍，叫聲淒厲恐怖，「嚓、嚓、嚓」，彷彿要把人的心撕成碎布條。當鳥聲停息，窗外便是緋衰碧朽的水底世界，生物游來游去，緩慢有序，開在冷風中的野花燦爛中透著孤寂，源夢六不覺想到羽月姑娘，她和這野花是一路的，綻放還是凋敝都無所謂，唯此刻要美。她早晚用水果汁洗臉，吃素，不碰油烹煎炸辛辣的食物，讀經書，清水出芙蓉，身上果香飄蕩。

她一直攤開病歷本等著記錄，但一無所獲，幾名患者全是胡話連篇，對醫生滿臉不屑。她多次暗示他亮出自己的詩人身分，而他醞釀良久，始終沒有勇氣說出「我是詩人」這樣的話來。讓一名有成就的醫生在病人面前自稱詩人，這使他感到屈辱和滑稽。他年輕的時候已察覺人們對詩人的敬意蕩然無存，詩人的遭遇比常人更差，他們甚至被看作流氓無賴，煽風點火的反革命，他們只配喝西北風，於是改頭換面下海經商，他們當老闆，開公司，做買賣，把詩集埋在枕頭下，不帶出臥室半步，白天口是心非，在酒桌上對詩歌表示鄙薄，被鈔票鎮壓的詩句變成粗痞的順口溜，一切高雅全是裝屄。他們漸漸地迷上了這種生活，一副商界菁英的嘴臉，對國家保持曖昧的態度與謹慎的距離，抱緊女人和孩子，盯死股市與金價，業餘收藏古玩，練點書法，畫幾筆山水，百讀不厭的書是一本銀行存摺。

源夢六摘下聽診器和口罩走出病房，他覺得他的配合可以告一段落了，傳染病就像詩歌靈感一樣，他逮不住它，並且壓根兒不想逮住它，他必須鄭重地告訴那些迷信詩歌的人，詩歌是垃圾，一塊破抹布也比它頂用。他邊走邊脫掉白大褂，顯得怒氣沖沖，緊身的黑色羊毛衫像要爆裂開來。他的黑影在白色走廊裡十分突兀。羽月追出來，她兩腿飛快，宛如凌波仙子，保持面色從容，波波頭紋絲不亂。他以爲她要阻攔他，她卻以牙齒細密的甜脆笑容對他的行爲表示讚賞，他很詫異她站在他這邊，有點受寵若驚，並且緩慢地幻化出一圈溫暖，心頭的雪便融了一片。如果從前遇上這樣的姑娘，這時候他可以滿心歡快地想著如何下手，現在他只能嚴肅地說：「你讓我感到迷惑，羽月小姐，你站錯立場了。」

他撇下她走自己的路。這幾天他在醫院吃住，已經感覺到軟禁的滋味，羽月寸步不離地監視著他，他必須盡快擺脫，去找穌菊里，他能信賴的只有她。

「我可不想叫你源先生，喊名字多好呀。」羽月緊跟著他，「你要去找麥克院長嗎？他今天不在。你放心，我會幫你說話的。」

源夢六邊走邊玩味羽月的話，她讓人捉摸不透。「你爲什麼要幫我？」

她一副讓你猜的表情。後來他們走到院門口，老樹上聚了一群鳥。羽月伸手告別，源夢六握住她綿軟白皙的手，她的指尖似乎在他手心撓了一下，他看到她微笑著，大眼睛漆黑蕩漾，彷彿在說：「你完全可以信任我。」他的手好像被黏上了，一時無法鬆開，他在想如果把林子裡看到的事情告訴她，向她抖出那封信裡的內容，她會發出什麼樣的尖叫。當然他的目的不是嚇唬她。他最終忍住了什麼也沒說，像害怕會洩密似的果斷離開，羽月的手像他若干年前養過的一隻小貓，在剝離的瞬間他感到了留戀，這是一個人在孤獨的時候最容易犯的毛病。於是他回頭望了她一眼。她一動不動地站著，雙手插在白衣口袋裡，像一個新堆的雪人。他第一次朝她笑，他很久沒笑過了，感覺肌肉僵硬，他想自己的表情一定難看，又趕緊收起了笑容。

「也許我們可以去一個好玩的地方。」羽月走上前，手還插在口袋裡，「那兒有些珍稀動物，保證你會喜歡的。」

他沒有當即拒絕，既然黑衣人死了，事情稍緩一點也沒關係，如果那封信眞的是個精神病的胡謅，他卻急吼吼的當回事，會被人嘲笑，他可不願在穌菊里面前丟這份人。他又想到穌菊里描述療養院的好以及她無比嚮往的神色，心裡突然沒底兒了。於是他在原地等羽月回值班室換衣服，醞釀出了類似私奔的興奮。不久前他和她還是冰冷相對，眨眼間就要一起去遊山玩水，他雖難以適應這種轉變，倒也很容易進入情感的角色：不知道稍後會不會進入眞槍實幹的戰鬥，羽月喜歡什麼樣的進展程式，她是不是很革命的那類？他的思維在這一類問題上變得和他的精子一樣活躍，見羽月身穿休閒裝藍鳥一樣飛來，他差點以爲他們已經戀愛很久了。

他們去庫房各騎一輛自行車，一時間車輪滾滾，銀光閃閃，車輪輾過堅硬灰白的馬路，光芒掃過雪山削壁。太陽和月亮同在頭頂。雲像風掃蕩過後的沙漠。空氣純淨無比。

「羽月，你到底多大了？」到平坦地帶源夢六減速慢行，他不應該對她一無所知。

「我麼，今天正好二十一歲。」羽月說。

「嘎——」源夢六一個緊急煞車，他沒想到她有二十一了。「噢，你的生日？」

羽月停下車說，是的，二十一年前的今天，她媽媽經過人工授精成功受孕，精子和卵子結合的那一刻便是人的誕辰，從娘胎裡出生那天是母親的受難日，也是母親的節日，要特別慶祝，這是天鵝谷的習俗。

「這倒是很人性。」源夢六說道：「那麼……你爸媽現在在哪兒呢？」

「我爸死了，我媽在療養院。」羽月快樂地跨上坐騎，天藍色外衣加白皮膚和天空一樣，也許是太耀眼的緣故，她身上總有一圈光暈。

她提到療養院，暗合了他內心的願望，他追上去，不緊不慢地說：「不如去療養院看你媽吧。」

「她在那兒賽神仙呢，沒什麼可擔心的。」羽月爽快地笑了兩聲，「哎，你似乎有點相信那個病人的話了。詩人總喜歡胡思亂想，不過，生活是平常的，很少有奇蹟發生。」

「你從來沒進去看過她？」

「沒有。」羽月搖頭時頭髮拍打著她的臉，「她會給我寫信，告訴我她的情況，她很快樂，去年，她在那兒還有了第二春呢，像個小女孩似的談起了戀愛。」

「你爲什麼從沒想過進去看看？」源夢六知道天鵝谷的人從小獨立性強，對親人不依賴，不眷戀，但是對一個神祕地方總該有點好奇心吧。

「我對老年人待的地方不感興趣。更何況進出療養院需要批文簽證，身體檢查、蓋戳、等待……誰沒事惹那些麻煩。」

「她什麼時候進去的？」他問。

「有兩三年了吧。」

他們又開始蹬上坡，最後踩不動下來推車前進，十分鐘後意外獲得一個長幾百公尺的下坡，他們愉快地滑入了無邊的白樺林，樹葉金黃沙沙直響。樹林裡沒有路，但通向四面八方，必須緊握自行車龍頭對付顚簸，以免跌倒。他們之前的談話已經銜接不上了。自然，在這樣明媚的陽光底下，草木芬芳，美好的姑娘就在身旁，源夢六早忘了那一岔。他不斷和羽月說些無關緊要的情趣話，並且敏捷地從石塊或者其他障礙物邊上閃開。

打牌喝酒以及旅行都是快速增進感情的管道，尤其是旅行。當他們來到一棟破敗的木房子前，已經是無拘束的老朋友了。這舊木房的哥德式尖頂沖向天空，彩繪玻璃窗模糊不清，門窗關得嚴實，枯葉落滿台階，一條荒草掩埋的鐵軌經過門口伸向樹林深處。這兒從前大約是個小站，不時有冷清的過客匆匆上下，離開或者回來。源夢六想到了北屏的嘈雜月台，人群擁擠，各處擁來的年輕人跳下火車直奔圓形廣場，有的負傷，有的受辱，有的死在夢裡。

「我們在這休息一會兒。」羽月拂開落葉，露出木頭鋪就的台階，她坐下去時動作有點古怪，將雙肘擱在膝頭，十指交合。「你聽，有人在念書。」她說。

聲音從屋子裡傳出來的，用的是很不道地的漢語，源夢六從節奏判斷那人讀的是中國的賦，他同時也聽出了那是善來的聲音。他懷著驚訝推門進屋，眼睛一時無法適應裡面的昏暗，幸好屋頂的玻璃天窗射下一道亮光，照見密集游動的浮塵。屋子裡堆著裝滿穀物的麻袋，地上也撒了一層。巨大的磨盤占據了剩餘的空間，一個鬚髮全白，滿身塵粉的人正埋頭推磨，頭上的黃金華冠閃閃發光，他像一張底片，從光亮底下一晃，再遁入陰暗。在磨盤的另一邊，善來坐在麻袋上，懸著腿，膝頭放著一本書，書頁潔白，灰塵像群蚊在他頭頂盤旋。

「以觸目之萬恨，更傷心於九泉……」善來停下來問推磨者，「爲什麼叫九泉呢？」

「傳說上有九重天，下有九重地，陽數中九是最大，九泉也就是最深的了。人死了都要去那兒。」

「反正你去哪兒，我就去哪兒。」善來說。他接著問道：「庾信當了逃兵，他可以說是個可憐的軟蛋了吧？」

「這個……你完全可以問源先生。」推磨者回答，他還在轉圈。

當他再次經過那道光柱，源夢六看清這個鬚髮雪白的人竟是千藏，他早知道有人進來了。見源夢六驚得說不出話，千藏停下來用牛尾巴從頭至腳撣掃一遍，風雪夜歸人身上的寒冷和雪花不見了，年輕的千藏站在那兒，黑髮從荊棘一樣的黃金籬笆裡刺出來。

源夢六暗自納悶，千藏怎麼幹起了騾子的活？並且頭戴金冠，手套黃金鐐銬，一副囚犯的打扮，他犯了什麼罪？

「源先生，庾信是個軟蛋嗎？」善來問。

源夢六臉上掠過一絲不易察覺的尷尬，他很想甩開善來，但千藏似乎也很重視這個問題，他面色沉靜地注視他們，等待答案。

「唔……某種意義上可以這麼說，他丟盔棄甲……雖然他留下也未必能阻止他們的繁華大都會變成廢墟……他很慘，家破人亡。」源夢六說。

「他慘什麼？亡國了，還不是又被籠絡出來做官了嗎？」善來很快回應，他的話讓源夢六心驚肉跳。

「是的，他在矛盾和痛苦中過日子，人格上產生了分裂，一面痛恨叛軍對故國的侵占，一面對新的統治者感恩戴德，給他們唱讚歌，夜裡沒人的時候爲自己感到羞恥。當然，如果他戰死了，你就讀不到這麼優秀的文章了。」千藏說著，重新推起了磨，樣子很酷。

一時間沒人說話，只聽見石磨碾壓穀物的聲音，白色粉末從磨盤四周緩緩落下。

「善來，很多事情不是想像的那樣簡單，換了我們，也許比他做得更不像樣。庾信精神上的痛苦，咱們局外人都體會不了，區區一篇小文也不可能打發他的傷痛。」羽月走進來打破了沉默。

「但他如果不寫出來，也沒有別的釋放管道，恐怕他只有瘋掉了。」

「我沒法喜歡一個逃兵寫的東西。」善來說道：「再說，有的人不寫詩了，不也能活得好好的嗎，沒見憋死。」

「呃……因爲吧，違背心靈的謊言從來都不會成爲好詩。有時候人們需要長久的思考……」羽月像個滅火器。

「眞正的詩人是不會用詩歌來撒謊的……你可以把沉默看作一種態度。」千藏從光影裡閃過。

源夢六沒想到矛頭一直指向他，他突然明白這是一個局，他們並非偶然來到這個地方，羽月說的珍稀動物也許就是眼前這兩個人。他們集體餵養了一隻詩歌的蒼蠅，得空就把這隻蒼蠅放出來在他耳邊嗡嗡地叫。他們瘋了。不分時間場合的談論詩歌或者精神，他感到十分彆扭。他倒想和他們說說身體的基本需求和自由，比如千藏爲什麼戴著黃金鐐銬在這兒拉磨？如果不是徹底中了墨子的毒，他犯了什麼罪？他很想問一問，但忽然發現這個問題太私密，以他和千藏的交情不配打探這樣的事情，更何況現時的氣氛不支持他跳出來另起一行。

他只有木訥地站著。這時候他腦子裡有咣噹咣噹的水聲晃蕩，誰配與我談詩歌？你們這些溫室裡的豆芽，紙上談兵的傢伙，你們沒見過詩歌的烈火，你們沒聽過詩歌的怒吼？你們也沒有人眞正摸到過詩歌的靈魂與傷口。再也沒有人可以不食人間煙火，最後一個寫詩的人高貴地死了，他的背影掛在黑夜成爲遺言，你們不過是閒極無聊的好事之徒，一肚子無用的學問。

## 17

穌菊里彷彿失蹤了，一連幾天看不到人影，屋裡爐灶冰涼，死氣沉沉。源夢六不時摸出信來看一遍，當初的震驚現在變成了懷疑，他越來越覺得那是不可能的，事實不可能那樣，你想想……怎麼會呢？那番內容倒是符合一個精神錯亂者表現。他回想樹林的一幕，但每當他努力放大記憶，企圖對過去的經歷做某種核實和鑑定的時候，總像水中撈月，手指落下去，月亮便散碎搖晃，變成一堆模糊的水。他甚至不能確定這封信的來歷了，也許它是一個小說家作廢的草稿，一個酒鬼的鬼畫符，一個心血來潮者的胡亂塗鴉……於是他不再有間諜般的緊張，情緒放鬆了，敲了一塊黑茶泡開，喝茶的時候他又想起了信裡的內容，當然他嘗不出任何異樣，除了二十年黑茶獨有的歷史味道，不過心裡還裡有點疙裡疙瘩，不踏實，喝了半杯便打住了。

天陰得厲害。冷像刀子慢慢地刺進身體。源夢六用乾柴把壁爐燒旺，突然瞥見外面下雪了，雪粒砸到地面蹦豆子似的，樹葉發出劈哩啪啦的響聲，半小時後鵝毛雪瘋下不止，除了肥白大朵的雪什麼景色也看不見了。大雪第三天早上才眞正告停。太陽彷彿從冰層裡穿射出來，天空是稀薄透明的藍色，萬里無雲，寒風裡有一種鋒利的寧靜。地面的一切臃腫浮脹，只有水色發黑的河流顯得更瘦，柳樹銀髮飄散，山丘像熟睡的女人，弧線起伏，所有的騷動都平息了。

穌菊里回來時，源夢六正坐在壁爐邊烤火看書。或許是穿得太多的緣故，她整個人有點肥胖，腰也粗了，動作緩慢笨拙。他趕緊站了起來。她的鼻尖凍得通紅，神色平淡，眼裡的液態巧克力凝固，好像秋天的池塘結了一層薄冰，沒有枯荷敗葉的風景，只剩乾淨的蒼茫。

他說你去哪兒啦？他本想說去哪兒也不吱一聲，突然想起是自己先被醫院拉走了，不能怪她，於是轉口說我差點登尋人啓事了。她像是出遠門回來疲憊不堪，在壁爐前的沙發裡閉上了眼睛。他不再說話，只拿了張毛毯給她蓋上，見她的臉也有些浮腫，感覺她遇到了很大的麻煩。

「我以爲你這次肯定被魷魚吃掉了，沒想到你還活著，」穌菊里有氣無力地一笑。「眞是奇蹟。」

見她開口說話源夢六很高興。「你想喝點什麼？茶？牛奶？還是米酒？」

「給我來一杯熱牛奶，如果能加兩個雞蛋更好。」她不客氣，當然這是她自己家裡，她沒必要客氣。她說話很輕，但還是把他擊懵了。

「其實……我懷孕了。」她說。

他剛轉身，聽了這話身體擰旋了兩圈，悶頭站了片刻，啥也沒說就去煮他的牛奶，幾秒鐘後他拎著小湯鍋過來說道：「你丈夫？」

她沒吭聲。

「你的政府對你進行人工授精了？」

她搖搖頭。

「我明白了。」他說。「你是自由……通姦……麻煩大了。」

她的表情出乎他的意料。她是微笑的。「不至於死路一條。千藏已經自首，這樣至少孩子可以生下來。」

源夢六猛然想到戴黃金鐐銬的千藏，驚愕是短暫的，他的注意力完全集中在孩子身上。

「噢……如果能獲准生下來……倒也不算太壞……」他機械地說。

「是的，不算太壞……但是必須遵守國家淘汰非資料匹配生命的政策……他能不能活命，得先接受在酒精裡浸泡半小時的檢驗……」

「什麼？在酒精裡浸泡半小時？那不等於殺嬰嗎？還不如趁早……」源夢六有點控制不了聲調，不自覺地抖了抖手中的鍋。

「不，善來就是這樣活下來的。善來一歲的時候，人們在河邊發現他媽媽的屍體，下半身被魷魚啃光了……那個可憐的古巴女人。」

源夢六在心裡摸著自己小腿的傷疤。「原來你不是……?!」

「是我一直帶著善來……我喜歡孩子，絕對不會去墮胎。」她停了一下，說道：「更何況，這是愛情……」

愛情，她在說愛情，多新鮮吶！他終於不舒服了，他情願她只是胡亂來那麼一下中了招，然後他會告訴她情不自禁是一種美德，他很高興她的身體覺醒並且自由地使用，他喜歡她敢於暗中抵抗，她現在的困難就是他的，他定會替她扛住。可她偏說是愛情，而且是和千藏。他的確不信她懂愛情，一個任憑政府配對的公民根本不具備愛的能力，因爲愛情是自由、且需爲自由付出代價的。他又想，她當時和我的那些曖昧又是什麼東西呢？那晚上在她的房間裡，後來在樹林裡不都差點「愛情」了嗎？他眞想抽她的「愛情」幾嘴巴，但對此情景又心懷感激，他們第一次聊這麼深，正兒八經地有有點朋友的樣子。於是他的內心滋生的對她的關愛，不時被「愛情」打一下岔，他很尷尬，好像差事辦砸了的僕人心裡七上八下。

「我去煮牛奶。」他說。在這種情形下，他不可能和她討論於事無益的愛情，一個曬太陽的奴隸偶爾會產生擁有陽光的錯覺，讓她沉迷，不必去敲醒她。她需要的是雞蛋和牛奶。

他耐心地煮好了。

她吃得無憂無慮。

屋裡出奇的明亮。他努力想說點什麼，好比蒼蠅在雞蛋上尋找裂縫，但是胡亂爬了幾圈，仍沒合適的話可說。

「你知道羽月吧？」他繞得有點遠。

「知道。她的基因太奇特了，政府一直沒找到可以和她匹配的基因資料。」

「她媽媽進療養院兩三年，從沒出來看過她。她說她媽經常給她寫信……」他皺起眉頭，想起了冒著白煙的煙囪，「也許她早就死了。」

「嗯。那兒什麼人才都有，代筆寫信這樣的事情並不難。從這種小細節就可以看出療養院是個很溫暖、很人性化的地方。」

他沒話說了，因為她的想法跟他完全兩碼事，他想繼續聊下去，只是覺得有責任把她，以及自身的處境弄清楚。

「你還記得那個垃圾處理場吧？」她吃得乾乾淨淨，帶著一種吃飽上戰場的架式。「有缺陷的、不合格的嬰兒全部扔到那裡……」

她的話不過是證實了他早有的猜疑，他仍聽到心裡咯嗒一響。「我明白了，從基因著手改變人種……我簡直不知道該說什麼了……」他把手伸進口袋，也許是時候跟她談談信裡的事。

「他一定能挺住。」她拍拍肚子，很樂觀。

「我想給你看封信。」源夢六說道：「也許你覺得這是無稽之談……」

「有話你就說唄，寫什麼信？」她一副「太陽底下沒有新鮮事」的腔調。

「不是我寫的，我甚至都不認識這個人……他剛好死了。」

「你認爲讀一封不認識的死人的信能當胎教？」她有點刻薄，她並不關心腹部以外的事情。

他頓了頓，把伸進口袋的手拿出來。他想她說的有道理，給一個孕婦灌輸與孩子無關的內容純是冒險，並且自討沒趣，在芙也蓉那兒他也碰過灰，女人一受孕便智力低下，變成簡單純粹的雌性動物。

「那麼⋯好吧，」他說：「我破例爲他朗誦一首詩……有一年在廣場上，我的朋友黑春寫的……」

火勢很旺。他把手伸到壁爐前暖了片刻。他注意到她的眼睛突然亮了很多。

他就在爐火邊背完了這首詩：

秋天來了，我在麥子的這頭，你在那頭
貧窮的孩子在尋找果實
田野裡布滿了受刑的傷痕，我端著瓷器
去收繳失眠的血液

我只相信黑夜，黑的罪惡與我多年未癒的傷口
還有一個流浪在外的孩子
等待著那場雪，從媽媽的額頭融化
匕首刺入鹽裡
你居住在發酵的湖底
我已走到盡，你守著火焰微笑
在光陰的混戰中，如我所願的死亡
在芬芳的懷抱
留下黑色的種子
……

## 18

關於酒精浸泡與嬰兒存活的概率問題，源夢六專門請教過羽月，她在向河裡扔冰塊的同時回答了他，她說這事兒誰都說不準，總之不容樂觀，誰攤上誰倒楣。冰塊在水面跳兩下消失了，羽月怪他說話影響了她的水準。他接著問有哪些成活例子。她已經選了一塊造形比較好的冰塊，對著河面彎腰揮手比劃，手臂猛地甩出一道弧線，冰塊在水面上「得得得得」跑出一串水花。她為自己豎

起大拇指，帶著勝利的愉悅，批評他鹹吃蘿蔔淡操心，別人的孩子死活不關他的事。完了又白他一眼，說道：「諒你也沒那個膽兒！」

他聽出她話裡的挑逗意味，周圍荒無人煙，到處白雪覆蓋，他隨便把她往雪地裡一按就能讓她改變看法，對他心服口服。但他並不急於證明這一點，他用目光把她鎖了足足有一分鐘，彷彿紅外線把她從裡到外看了個通透，雖說胡狼寧願吃腐肉也不願挨餓，但對於鮮活的湯氏瞪羚，他有足夠的耐心和獵物玩耍。

「換位思考一下，假如你是穌菊里，遇到這樣的事情……反正夠你受的……」他擺出一點長者的態度，「當然，我也會為你擔心，會幫你想辦法怎麼化掉這一劫。」說到這兒他心裡突然亮了一下，「羽月，你聰明蓋世，說真的，這事如果發生在你身上，你會怎麼辦？」

「唔，我想想……到時候狸貓換太子？」她擺了一個唱戲的姿勢。

「不行，這樣做缺德。況且每個孩子都是國寶，你上哪兒找狸貓去。」

「那麼，可以考慮躲呀，去山裡頭生孩子。」她有點得意，「法律上沒提這一條，可以鑽一下空子。」

他聽了彷彿醍醐灌頂，心想有道理，就該這麼跟政府捉迷藏，不能眼看著他們把孩子弄死，等風頭過後再回來，見一步走一步。

跟羽月的頻繁接觸，源夢六對她的了解和信任不斷加深，他覺得她是天鵝谷最清醒的人，她冷靜，有反骨，她講起道理來頭頭是道，偶爾仗著自己特殊的基因身分來橫的，只要她尥蹶子（發脾氣），那股魚死網破的勁兒誰也擋不住，所以醫院麥克院長也懼她三分，輕易不惹她。

羽月有頭腦又美貌，是眞正的尤物。源夢六這麼誇她。她毫不客氣，照單全收。

「你信不信，咱倆生的孩子一定個個都是天才。」她笑著說，戴上羊絨手套，「但我不想生，我不喜歡孩子，你瞧我和我媽的關係……都這樣淡漠吧，反正我不想當生育機器……」

「可是，羽月，有些事誰也違抗不了，某天那紅頭文件往你面前一擺，你……」

「……我就跳樓了！」羽月拉上羽絨服拉鍊，「我脫，我穿，我的身體，我自己作主。」

源夢六鼻孔噴氣笑了一聲，那意思明顯是說羽月太天眞，不明白「我」在天鵝谷是不自由的，甚至是不存在的。

羽月知他不信，彎腰提起右褲腿，在小腿上梆梆敲了幾下，那裡發出橡膠質地的聲音。「我跳樓水準不高，人沒死，腿折了。他大爺的……」她爽朗地笑了兩聲，面部迎風，臉上特白特乾淨。「姑奶奶我那年才十七歲，冰清玉潔……第二次我吃了毒草……後來我愛上一個男人，但他媽的他選擇了紅頭文件，像你一樣。我理解你們。你看，我現在挺完好的對吧？沒有誰爲難我了，我的自由是以死相爭得來的……別說我沒你懂……」

她歡快地說著，他完全被擊懵了。當他清醒時突然發現羽月已經在他懷裡，他的雙手與她密實焊接，她藏起了堅硬的盔甲，身體柔若無骨。他們是怎麼抱到一起的，他毫不知情。他觸到她脖頸裡新雪的清香與凜冽光芒。他第一次知道髮如絲綢的眞實手感。一個少女，像陽光照在雪上耀眼奪目。她潔淨如初。他感到在她耳邊說話會吹走她，就像流水帶走落花；他的親吻會玷汙她，就像塵土染髒了白雪。所以他一動不動地抱著她，凍僵了似的抱著她。他只是抱著她，雲淡風輕，就像抱著隱藏的春天，抱著萌芽的種子，抱著山川河流，抱著時光歲月，抱著曾經和現在的自己，他感到身體的溫度在暖化周圍的寒冷，純潔的花朵開在水中央。

很快，彷彿只是在他懷裡睡了一覺，她擦擦眼睛，像離開沙發一樣離開了他，微仰著臉眺望河流消失的盡頭，一言不發。

「你說，我會等到那個願和我一起殉情的人嗎？」她轉過身來，臉色如雪。

「爲什麼要殉情呢，你應該去想怎麼和愛的人一起好好活著。」這種道理他特別會講，根本不費腦子，「當然，怎麼活比怎麼死更難，也更有價值。」

「是嗎？那得看你怎麼樣活，怎麼樣死。比如……」她頓了頓，看看樹上的積雪，「死在自由的鍘刀下，是有價值的。」

他非常贊同她的話，他已經失去了這樣表達的資格，這正是他內心的死結。他想著如何回應她，她搖了一下樹幹迅速跑開，雪花落了他一身。她在一邊笑。於是一場剛剛進入嚴肅的談話也隨之告一段落。

「這幾天醫院又死人了嗎？」火車變了軌道，他想起傳染病的事情，「或者只是流感？」

「進來十幾個，死了一個，兩個有生命危險，另外有名護士也被傳染，倒下去幾小時就死了。無藥可救，醫院現在手忙腳亂。」羽月摘了一片結冰的葉子，把冰塊和葉子撕開，冰塊上留著葉子的紋路，她眯起一隻眼，另一隻眼透過冰葉看他。「咱們只差沒用防毒面具了，什麼隔離衣、口罩、鞋套、手套、眼罩，不知道的還以爲是生化部隊的……麥克院長向上面彙報了情況，聽說天鵝谷會組織最好的醫療隊過來。」

他在她的冰眼裡成了一團影子，影子怪異地運動。「這時候最關鍵是通知老百姓做好預防措施，盡量待在家裡不要出門，減少傳染和傳播……否則疫情擴散，將來局面會很難控制。」他平淡地說。他的心不在這話裡頭。

「上面早就規定不許把人發瘟的事說出去，更不能公布已經死了多少人，怕引起恐慌和混亂，破了美好現在，那才叫不好收拾。」羽月使勁把冰塊朝河裡扔，她的腿活動起來還是帶點瑕疵，他注意到了，心裡內疚，彷彿是他的責任。「麥克院長副院長各科室主任都被拎到政府大樓開會，回來向我們草根同志傳達了會議精神，謊，學習了坑蒙拐騙。他大爺的。」她心底明白透徹的樣子，朗笑聲像蒲公英飛向天空，枝莖留在地面，亭亭玉立。

他差點被她的笑聲帶上了天。她越來越對他的胃口。「隱瞞疫情？紙是包不住火的。這恐怕是天鵝谷最愚蠢的決策。」

「隨他們玩兒去。」她把雪踩得咯吱咯吱響，「我對死亡感到唯一的痛苦，是沒能爲愛而死——這是小說裡面的話。」

當年讀馬奎斯，這句話沒有給他帶來任何情感衝擊，可現在他感到心被刺了一劍。因爲杞子。

「不要死於瘟疫就好。」他不想在愛和死的問題上糾纏不休，「你敢跟我去療養院嗎？如果眞的爆發黑死病，那裡可能最安全，我們先去熟悉一下？」他用了點激將法。

「我不去，我會留在醫院。不能殉情，那就殉職。」她迅速回答。

源夢六從口袋裡摸出那封信，他一直隨身帶著。「你要不要看看？」

羽月拿在手裡，做出欣賞藝術品的姿態。

源夢六已經看過無數遍，連標點符號都記得一清二楚，他能完整地背下來：

「對不起，我要告訴你們一個殘酷的現實，生活在一個眞相被遮蔽的社會，我們的幸福是虛假的。黑茶裡面有化學物質，它會慢慢洗掉你的歷史記憶，祖國和親人，然後認同這裡的一切，聽她擺布。療養院是處決老年人的地方，活人被直接投到火爐裡焚燒，就像燒掉一根廢柴。請撞開療養院的大門進去看看，那裡沒有人，只有鬼魂。」

「如果眞是這樣，我一點兒也不奇怪。」羽月很快看完了，她反應平淡，「在天鵝谷，任何事情都有可能發生。我也想過我媽一定是死了，要不怎麼著她也會出來透透氣吧。」他不知道她到底怎麼想，那口吻讓他覺得她根本不信，他琢磨著要不要繼續討論這事兒。

「我現在就陪你去找她，至少要摸清情況。」他說。

「……沒有用，我去看過很多次，只有一條索道通往療養院。」

「聽起來簡直像軍事基地。」源夢六說道。

「除非你變成鳥。」

「你說過任何事情都有可能……更何況我們是高智商……」

「那些破機器的分析資料搞得每個人都以為自己是特殊人物，連你也不太清醒。」

「至少你是眞的羽月。」

「……麥克院長退休，下月八號上午進療養院，到時纜車會下來，我們……」羽月突然興奮起來，她盯著他布滿血絲委靡不振的眼睛，像是隨時要逮住他的雙臂把他搖醒。

他暗自驚歎這個女人的想像力，她的想法和他不謀而合。

「但是，萬一我們進去了出不來，得有人知道……」她接著說，看得出她的腦子在飛速轉動，「看來我們要再找兩個人。」她完全沉浸在自己的感覺裡。他聽她面色沉靜地分析，像遊戲程式一樣過關斬將，直衝核心地帶。在她的敘述裡，她和他是飛簷走壁的亂世英雄，配合默契的神鵰俠侶，他們不費吹灰之力把事情擺平了。

到底是不經事的小姑娘，當她開始脫離現實的想像，臉蛋由裡向外泛光。他很想摸摸她的綢緞黑髮和瓷白臉蛋，把她放進愛情的搖籃，哼著小曲讓她恬美沉睡。他提醒她這可能是一件有生命危險的事情，她照舊付之一哂。

此時陽光像爐火熄滅，身上驀地又冷了幾分。

19

這時的醫院像一只被吹大的氣球，臨近爆炸的邊緣，人滿爲患，病人和非病人混在一起，廁所門口都有人睡覺。床位不夠，藥物緊張，到處亂糟糟的，人心開始混亂。有人爲弄到一個床位不擇手段，拔人管子，堵人鼻子，讓該死的早死，不該死的猝死；有人冒險色誘麥克院長主任，連普通醫生也不得不板下臉，讓人不敢親近。後來禁止探病，有的人被隔離但不明白爲什麼被隔離。羽月描述那就像一場沉默的戰爭，除了必要的交流，醫生絕不多說一個字。個別肝火較旺的醫生暗地裡抗議，遭到黃色警告，黑色威脅，紅色教育，最後灰溜溜地閉了嘴巴。在最好的醫療隊到來之前，誰也沒有資格確診傳染病和對外宣布死亡人數，但是關於傳染病的小道消息不脛而走，人們將信將疑，慌張地儲備食糧與藥物，希望是謠傳，眼巴巴的等著政府說話。

羽月嘲笑政府幼稚的手法，但她對事只說觀點，不抱希望，這類事情就像政府的孩子，她才不管他的死活。喝烈酒不是好的品行，但這並不影響羽月從中獲得快樂，她有事沒事都要喝上兩口。這天輪班完了又偷偷弄來了酒，用棗子和其他原料配製的，不習慣的喝了會上吐下瀉，喝習慣了便會強神健體，源夢六已經完全適應，他們就著花生米、豆腐片、牛肉乾在壁爐前邊吃邊聊，喝得臉頰緋紅，春光無限。

羽月一直在說醫院裡的死亡，人如何在無效藥物的治療下像火一樣慢慢熄滅，一個病號在她手裡斷了氣。她三天三夜沒休息，就在她累得骨頭散架，簡直想倒地趴下時，最好的醫療隊伍來了。他們一共八個人，六男兩女，穿得像拜訪月球的宇航人員，提著工具箱，面色嚴峻，步履一致地穿過草地，隨著一股冷風撲進醫院大門。

羽月著重描述了其中一位姑娘，年紀如何，姿色怎樣，源夢六聽了心臟跳得飛快，當羽月說出隋棠的名字，他從椅子上站了起來，沒有驚叫，只是相當無力地表示懷疑，因為他知道他們遲早會把她弄來，他完全相信隋棠來了，他無力反駁自己以及事實。隨後是迅速清醒的驚喜，和迫不及待想見到隋棠的衝動。

他努力保持平靜，喝下一大口燒酒。外面又飄起了雪花。懶洋洋的。他對羽月說下雪的最大好處，是可以和老朋友待在火爐旁散漫地喝酒聊天，什麼也不管。聽他言不由衷，羽月露出微笑燦若桃花，無情地挑穿他心已不在爐火邊的眞相，「我要是你，不會在這兒躲躲閃閃，早就拔腿飛奔醫院去了。」源夢六聽罷順勢起身扯扯衣襬告辭，又遭到了羽月的嘲笑，她說醫院戒嚴了，外人不能隨便進去，否則就會被隔離至少半個月，隔離可不是什麼享受，公用廁所、公共澡堂，幾個人擠一個小房間，吃得很粗糙，關鍵是見不著隋棠了，「如果你能講講你和隋棠之間最精采的片段，我就帶你去見她。」

羽月的玩笑都是認眞的。源夢六並不感到爲難，他重新回到座位。其實在爐火烘烤和燒酒穿腸的過程中，他好幾次想說起他過去的姑娘，隋棠或者杞子，還有那些記不住名字留有印象的，他很樂意在這種寒冷的季節打開過去的包裹，與美女分享，但什麼是最精采的呢？做愛算不算？如果把與隋棠之間那些不可告人的祕密講出來，羽月會怎麼看？

「也許咱們都會死於瘟疫呢！甜蜜恩愛的都一樣，你還是揀卑鄙無恥的說吧。」羽月似乎讀懂了他的心理，一語擊中了他。「愛情有時候能把魔鬼變成天使。」

羽月果然是個明白人，源夢六笑了。「你眞是一個奇蹟，我越來越相信的確沒有人可以與你匹配，無論是科學資料還是現實感覺。」他忽然不急於要見隋棠了，羽月不過是經歷了一次情感挫折，她的這種超驗能力從何而來？

羽月斜乜一眼，還是喝酒。

「如果我告訴你，我爲隋棠殺過人，你不要吃驚。」他言歸正傳。

「那殺人凶手絕不是你，」她淡淡地說：「是愛情。」

他不理會她的嘲弄，看著火爐跳動的火焰慢慢說開了。

「眞沒想到我會把這些說出來，也許我眞的是個殺人犯？我也不知道有沒有通緝我。到現在我也不知道隋棠對我感情怎麼樣。她長得跟我的初戀杞子一樣，我暗地裡把她當作杞子，她愛不愛我，沒有關係。杞子的事情我對你說過，她失蹤了，有可能活著，也有可能改名換姓重新生活。隋棠當了我的助手，被一個叫加萬的老詩人騙了，陷得很深。有一天隋棠說出她的計畫，把我嚇了一跳，我不可能幹那樣的事，但當她失望地轉過身，我便答應了她。你知道那對於一個外科醫生來說眞的是舉手之勞，隋棠的要求比舉手之勞更輕易。她要我在爲加萬心臟搭橋的同時，摧毀他心臟旁邊的另一座橋，那件事就像髮絲落於利刃斷爲兩截一樣輕便平常。」

羽月添滿他的空酒杯，把爐火撥得更旺。

「沒有人知道隋棠用什麼方法讓加萬在手術前立了遺囑，遺囑裡說留下兩百萬給她，無論她是否把孩子打掉。隋棠對我說，她不會給加萬生孩子，她才二十三歲，她還有很多事情要做，她要把錢拿來成立一個基金會，專門爲詩歌和詩人服務。隋棠是這麼說的，如果我不嫌棄她，而不是僅僅想和她上床的話，她就和我正式戀愛，彼此忠誠，她相信有兩百萬元，可以實現部分理想；第二，如果我難以接受她貪欲的心破碎的心，那麼她就與我保持距離，兄妹相稱，她會往我的帳戶上轉入五十萬元現金……不瞞你說，我當時算了一下，排除灰色收入，五十萬相當於我數年的薪水，數學最差的人，也知道兩百萬加隋棠令五十萬望塵莫及，更何況還有一個十分完美的前提——我喜歡隋棠，她長得和杞子一樣。當然我也清楚，即使你不喜歡一個女人，也會因爲她的錢而感到自己對她愛得無法自拔，正如那個愚蠢的女人以爲是她自己的嫵媚征服了你。貨幣的出現使人們越來越不了解自己，你一直覺得自己清高剛正，某一天發現並不是那麼回事，你比任何一隻猴子都更急於下水撈月，比任何一條狗更渴望奪取那塊骨頭，把自己幾十年的價值觀打個粉碎——更何況對我這種人來說，價值觀早就只是一堆抹布。」

「說的沒錯，一個詩人連詩都不寫了，還有什麼不能幹的，還談什麼價值觀。」羽月的聲音透著一種對故事的心滿意足，她像評委席上的專家，出於工作職責對表演者負責任地點評幾句。正是這句話刺傷了源夢六，一個人在自貶時其實是想得到對方的撥正與表揚，羽月卻順勢打了他一竿子，把他的心弄得像落水狗一樣。不過他又不得不承認羽月說得赤裸但是眞實，她是他這輩子遇到過的唯一一個不說廢話一針見血的人，這比虛假溫情的安慰更易令人結束自憐的處境，節約生命資源。他知道羽月的意思——愛情名義下的行爲總比政府幹的那些事兒好聽。

「加萬死了以後，你和隋棠處上了？」羽月想知道結果。

「她什麼也沒得到，被加萬和他老婆一起算計了。」

「你到底和隋棠處上了沒有？」

「……加萬死在手術檯，第二天我就出來躲了……他是買了保險的，如果保險公司出面調查，很難保證不露餡……所以，我想等他火化後再回去，誰知突然被捲到了天鵝谷，還被安排了一場婚姻。」說到這兒，源夢六忽然有點擔心，也許自己早成了大泱國的通緝犯，回去可能是自投羅網。

「詩人、醫生、殺人犯，源夢六，你可是過著舒服的流亡生活啊！」羽月又發出爽朗的笑聲，鼻尖冒出細微的汗沫，她是春天。「其實這兒很適合你，你很自由，如果你還寫詩，你的地位將至高無上。」

「無聊，眞無聊。」他說道，感到乏味。

「長期受苦更有權表達，就像被折磨者要叫喊，所以什麼什麼之後不能寫詩的說法是錯誤的。」

他好像喝多了，臉色有點難看，並且再次站了起來。「我得去找隋棠。」

於是頂著風雪去了醫院，無非是聞到了醫院的氣味，空跑一趟。羽月帶了口訊出來，說兩天後隋棠才有一個短暫的休息空檔，算是絕望中的一線生機，但兩天後這線生機也萎了，隋棠被傳染進了病房，說話直噴細菌，發著高燒，生死難料，誰也不能見。

# 20

低溫下傳染病似乎停止了蔓延。當然這只是假象，更假的是這件事情好像根本沒有發生。短暫的慌亂之後人們的情緒穩定下來，轉而懷著好奇等待某類東西的出現。不過太陽還是圓的，還是打東邊升起，還是掛天上沒有掉落。拉長脖子過日子畢竟很累，於是慢慢地縮回去，慢慢地風平浪靜。據羽月說，醫院裡是一片沸騰，太平間都滿了，火爐每天都在焚燒，骨灰直接從馬桶沖掉，白衣天使上門送給家屬的是一堆假灰、假病歷和假憐憫，但鮮花是眞的——政府仁至義盡了。

整個醫院只有羽月不穿防護衣，她不怕死，與病人還是像從前一樣說話，她拍拍隋棠的額頭，告訴她不要緊，要相信自己死不了，有個男人還在外面等著呢。這樣的話對隋棠並不起作用，她說她沒想到源夢六還活著，話裡透著一絲恨意。一星期後隋棠神奇地好了，得了一枚紅旗手勳章，准假兩天，在保證不透露醫院內情之後允許院外活動。源夢六在樺樹林裡見到她，只覺得恍若隔世。她穿著黑色羽絨服，腦後挽了一個很高的髮髻，露出飽滿的額頭。咖啡色格子圍巾遮住了她雪白誘人的脖頸。她不喜歡戴帽子，不願讓秀髮蒙住。

她嘴裡永遠嚼著口香糖。

他問她爲什麼來到天鵝谷，她說飛機被劫，其他人質全死了，她是唯一被成功解救的，但被醫院劫持過來對付一場瘟疫。她說人質原本可以全部獲救，但員警和劫機者根本沒有留活口的意思，其實她也不算是被解救，因爲員警和劫匪是一夥的，她就是他們要的人。

「可你只是一個麻醉師……可惡，這群人販子！」源夢六無法三言兩語說清個中的複雜，恨恨地罵了一句。他已經被她那種特有的古典神韻喚醒了，過去的情感復甦了，和隋棠分開不到一年，她卻彷彿站在十年之外，眼裡是模糊的歲月時空。「隋棠，你不要回醫院了，白白送死不値得。」

「我有抗體，死不了。看來你在這兒過得很快活。」她說道，鄙夷地看他一眼，「我發現你最擅長的事情就是躲貓貓。其實你完全沒有必要躲起來，你知道我並不會死纏爛打，你知道我最討厭低聲下氣。」

「你……不是我要留在這兒，而是……我也說不清楚，總之是在船上被浪頭打暈了，等我醒來的時候，已經在天鵝谷了。」源夢六這些話說得他自己聽了都不信，所以訕訕地笑了幾聲。「我說的是眞的……加萬的事後來怎麼樣？沒有人找你麻煩吧？」

「平安無事。保險公司調查過，沒有下文。那死人的葬禮很隆重，作家詩人從全國各地趕來參加追悼會，還舉行了詩歌頒獎儀式，死人躺在棺材裡獲了全國最高詩歌獎。」她抬頭望了望林子裡上空，無聲地啐了一口，「沒有誰比黑春、白秋更有資格獲這個獎；還有你——如果你一直寫詩的話。」

源夢六心想詩歌獎都糟蹋成這樣了，詩和人還有什麼意思，他關心的不是詩歌，加萬的事情了了，他覺得身上突然輕了很多。他自認很有風度地觀賞周邊的風景。

雪後的樹林。一個黑衣姑娘。樹幹的北面結了一層薄冰。天空深藍沒有雜色。風很醒神。所以他能夠保持冷靜。在與隋棠的交談中，他一直記著離羽月說的時間還有三天，這三天不是用來談論詩歌或者死人，而是要完善計畫，確保萬無一失，如果要安排可靠的媒體便衣，那麼得通過千藏，或者穌菊里、多瑞的參與。現在沒辦法對隋棠說清楚來龍去脈，他只能告訴她，這個地方並不是她看到的那樣。

「我知道你已經拿到天鵝谷居住證了。」隋棠吐了口香糖，從樹幹上掰了一小塊冰嚼起來，像吃糖一樣，「跑出來竟然都不跟我吱一聲……我問你一句話，你可以不回答，要麼就說實話，對你來說，我真的只是杞子的影子嗎？」

「當然不是。」源夢六知道這時候需要來點虛的，說點善良的好話，就好像有些姑娘在床上問他會不會娶她，他都會說如果不是在等他的初戀情人，他會娶她的，這種話對姑娘的自尊和自信都很管用。「你就是你，你和她不一樣。」他說。

隋棠的嘴角浮起一絲笑意，她很快問到他和羽月的關係，在天鵝谷他都搞了多少女人，最後說是不是給她們寫詩了，「除了給女人寫寫情詩，詩人們還能幹什麼呢？」

「沒有女人，也沒寫詩。」他感覺到她聲音刺耳，每句話都充滿針對性，她認爲她沒有得到鉅款他便躲開她，她有資格把罵他得入地三尺。他始終是歉疚的腔調。「我經常想起你，可我根本回不去。這個該死的地方。」

他的話聽起來漏洞百出，她逮住不放跟他抬槓，不斷質疑。她不是要和他怎麼樣，只是不想被糊弄。她原來想見他面先扇他兩耳光，實際上她的表現溫和得過分，不是因爲彼此又成了同林鳥，不得不埋下個人恩怨，早在羽月告訴她他在這兒的時候，她就歡喜得不行，見到人她的心裡滿是溫暖和歡樂，又怕掉分，故意裝得冷冰冰的，想在他的態度面前贏回一點自尊。

她簡直像繞口令一般，把她細膩豐富的情緒說了出來。

他當然明白，所以一直保持低矮的聲音，給她釋放的空間，無非是看著她表演完畢，再盡他的角色。最後他恰到好處地揑住了她的三根手指，把她扯到自己面前，說在這兒掉眼淚臉會凍成冰塊，如果回到壁爐前她想怎麼哭都行。

於是他們回屋說話。

她對他一個人住那麼大一棟樓感到奇怪，一邊參觀說這種房子只有大款才住得起，一個普通醫生的收入只夠住洗手間，男人不賣靈魂怎麼行，女人不賣身體怎麼辦。她絮絮叨叨，哪裡有人在地下挖了一套三居室，哪裡有人把廢汽車改成流動房車，哪裡有人爲了房子假離婚……她說得很多很帶勁，早就忘了哭，她說你要不是發了橫財，就是被富婆包養，過得舒服死了哪裡還願意回去。

他說我以前的物質生活並不比這兒差，我起先是不想回去，我看中了這兒的自由，我們藝術給領導添兩撇鬍鬚都不行，他們的藝術卻允許把死去的領袖脫光，「但我現在發現他們的自由是表面現象」。

屋裡暖烘烘的。他們盤腿坐在地毯上。有一陣子他們幾乎忘了身在他鄉。她那道名叫加萬的傷口顯然好了，新近的小疾對她也無影響，她很健康，很青春，像樹上的新果。看得出來她有點興奮，對天鵝谷的一切感到新鮮美好，有留下不走的意思。他不客氣地潑她冷水，把他在這兒的遭遇如實抖出，包括芙也蓉的死、黑衣人的信、與機器人的談話、療養院的疑問，當然也檢討了自己因為漂亮姑娘引起的生理衝動，不過在眼下的形勢中這完全可以忽略不計。

什麼人工授精、禁止性交，她聽得一驚一乍，聽到吃人的魷魚和垃圾場時她頓覺身上發冷，不知不覺地挪移到源夢六身邊，穩定了一會兒，問他為什麼不偷偷回去，他說試過幾次，一次迷路，一次差點丟了命，他隱藏了姑娘的因素，尤其是為穌菊里神魂顛倒的時光，沒必要節外生枝。

她胸脯起伏，默默地看著火焰。他默默地看著她，暗自詫異於自己的平靜，溫暖的爐火和美麗的姑娘竟沒能令他體內騷動，那頭興風作浪的小獸死了。

也許這是個好兆頭。

## 21

「你說什麼？療養院其實是……火葬場？」千藏的聲音從顏色灰暗的褥子裡發出來，昏昧蒼老，「唔……是這樣？那就這樣吧，沒什麼大驚小怪的，人老了，就廢了，一把火乾淨了。」他說道。完全變了一個人。

屋裡沒有取暖設備，裝滿穀物的麻袋堆在四周，高到堵住了窗戶，不算太冷，倒是千藏的話裡透著寒意，身體兵敗如山倒，想揚起一個音調也無力做到。半小時前，源夢六和隋棠以觀賞美景的樣子騎車來到千藏的磨房，沒想到是這樣的情形，不得不放下療養院的事來關心這個罪犯的病。

源夢六知道對男性通姦犯的懲治，屢犯不改者處死，初犯判幹五年苦力活，孤獨並且吃素，有病不許問醫，勞作之外是艱巨的讀書任務和筆記，防止你思想退化刑滿釋放後變成無用的人，事實上仍有人廢了，也有個別人出來成為了思想家，對生命的理解大不相同，埋頭著書，出門講學，談經論道，很快變成被崇拜受愛戴的大師級人物。

天鵝谷一切都有可能。

千藏對自己的身體並不在意，源夢六怕他得了傳染病，鼓動他申請看病，但很快發現那是對千藏的褻瀆，因為他認同自己的罪，對於他虔誠的贖罪態度，源夢六毫無辦法，有片刻簡直為他的頑固發瘋，他想千藏的腦子如果不是燒蒙了，就是被黑茶洗廢了，一個睿智的頭腦變成了一團漿糊。

隋棠在旁邊有點著急，好幾次想說話被源夢六制止了，因為他知道她開口沒好話，在路上她已經把天鵝谷翻來覆去罵了無數遍，她罵他們腦子有病，眼神渙散沒欲望，一看就白癡，他說那是純樸，是富足地方的人精神回歸後的自然狀態，她便連他也奚落了一番，說他在天鵝谷變得短視與弱智，像是害了病。

「源醫生，」她把車靠樹幹放穩，故意拿腔捏調地說：「這樣下去，用不了多久你就會和他們一樣了。」她還假裝弄掉羽絨服外的汙跡狠狠地拍打衣服，跺鞋上的雪，以蔑視的神情望著遠處的雪山。

這些讓源夢六想到杞子，只是杞子生氣的時候會有眼淚在眼眶裡打轉，會大吼大叫。他沒有和隋棠發生爭執，暗自喜歡她充滿朝氣的不滿，他覺得一個男人不該跟女人有口舌之戰，女人這塊糖，你只須含在嘴裡讓她靜靜地化掉，她的堅硬便消失了。重要的是她在你眼前活生生的，還能向你表達她的喜怒哀樂。

於是他微笑著承認她說得有道理，天鵝谷怎麼腐爛都沒有關係，他們也犯不著傷腦筋，無非是看在朋友的分上，力所能及的幫一下。他沒說他有好奇心，沒說對於揭開天鵝谷的面紗有很大的興趣，因爲這連他自己也難以相信，除了女人，他還會幹起追究眞相的事兒來，這使他猛然想到自己那時候竟然沉默得像一頭豬，靜靜地吃喝拉撒睡，日復一日。

那些深刻的往事烏雲般湧向他的心空，迅速吞沒了最後一線亮光。

「……無論如何，你現在需要的是治病，而不是堅持你所謂的……信仰。」源夢六決定最後和千藏談一次，他從磨盤上站起來走到那團昏暗中，他聞到一股頹廢。「有時候，信仰不過是社區門口那個形同虛設的看門人，你目中無人隨便就進去了，但你要是在進門時左顧右盼，他就會攔住你，查問你。」

千藏一動不動，看上去好像死了。

「如果被攔在門外，你還能幹什麼事情呢？什麼也做不了，只能是空想。」源夢六換了一個角度，「還有，你的愛情……對呀，你記得你是一個孩子的父親吧？難道你希望他生來就沒爹？你是因為他而受勞役，你咬緊牙關，但你得先好好活著呀……哪怕是為了你……所謂的信仰。」

隋棠的表情在說千藏的信仰就是狗屎。「對於香客，廟宇就是全部的文明和幸福。」她嘀咕了一句。但聲音不小。

她好像沒耐心了，說完就走出去，在寒風裡望天。

源夢六感到震驚，她直截了當地說出了他的意思，他略有尷尬，更多的是如釋重負，再說什麼都是多餘的了。他相信千藏同樣聽到了隋棠的話，他看到他動了一下，以為他會爬起來，沒想到他只是換個姿勢繼續昏睡。

「一個詩人可以做到不寫詩，一個罪人有點小病為什麼非看醫生不可？」

源夢六歎口氣正要離開，猛聽到千藏的這句野蠻邏輯，感覺他站起來了，像個非洲土著，臉上塗滿油彩，手中長矛前指，頂住他的左胸，他動彈不得，彷彿缺氧，腦子一片混濁。

這時多瑞來了，他是來送餐的，或者是寒冷的緣故，他面色黯淡，精神拖遝，那個智慧俊美的年輕人變得遲緩愚鈍，慢慢從盒子裡掏出碗碟擺在磨盤上，四塊豆腐，一團含混不清的白菜，兩個玉米饅頭，一個罪犯的標準伙食，冷冷地等著一張嘴來把它們消滅。

「多瑞，你的好手藝哪裡去了？」源夢六從想像的長矛下小心地挪開身體，語氣盡量表現出輕鬆幽默。他的確不想責備多瑞，只是飯菜太粗糙了，看不過去，如果他現在仍是仟戶長，他會立刻讓人給千藏奉上美食。

「我給他弄了好東西，他不吃，我也沒辦法。」多瑞說道。

「你也生病了嗎？多瑞？我知道最近的流感很厲害……不，應該這麼說，是一場瘟疫開始了。醫院到處招兵買馬，連我的麻醉師也被他們弄來了。但是老百姓還蒙在鼓裡。」源夢六努力想看清多瑞的臉，「我擔心千藏的病……或者你來勸他……」

多瑞只是擺頭，有點深不可測一言難盡的味道。

源夢六頓覺洩氣，他看到隋棠在外面走來走去，這個女人的身影使他突然想到了穌菊里的事情，他又說了一堆廢話，比如孩子無論如何不能接受酒精的浸泡，不能任人擺布，要躲掉這一劫，帶她去山裡生孩子，直到風頭過去再回來。

他說到這兒多瑞便笑了，那意思是說這番話無知幼稚，荒誕不經，他的笑像一股冷風直鑽源夢六後脊，那一刻他覺得他們都是瘋子。不過最後多瑞答應一起去療養院，為他們把風做接應，他說他很想第一時間知道是怎麼回事。

但是源夢六最終還是甩開了多瑞，他認為多瑞不靠譜，隋棠討厭他半死不活的態度，這事根本不需要別人來摻和了，而且不論結果如何，都是他們天鵝谷的事兒。

## 22

兩個女人撞一塊總是有麻煩。源夢六發現羽月變得難以相處，有話不好好說，愛理不理，或者隨便對付一句「這事你問她呀」。這個「她」是指隋棠。面對隋棠她卻一如既往的熱情友善，形同姊妹。有時候她們完全把他晾在一邊說私房話，總有一個會偷偷甩出怨毒的眼光鞭打他。源夢六知道羽月的意思是說他是肇事者，她們都無辜，所以女人要團結。也許他在她們的想像裡已經十惡不赦，可他對自己肇了什麼事一無所知。她們原本都不在乎他，可能是發現有競爭對手，占有欲便突然被激發了。他只有感歎這兩個妖精，都是一等一的聰明，互不揭穿，面上歡樂，暗地裡較著勁。他有一次無意間聽到她們的談話，她們輕易地達成共識，相信總有一天他會重新寫詩，重新「牛逼起來」。他不喜歡這種預言，好像巫婆隨便打一卦，未來什麼都知道了，這是迷信。尤其是寫詩這種嚴肅的事情，女人們無權說三道四，誰也沒有資格告訴他該怎麼做，這跟個人信仰一樣，必須受到尊重和保護。他照舊沒發火，他說我是一個外科醫生，任何關於詩人的幻想都是不可能的，最好不要在我這兒浪費你們的想像力。

探訪療養院的前一天在穌菊里家吃晚飯，菜式豐富，還有甜米酒，她狀態不錯，沒有想像中的那樣愁苦，對於隋棠的出現並不意外。但羽月糾正了穌菊里的觀點，隋棠不是源夢六的女朋友，他們只是同事，不排除工作上有時狼狽爲奸。他們三個本是來勸說穌菊里的，但最終什麼也沒提，打一進門就知道說什麼都是廢話，穌菊里比任何人都有主心骨。飯局變成歡樂的晚宴，米酒令人微醺，大家一度失去矜持，笑聲放浪，有片刻源夢六覺得自己是個妻妾成群的淫蕩昏君。席間穌菊里腆著大肚子跳了一段舞，她跳舞時身體輕盈，雙手捧著肚皮，像一個收穫的菜農，爐火照著她臉如黃金，影子在牆壁上變幻出怪異的圖形。她是亢奮的，和平時大不一樣。當他們說到千藏在磨房的情景，她反應冷淡，漠不關心，彷彿承擔、贖罪、死活由天，都是愛情的平常內容。這種對生死置之度外的無畏與泰然令人納悶，他們活在一個和諧社會，也許他們統統有病。

「這美好的生活不應該是假的，就算它是假的但它是眞美好，如果不是爲了重建，幹嘛要破壞它？」這想法從源夢六腦子裡蹦出來，在眼前晃得他心煩意亂，「把別人從美夢裡搖醒是可惡的，他們不需要眞相，眞相對他們就像吃剩的饅頭，永遠多餘。」

這時候唱歌跳舞因爲過於歡快而顯得滑稽，彷彿帶著人爲的痕跡，其實都是由衷的，只是羽月和隋棠各懷心事，借著酒勁有點誇張。不知是誰先起鬨要源夢六朗誦詩歌表演節目，此後就一直糾纏不休，源夢六誓死抵擋了她們的胡鬧，忽一抬頭看見牆上多了一把三弦琴，心下一喜，及時給自己解了圍。他起身取下琴來，只見琴身木質結實，琴頭雕刻了一個張嘴的龍頭，琴杆是黃花梨木，琴鼓蒙著花蟒皮，看起來很有些年頭。他伸出指頭彈撥幾下，音質新潤飽滿，餘音繚繞，於是他說他來一段中國蘇州評彈，他會陳調。羽月問什麼是陳調，隋棠答恐怕就是陳詞濫調。源夢六撥弄琴弦繼續試音，他說評彈分三大流派，也就是陳調、馬調、俞調。她們起先還不以爲然，不相信一個古板的外科醫生會評彈，等他認眞彈起來，突然全都閉了嘴。他淺彈輕唱，樣子十分怪異，沒人聽懂詞意，被他撩撥出來的聲音迷住了，正沉醉其中，他卻突然幾下猛烈的急弦結束表演。

「我還沒看到有誰會玩這件古董。」穌菊里始終抱著肚子，她是那種身心健康的表情，「你彈得太好了，我覺得今天晚上，你在靠近一個詩人的內心，琴音洩漏了你心裡的祕密。」

「你錯了，我沒有祕密，那都是你的主觀想像。」源夢六微微一笑，撫著琴頭說道：「不妨告訴你，我剛才腦子裡想的不過是一次手術的全過程。」他從頭到尾細述一遍，用詞血淋淋的，不過大家聽來很平常，誰也不覺得噁心。他自己反倒不舒服了。他想到他親手弄死了加萬，他沒明白他爲什麼會那麼做，他內心對加萬好像懷有天然的恨意，一個賣友求榮的所謂詩人，一個用詩歌騙取姑娘感情的敗類，當年圓形廣場的事，是他在暗地裡出賣智慧局的人，他早就想起來了，加萬在外面早有勾結，那個削臉尖嘴的高個兒便衣就是加萬的朋友，混進隊伍把他推到員警手裡，那一推搡讓他在審訊室結識了杞子，愛情得而復失。骯髒的是政府竟然頒給加萬詩歌獎，那簡直是對一個走狗的公然獎勵和對全世界所有詩人的輕蔑侮辱。想到這兒源夢六有了一點情緒，但不想在女人面前失態，像以前一樣，一旦有在街上狂喊口號的魯莽激情湧現，他立刻會提醒自己，收回敏感的觸鬚，遁入安全的硬殼。但今晚氣氛有點異常，羽月和隋棠無條件地附和穌菊里，並各自又發揮了一番，那意思是無論如何她們都把他當詩人看待，他藏多深她們都有感知。這就快要了源夢六的命，好比被人架著走路，兩條手臂失去了甩動的自由。

他不說話，不動聲色地掃了她們一眼，三張臉氣質各異，他曾不同程度的著迷，最近感情日漸虛弱，他的心不在女人身上，鼻子對於雌性的氣味變得遲鈍。她們的臉在爐火映照下隱祕詭異，彷彿隨時會羽化隱去。他喝了一口黏稠的甜米酒，他想人的身體裡一定有一個開關，並且會自動跳閘，當身體被關上，彷彿一群嬉戲的孩子被趕往另一個場所，於是大腦熱鬧活躍了。

不知怎麼回事，短暫的連袂之後，三個女人又開始各自爲政，只聽見柴火的嗶剝聲，氣氛裡有一絲遊走的敵意，風在外面發出極細微的尖銳呼嘯，遙遠又悲愴，宛如覓食的野狼。屋裡像一幅色調溫暖的油畫，靜物無聲，活物沉默，羽月很輕地打了一個消食的嗝，趕快捂住了嘴。穌菊里起身收拾碗筷。隋棠幫忙倒掉垃圾。忽然間都找到了事兒忙活開了。

源夢六想明天去療養院的事，羽月和隋棠到底誰留下來做接應？羽月的母親在裡面，按道理羽月最有理由跟他進去，但隋棠認爲羽月該留下來做接應，因爲她是天鵝谷人，萬一出了事，她的話有人信，另外，她和源夢六無非是兩個外地人，消失了也就消失了。羽月不同意，堅持要去，還說這計畫在隋棠來之前就定好了，「是我媽媽在裡面，不是你媽媽」。她們像爲了糖果的孩子一樣爭吵不休。

可是纜車只能坐兩個人。

還是穌菊里有辦法。她收拾完畢，剪出兩張小紙片，上面各寫一字，揉成一團，儼然是主持家庭會議一般說道：「你們來抓鬮決定誰去誰留。」這一招很管用，兩姑娘無話可說，只好伸手抓鬮，手剛捏到紙團，善來突然進屋，身上直冒寒氣，小臉凍得烏青。

「千藏先生去九泉了。」

他怪異的表達方式像是開玩笑，屋裡人有些驚訝地看著他。

「他躺在那兒，我怎麼叫他也不醒來。」善來低頭看著自己的腳，那雙胖乎乎的雪地鞋沾了一圈雪泥，顯得更加笨重。他抬頭重新看著他們，鼓足勇氣說道：「他死了……他眞的死了。」

屋裡一片死寂。須臾，騷動開始。

五分鐘後，所有人離開住所，踩著嘎吱作響的雪往磨房奔去。

## 23

一夜沒合眼，時間從八點鐘的太陽裡流出來，落在此刻。據羽月的消息，麥克院長將在十二點鐘上纜車，有一名男性爪牙護送。源夢六不斷地想像即將發生的一幕，他們在附近潛伏等候，黑布蒙面，像電影裡描述的那樣，必要時手持利器，將爪牙擊暈或者幹掉，救下麥克院長，告訴他去療養院就是送死，麥克院長被突發的情況嚇紅了臉但是沒有反抗，他完全誤會了源夢六的意思，他結結巴巴地說他可以回醫院無怨無悔地幹下去，他根本不是貪圖享受的人。他還把胳膊腿拍得梆梆作響證明他身體結實。他不斷地求饒，渾身哆嗦。源夢六只好也把他擊暈讓他閉嘴，塞進灌木叢裡。他在自己的想像中高大威猛，出手冷酷帥氣，橫掃一切牛鬼蛇神。事實上當他看到陽光照向窗檯便開始緊張，他不想暴力解決，用語言擺平才顯紳士風度，他對格鬥毫無把握。

今天會有人把千藏抬往長年不化的雪山，他贖罪的態度和勇敢表現贏得了高級別的雪葬，罪名在葬禮上將被洗掉，他仍是天鵝谷的知識分子，他將被安放在三寸厚的冰棺裡，雪墳上會豎起一塊巨大的冰雕墓碑，天氣好的時候人們在山下能看見墓碑像一柄劍閃著寒光。

昨晚善來守在磨房，其他人回到了穌菊里家，說著關於死者的回憶，或者默哀，死者的榮耀與穌菊里無關，法律不會網開一面，她肚子裡的孩子照舊要接受酒精檢驗，她很自信，誰勸也沒用。整晚上只有她睡著了，早上精神飽滿地爲他們做雞蛋煎餅，熬小米粥，絲毫不爲她的愛情悲傷。源夢六聞著廚房的香味洗臉刷牙，想著不久便要發生的那場格鬥，他看了一眼鏡中人，心裡一驚，那人的眼裡充滿殺氣，鬍鬚一夜瘋長，面部下半截發黑，額頭卻在放光。也許眞該像隋棠說的那樣帶上匕首、辣椒粉和噴霧劑，以防語言無用。羽月說最好是麻醉針，這個沒有生命危險，「什麼也不說直接扎他屁股，讓他老老實實地睡上一覺」，或者是「用一塊磚頭直接拍暈他」。昨天去磨房的路上隋棠打開了抓到的紙團，她按捺住得勝的喜悅，捅了捅源夢六的胳膊悄悄遞給他看，說天意難違。羽月後來承認手氣不好，並很快接受現實，不過她認爲穌菊里出於對本地人的保護有做弊的嫌疑。

臨走前，源夢六擁抱穌菊里。「永別了。」他心裡說。希望她能挺過去。

他們出發的時候，送葬隊伍正在另一邊的山坡緩慢爬行，如果不是雪地上的那串影子，這支潔白的隊伍不太容易發現。毫無疑問那串隊伍裡有善來和多瑞的身影。被陽光親吻的雪地嫵媚刺眼，三個人都戴了墨鏡，神色凝重，該商量的都已商量完畢，照計行事，一路無話。他們走得太快，到目的地才十點鐘。遠遠地望著纜車停在對面的山頭，像只鳥籠吊在一條細線上。兩邊峭壁懸崖。深淵寂靜無底。茂密的原始森林在凜冽的寒冷中依然生機勃勃。這番險景羽月早就熟悉，只是今天看來格外恐怖。

源夢六小腿肚子發軟，而隋棠對這根細纜繩產生了各種疑問。

羽月傲慢地說如果誰不願去，現在反悔還來得及，上了纜車就沒有餘地了。她低估了隋棠。後者並不膽怯。

他們提前貓在灌木叢裡隱蔽起來。

「在雪地裡燒一堆火一定很有意思。」早上的食物已經消化了，身體越來越不抗寒，隋棠冷得直想烤火，「如果再烤點什麼野味塡塡肚子……那眞是一次不錯的旅行。」

「你要是活著回來，我陪你去雪山野營。」羽月隨手指了指遠處，哄小孩似的，然後將假腿調整舒適，接著說話。「燒一大堆篝火，烤野兔、烤山雞、烤蘑菇、烤火腿……嗯，再佐點兒燒酒下肚，喝得全身熱呼呼的，晚上躺在雪地裡看星星，講鬼故事……」她本是故意讓隋棠嘴饞，戲弄她，不料卻被自己那番美好的描述打動了，定睛看著他倆，十分認眞地說道：「……我在這兒等你們，你倆可別私奔了，一定要回來啊！」

源夢六微微一笑。「那可說不準。」

太陽正在頭頂。蒼白無力。他看了一下表，十二點差一刻，心怦怦直跳，扒開灌木叢往外看，每棵樹都像人影，但路上什麼也沒有。他感到身體凍僵了，手指頭有點不聽使喚。時間在頭頂凝固。風不時捲起一陣雪塵。三個人鼻孔裡冒著白氣。似乎戴著墨鏡也能看清彼此的眼神。不知誰先伸出了手，三雙戴著厚手套的手忽然疊在一起。這個舉動使這次行動以及他們的內心充滿了神聖的使命感，並且在瞬間意識到這不是做遊戲。

這時遠處傳來一陣訇然巨響，瞬間歸於沉靜。

「雪崩了。」羽月說道，彷彿下雨一樣平常。

當然，天塌下來他們也得按計畫行事。

「如果被逮住了，什麼也別說，只說貪玩到處亂跑誤入療養院，也不要提其他人的名字。」源夢六囑咐隋棠，彷彿手術檯上的主刀對副手說話，然後盯著羽月，鄭重地說：「在我們回來前，不要對麥克院長說任何事情，我們只是想坐纜車玩玩——你懂的。」他放開手，摘下手套和墨鏡準備行動，「等我們回來。」

羽月點頭，也摘下手套，搓揉雙手，活動指關節。「我練過散打。」她倒是很有把握。

「纜車只停五分鐘，乾脆偷襲，不要正面交鋒。」隋棠說道：「一鋤頭敲下去，是死是活看他的命。」

「噓——」源夢六指著前方遠遠走過來的兩個人影，忽然間除了自己的心跳什麼也聽不見了。或許是蹲得時間太久，他感到兩腿發軟，想站卻站不起來，像是樹枝勾住了衣服，水草纏住了身體。他憋紅了臉。他終於聽見雪地上咯吱咯吱的腳步聲，越來越近，越來越嘈雜，繼而千軍萬馬般轟隆隆地撞擊耳膜。他開始呼吸困難，頭暈，強忍住哆嗦，彷彿在噩夢當中，似醒非醒。

「你們在這兒等著，我去擺平。」也許是看出了源夢六的恐懼，羽月不按計畫出牌了，她看了一下表，很從容地走出去，和來者打招呼。從灌木叢的縫隙裡能看到他們的下半身。她說的本地話，偶爾雜夾一個英語單詞。羽月爽朗地笑，像是和老朋友見面聊天。說笑間突然有人短促地「啊」了一聲，只見那個護送者捂著屁股，像喝醉了一樣，搖搖晃晃地倒下了地。

羽月朝灌木叢晃了晃針筒，裡面還有半管麻醉劑。她簡單輕便地收拾了護送者。

「麥克院長，他們想去對面玩玩，你我在這兒等他們回來，我想，你不會有意見吧？」羽月指著剛從灌木叢裡鑽出來的兩位。

麥克院長滿臉惶惑。「我……哪裡得罪了你們？……為什麼要剝奪我享受療養院的福利？」他面部依然緋紅，說話時腮部抖動，「羽月……你別被這些外地人利用了，難道你沒有發現，他們沒有信仰，骨子裡都是貪生怕死的奴才？」

「麥克院長，攻擊他們對你一點好處都沒有。」羽月笑道，她看見源夢六和隋棠把暈倒在地的人拖到樹幹邊，讓他坐靠那兒，耷拉著頭像是打盹，「我可不敢擔保他們還會回來。」

麥克院長湊過去壓低嗓音說：「你聽到雪崩了吧？我估計送葬隊伍全活埋了……瘟疫馬上會大面積爆發，全國最好的醫療隊伍明天撤退，天鵝谷要完蛋了……我建議你也去一個安全的地方，不如跟我一起去療養院待一段時間……你看，纜車過來了。」

纜車滑過來停在懸崖邊，像一只關野獸的鐵籠，欄柵密實。門自動彈開。縹緲的寒氣塞滿了空籠。

麥克院長突然朝纜車跑過去，但被樹枝絆倒，再起來時，雙手已被反綁。

「那就只好委屈你了，麥克院長，運氣好的話，你不會受太長時間的罪。」源夢六將麥克院長和護送者背靠背綁在一起，把膠紙交給羽月，在她認爲必要時可以封他們的嘴。他意識到自己幻想中的英雄形象已經出現，他腿不抖了，腦子清醒了，極具威嚴地處理完雜亂，抓起隋棠的手奔向纜車。

沒時間猶豫，他們剛進纜車，門啪地一聲自動關閉。腳下墊了木板，低頭便能從縫隙間看到雲霧繚繞的無底深淵。源夢六心裡怕得要命，羽月最後對他說什麼他根本沒聽清楚，感覺隱約和雪崩有關。他全力對付恐懼，即使鐵欄柵像冰，仍然不得不死死地握住它。他和隋棠面對面站著。纜車劇烈地顫了幾下啓動了，並且有點晃悠。纜車極慢，他們在懸空的恐懼中不能欣賞周圍奇景。沖天突兀的奇石怪樹；崖縫裡大片的白花；火燒冷雲的絢爛都和他們無關。

隋棠哪裡都不敢看，只是盯著源夢六的胸膛，但又似乎什麼都看見了。「你把手套戴上。」她說，身體瑟瑟地抖。

他張開雙臂，一手抓握一根鐵杆，不敢鬆手。他甚至感覺不到冷。他沒說，其實他懼高，他怕坐飛機，爬梯子腿都會顫，在三公尺高的朗誦舞台上也會暈眩。現在他明顯感覺飛了起來，像突臨的高潮。片刻之後回魂，他眼前的人變成了杞子，他和她同在警車上被帶去受審，身體貼近，四目並不交視。她只是這樣看著他胸前的扣子，那麼嬌小柔弱。他低頭看著她的眉目與紅唇，春心蕩漾，但願這車一直開下去，不要停下來。

「來，抱著我，閉上眼睛。想像我們在一艘船上……」

他還沒說完，滑行的纜車突然卡住，抽搐，整個籠子都在抖動。

纜車停止了前進，懸在萬丈深淵中間，輕輕晃蕩。

只要他們在呼吸，它就沒辦法平穩。

他一上纜車就內急。當隋棠尖叫著抱住他的時候，他差點尿了出來。他臉白得像殭屍，緊閉著嘴，爲了掩飾內心複雜的情感故意擠出微笑，看上去更加嚇人。

隋棠在他懷裡伏了數秒便重新站穩，頓時看到了人間仙境，只見陽光籠罩下，世間萬物都塗上了一層泛黃的暖色，他們在雲彩之上，離天很近。

「啊……你看，那團雲，簡直像宮殿一樣。」她試著不依賴任何東西站穩，像在平地上自如。

他小心地扭轉頭去看她說的宮殿，的確像天宮，金碧輝煌，彷彿還有怪獸把門，還有仙女飄忽。但眨眼間，看起來又像是火燒房子，濃煙滾滾，受傷的人跌倒在地。

他閉上了眼睛，表情相當痛苦。

「有意思，它們在變化……現在，唔……」她繼續研究那團雲，看起來完全適應了這個險惡的環境。「……像一艘大郵輪在波濤洶湧中前進，呵，還有一排浪花。」

他卻在想他和她置身的這個不安穩的世界，隨時可能掉進深淵。

「如果纜車壞在這兒動不了，我們就會成爲兩具乾屍。」他半睜眼睛瞥她飽滿的額頭，她居然還有閒情欣賞風景。他不想跟她討論雲彩，他在內心咒罵該死的纜車，其實他並不恨纜車，無非是借題發揮，發洩恐懼，並且一口氣罵到它祖上去了，他還順帶罵了很多人，罵了天鵝谷——情緒果然有所穩定。

「如果我們會死在這兒……，你……能不能寫一首詩送給我？」隋棠說：「我不想死得無聲無息……當別人找到我們的時候……有你的詩，別人會記住我……的愛情。」

「女人啊女人，你的虛榮心爲什麼會那麼重？」他喜歡她臨死不懼滿懷憧憬的模樣。但立刻感到自己的心尖一顫，刺痛後落下一滴血，掉在杞子的臉上。杞子被虛榮心推上了舞台，更大的欲望主宰著她，不惜用生命與愛情墊底。如果把欲望與虛榮換一個好聽點的詞，那就是理想，或者信仰。這是他後來慢慢琢磨清楚的。可笑的是，當他在醫院瘋狂工作企圖忘掉過去麻醉現在的時候，人們把他的行爲看作大公無私，稱他有非一般的職業良知，堪稱醫界道德典範。

「只要我活著，我就是愛慕虛榮的。」隋棠已是一副打算和他在籠子裡談情說愛的樣子，「你給我寫嘛？現在就給我寫。如果死不了，也可以留作紀念。」

他突然急了。「你不知道我有懼高症？我他媽的現在連屁都放不出來，哪裡還能寫詩？」

他到天鵝谷以後，沒說過粗話，沒發過脾氣，他被自己的聲音嚇了一跳，籠子震得一抖一抖。

他感到天旋地轉，再次抓緊鐵杆，痛苦地閉上了眼睛，心裡繼續嚷道：「寫詩，寫詩……你們都他媽閉嘴。」

「我也懼高。但和你在一起，我不怕。你知道爲什麼嗎？」女人在關鍵時刻往往比男人穩得住。隋棠並不生氣，儘管她有更多的理由指摘他。「因爲我們在做一件有意義的事情。我有能力把我們站立的地方當作地面。你不妨也試著這麼去想。高空只是幻覺，其實，我們在地球上。」

源夢六的臉上起了一點紅暈，羞愧感大大地減輕了他的懼高症，他納悶最近總是輸給女人，她們仍像寶貝一樣的寵著他，寬容，謙讓，對他的一切毛病視若無睹，他是她們的哈士奇。「我眞是有價值的人？眞值得她們這麼對待？」他頭一回這麼思考問題。她們只是被他表面的英雄主義迷惑了，他進療養院並不是爲了羽月或者某種眞相，或者說不全是。他缺乏見義勇爲的品質，天生對眞相沒有興趣，除了醫學上的。但對如何活下去很有一套，他在智慧局全軍覆沒後反倒如魚得水的活著，以及後來的徒步穿越原始森林就是證明。他早就趁一切出行的機會悄然考察過地形，他在腦海裡畫下了天鵝谷的地圖，天鵝谷不可能是孤立的，一定有通向外部的途徑，至於河流的突然消失，他假想它其實正穿過山的底座，神出鬼沒，現在懸崖底下正祕密流淌著那條魷魚成群的河流。是的，肯定是這樣，並且這纜車就是渡河的工具。

「也許，我們可以從這兒永遠離開天鵝谷……如果纜車順利靠岸的話。」他想抓住隋棠的手，但十指僵硬。他爲自己能放開手站立感到興奮，一邊朝手上哈著熱氣，一邊慢慢地搓揉。他幾次試著低頭看腳下均告失敗，最後咬緊牙關俯下臉，瞪大了眼睛，但雲霧遮擋了視線，他看見雲河沸騰。

隋棠說如果他們就這樣拋下羽月和穌菊里很不夠意思。「羽月眼巴巴地等你回去，你明白的，還是不要辜負了她。」

「她們在自己的地盤，有自己的法律和秩序，誰管得著呢？」他發現自己克服了心理障礙，在籠子裡東張西望，被眼前的美景深深震懾，他想，這纜車停下來，也許就是爲了讓人飽餐眼福之後再上西天。這樣的景色只有在接近天堂的路上才有。「況且，隋棠……我們得先上岸，才有資格談論其他。」

峽谷裡跑過一道風，鐵籠子晃起來。

遠遠看去，那情景就像蜘蛛絲上沾懸著一片落葉。

「上岸了就更沒機會了，」隋棠嘀咕，並且抱了他以保持身體平衡。「好吧，你不寫，我不勉強你，但是我想知道，你爲什麼這麼鐵石心腸，哪怕是一個垂死之人的心願，你也不肯去滿足她？」她說得夠狠了，以爲他被推到牆角無路可退。

「……你非得這麼認爲，我很無奈。杞子會懂得。她知道我想什麼。比如說，她我把趕出圓形廣場，因爲她不想我陪著她無謂地犧牲。她是眞有信仰，我沒有；她心裡想著大眾，我只有她。我在那兒就是一混混。說實話，我不想去分享她們的勝利果實——但我更不想她們敗得那麼慘烈，灰飛煙滅……」他沉默了一會兒，眼裡隱約閃著淚光，「所以，我們現在要考慮的是怎麼回去……人不能沒有祖國，哪怕這個祖國對你毫無感情，哪怕她要奪去你的一切，哪怕……」

他正嚴肅憂傷地說著排比句，她打斷了他。「給你，嚼一塊吧。我現在想，我們應該在這兒做一次愛！」她說。並且目光炯炯。帶著一種世界末日的瘋狂放縱。

他嚼著口香糖，這事兒他從前倒是想過無數次，但今天沒有半點雜念。

纜車彷彿被隋棠的話驚著了，猛然間開始抽搐，一陣哐噹、咔嚓聲之後，勻速朝對岸滑去。

## 24

猝不及防，纜車開進黑洞後突然提速，像一枚發射的子彈瘋狂呼嘯。源夢六感到頭蓋骨都被掀掉了，臉皮被撕扯，隋棠的長頭髮瘋狂地抽打他，臉部好像火燒一樣灼痛。他下意識地抓住鐵欄杆，將隋棠圈在懷裡護著她。他聽她喊了句什麼，聽得出她的嘴在極速的飛馳中變了形，發出嘟嘟嘟嘟的聲音，然後什麼也聽不見了，再然後他什麼也不知道了。醒來的時候，他們已經躺在木地板上，屋裡太熱，渾身出汗。廝殺的戰鼓聲慢慢從耳邊遁去，屋子裡有種雨過天晴的溫馨。源夢六猛睜眼錯把那道耀眼的追光燈當作太陽，當其他燈光陸續亮起來，他意識到身在舞台，朱紅色的帷幕分堆兩邊，一側擺著鋼琴，一側放著其他道具。大廳高數十公尺，他一眼望到屋頂中央的圓形彩繪，黑絨座椅的扶手金黃，三層樓的觀眾席空無一人，包廂的白紗垂簾用金勾呈人字型掛向兩邊。但一轉眼大廳空空蕩蕩，只有兩側牆壁滿滿的浮雕。他能辨識出那是多瑞的作品。這時，一股熟悉的海腥味刺激了他的記憶，他彷彿來過這個地方，——他記起了他與機器的對話，沒錯，就是這兒，想必是被他破壞以後進行了大翻修，他完全記起來了，那不是作夢。他爬起來，搖醒隋棠，後者驚醒幾乎是一個鷂子翻身，一邊問這是在哪裡一邊東張西望。追光燈打上身，她的臉上有幾道細微的血痕。

「在哪裡並不重要，重要的是，你們已經安全抵達了。」一個機器人的聲音，滿場嗡嗡地跑，「現在，你們需要休息一下，一會兒會有人帶你們去房間，我敢保證你們會喜歡那種面朝大海的感覺，能俯瞰花園，也能仰望星空。」

源夢六衝到舞台前，昂首面朝觀眾席，一束金色強光將他籠罩。「又是你，偉大的精神領袖，」他字正腔圓，身體前傾擺出優雅的造型，一口天然的話劇腔，「天鵝谷已經爆發瘟疫，你不應該躲在這裡，而且……你爲什麼不敢露出你的本來面目……」

「眞令人失望，源先生，你還是這麼囉嗦。擅闖軍事重地，是要扔河裡餵魚的。不過，這得看你們的運氣，還有我的心情。哈哈哈哈。」

「你爲什麼不站出來？讓我們看看天鵝谷的精神領袖，是不是三頭六臂？」源夢六的身體換了一個角度，緊盯住可疑的黑暗之處，「——哼，因爲你是架冰冷的機器，你不是人，你沒有心，更沒有善。」

畫外音一通狂笑。「源醫生，當你開始像眞正的詩人那樣使用你的語言，我會跟你面對面談的。再見。」

追光燈熄滅，朱紅色帷幕從兩邊合攏。

一個性別模糊的機器人在舞台側邊等候。

他們隨機器人走過一段幽光暗道，彷彿有海水拍打岩石的聲音。約莫過了三五分鐘，進了園林，白雪覆蓋花草樹木，亭閣樓台，石板橋橫跨人工湖，湖水結著冰，垂柳如線。

隋棠走著，翻來覆去地說軍事重地和療養院有什麼關係，這個精神領袖是裝腔作勢的大飯桶，並且突然想起一件事。「噢，她就是你說的那個機器人？」

源夢六點點頭。他無法將他和機器人的聊天詳細複述，也許他不是機器人，他的聲音經過處理，也許他是個女人，但他有機器的冰冷與程式化。他想起了他說過要拯救他，讓他重新像個詩人，他和他產生了奴役與自由的爭執。很多資訊一下子衝上頭，他有點不知所措。爲避耳目，有些話他只能私底下跟隋棠談。現在他對自己的處境一無所知，把他倆弄過來到底要幹什麼，療養院和軍事重地的有什麼關係。隋棠想得更離奇，她說保不準是拿他們做基因試驗，開膛剖肚揭頭蓋，把他們的肉體撕了補補了撕，折磨得非人非鬼，然後和醫用垃圾一塊扔進火爐。

她說得自己寒毛倒豎。

他們穿過一片低矮的樹林，覆蓋小徑的雪被掃到兩邊，堆在樹底下。汗還沒乾透，衣服像冰貼在身上，兩人凍得直哆嗦。五分鐘後，他們被分開了，另一個機器人帶走了隋棠。在一棟古城堡似的建築面前，機器人打開房門，站在門口不動，看樣子是要站崗。源夢六進房間，屋裡奢華炫目，令他大爲驚訝，地毯、水晶燈、壁畫、大床、書櫃，落地窗前擺著大書桌，淡藍色流蘇窗簾外是淡藍色的海。桌上一塊提示牌，寫著有需要請按鈴，隨叫隨到。他試著按了一下，門口有人應答。他知道這是怎麼回事。但顯然這種做法對他不奏效，他對享樂沒有興趣，他的靈魂早就死了，所以談不上收買。他只想活下去。他必須假裝什麼也不知道——知道得越少越安全，在任何時候都是一條顛撲不破的眞理。

「他們到底想怎麼樣？」屋子裡溫度很高，他開始冒汗，於是除去臃腫的外衣，四仰八叉在床上攤開。屋頂的水晶燈像冰塊看著令人發冷，天花板是深藍色，上面星星閃爍。他躺倒想了一會，毫無頭緒，不覺心裡焦躁，肚子餓得咕咕響，便按鈴索要食物，然後去窗前看大海，也許能看出點什麼靈感來，但發現所謂的大海竟是玻璃噴繪，連窗戶也是假的，一整堵死牆。他轉到書櫃，發現保羅・策蘭和惠特曼排列其中，心上一喜，轉而驚駭，他們居然連自己喜歡的詩人都搞清楚了。他沒有碰它們，並且很快壓制住內心情感，手指掠過去，把《金瓶梅》取下來裝模作樣的翻開，他毫不懷疑屋裡有監控設備，某處定有人在窺視著他的一舉一動。如果眞是做基因實驗，這也算必要的觀察。他的思維停在基因實驗上，有點不寒而慄。他也曾在動物身上做實驗，人類的醫學發明很多是在動物身上實現的，比如狗、兔子、老鼠……他親自給一條實驗狗做過四次手術，動了牠四刀，最後一刀是胰臟切除，同時要牠的命。挨刀以後的狗一直病著，躺著，走路搖搖擺擺，死前見到他還會搖尾巴。那時候他覺得自己有點殘忍，遲早會遭報應，也許報應這就來了。

他突然覺得心裡瘆得慌。

他把書放回原處，又一次按響了鈴，要求對話，等待回應時他有點擔心隋棠的處境，同時想起了杞子，至少那時他們在一個審訊室，她就坐在他身邊，他們聊著天無所畏懼。他記得杞子說話時眉目生動的模樣，還有她充滿戲謔的表情，她的脾氣遠遠沒有她的聲音大，她跺腳撒嬌落淚，楚楚可憐，一個弱小的姑娘爲什麼突然那麼龐大獨立，她的聲音在凝聚力量，她用手勢叩醒昏睡的眼睛，她讓大家明白糞便問題與人權有關。他當時覺得滑稽，現在他再也笑不出來。如果她在身邊，他想說她幹得很漂亮。

門開了，來者端上一隻烤全兔，骨架聳立，肉已是焦黃的片皮，油光閃爍，還配有特色醬料及麵皮。他從刀法上看這好像是多瑞的手藝，吃後更爲肯定。由是他知道此刻他仍是天鵝谷的貴客。他只管吃飽喝足，杯盤狼藉，他想這次一定要問個水落石出。

他聽到某個角落裡傳來熟悉的聲音。

「源先生，到現在爲止，你多少有點明白了吧？我們的目的很簡單，無非是請你爲天鵝谷寫一首谷歌，在一個月以後的建谷五百周年紀念日唱響。你嘛，也可以借此機會恢復你作爲一個詩人的身分與榮耀。完全可以肯定，你這次重出江湖的姿勢一定會很漂亮。」精神領袖一反常態，像個溫和的老朋友，充滿促膝長談的耐心和友善。「你的大腦記憶已經被機器燒錄下來了，我看過你的全部歷史，十年前你寫了〈喪鐘爲誰而鳴〉，離開圓形廣場，也離開了詩壇……不過有個小疑問，爲什麼你的行爲，和你的詩歌背道而馳？」

他沒法回答，隱私完全被人掌握，彷彿被當眾扒光了一樣很不自在。他藉故觀察四周，只見天花板上的某顆星星發出微弱的紅光，他明白那裡有隻眼睛。

「你不回答也沒關係。源先生，桌上有紙和筆，你隨時可以創作。」

「難道這兒只有機器，沒有人嗎？」他大聲質疑道：「我想和人說話。隋棠在哪裡？我必須看見她。」

「她很好，等你寫完，你們自然就見面了。」

「善是天鵝谷的最高美德，你們卻非法軟禁公民，說出去就不好聽了。」

「這個你不用擔心，我這可是款待你，給你準備天鵝谷最好的美食，最舒服的環境。」精神領袖說道，不慍不火，「瞧這兒多安靜，比你的西廂更適於創作，你不按鈴，永不會有人打擾你。」

他心中一凜，試探精神領袖到底知道多少情況，故意問道：「什麼西廂？」

「你應該不會忘，那院裡有棵古槐，你養了一盆死不開花的玫瑰……」

「——不，你錯了，它開花了！它開花了！」他突然叫起來，他一點也不能容忍別人對玫瑰的誹謗褻瀆，毫不猶豫地打斷了他的話，「它開花了而且是……」

「開了?!」精神領袖很吃驚，好像那是絕不可能的事，「什麼顏色？」

源夢六已經陷入自己的回憶，眼前滿是玫瑰。「……她說開花，就一定開；她說開紅花，就一定開紅花。」一種近乎夢囈的語調，「一共開了六批，每次四朵，一直開到降霜才連根枯萎。鮮紅的花瓣落在花盆四周，風乾了，凝固了，我收集起來，用它們拼貼了兩個字。」

「杞子？」

「不，是『自由』。」他像老朋友一樣掏起心窩來，「我自由了。我擺脫了她。再也沒人管我了。呵，眞高興你什麼都知道，我沒什麼好遮掩的，也沒什麼可囉嗦的了。但願你能理解我的心情。我可是沒對任何人說起過，現在眞是感到輕鬆極了。」

精神領袖沉默半晌。「眞遺憾，你的未婚妻沒有親眼看到花開，那可是她的功勞。」

「後來，我離開文學部，學醫去了，學了五年。事實證明，我這雙手天生是拿手術刀的。」他伸出靈巧軟薄的手來自我欣賞了一下，「流亡的語言沒有祖國，寫詩只是誤入歧途。」

「這種藉口太明顯了，完全是自暴自棄，源先生，你的才華是毋庸置疑的……但是，既然玫瑰開了，並且開的是紅花，那麼至少你該兌現你的諾言——永不放棄寫詩。」

「……一切都晚了，作廢了。我已經失去了想像，誰能讓斷了翅膀的蝴蝶起飛？是詩歌拋棄了我，它自己選擇了沉默。」源夢六像施完通靈術突然回到陽間，面朝那顆閃爍紅光的星星說道：「你瞧，我們聊得還是很投機的，現在，你不妨跟我說說你，也許咱們面對面談，效果會更好。」

「作爲天鵝谷的精神領袖，我向你鄭重承諾，只要你寫完穀歌，是去是留，由你選擇。」

「我推薦多瑞，他是優秀的本土詩人，並且比我了解天鵝谷……」

「給你一個月時間。祝你順利。再見。」

紅色星星頓時消隱，天花板上群星閃耀。

## 25

連續兩天，源夢六靠《金瓶梅》打發時間，暗地裡思量對策，過得不算太艱難，但接下來有點不好對付。第三天一大早兩個機器人不請自入，扯光了牆上的裝飾圖紙，拆走了水晶吊燈，全部照明僅剩下一只昏黃的燈泡，映襯四面灰暗不平的水泥牆，下午四點時又弄走了床具和光鮮床褥，抽掉地毯，扔下一堆破棉被。第四天屋裡被徹底清空，露出了囚室的猙獰面目，並且抽水馬桶壞了，水龍頭不再出水，伙食從片皮兔直線下降到白菜豆腐，一天配一杯涼水，死按門鈴也沒人理會。他朝小桌板上的紙和筆發火，把它們砸向牆壁。更要命的是暖氣管不再發熱，穿上所有的衣服仍覺得冷，他不得不裹上破棉被。第七天他開始數天花板上的星星，用腳步量室內的尺寸。他把筆和紙撿起來，擺在小桌板上，長久地看著它們。沒水洗澡，沒有衣服換，廁所臊臭。他撓著渾身發癢的身體，乾燥的皮膚撓出了血痕。他想自己正在變成一隻動物，用不了多久就會手腳並用一身長毛，不懂人話，張嘴只會嗷嗷大叫。

這天新換了一個年輕人送餐，他長得俊朗健壯，像猩猩一樣一身黑皮黑毛，腰段柔韌，嘴唇薄而闊，一雙戲子眼，眼神柔軟無力，臉色青春但已染霜。他是個安靜的活物，彷彿是伺候國王用膳，把餐具放下，態度謙卑地垂下眉目，雙手交握，俯首聽命，一點也不在意屋裡刺鼻的氣味。源夢六打量他，並且試著跟他說話，那猩猩初時不肯開口，只是躬下腰來。他想他聽不懂英語，急得抓耳撓腮，再不和人說話他整個人就要憋爛掉了。他從羽月那兒學過幾句天鵝話，他用結結巴巴的天鵝話問猩猩懂不懂英語，隨便聊點什麼，他有一肚子故事會免費贈送。他眞心希望他抬起頭來，哪怕他眞是大猩猩，只要他看著他說話就行。

事實上他的期望太低，猩猩用吊梢眼嫵媚地睃他兩眼便開口說話了，是那種絞著腿夾著卵蛋走路的腔調，發音倒是純正的美式英語，並且虔誠地看著源夢六，目光一旦專注便有種火辣辣的不可反抗的情意。他說，我是你的資深粉絲，我知道你是一位傑出的詩人，我眞的好崇拜你……你二十出頭就奠定了在文壇的地位，眞的好厲害耶！你們三劍客的詩，我在十歲時全部讀過，你的詩最合我的胃口，我一直幻想有一天能和你見面對話，我作夢都沒想到會有這一天，而且……你還這麼年輕，有詩人風度，和我想像中的一模一樣。

猩猩邊說邊羞澀地掏出顯然是早已準備的小本子，請偶像為他簽名留念。

或許是飢餓的緣故，源夢六感到一陣輕微眩暈。他穩了穩神，不由自主地接過猩猩手中的小本子，看來是他的專用簽名本，不少國際大腕留了手跡，比如演員湯姆．克魯斯、歌手瑪丹娜、寫小說的塞林格……他慢慢翻著，沒想到多少年後，在這種陌生地方還會冒出自己的粉絲，內心多少有點波動，他想起了從前要三劍客簽名的讀者也是這樣必恭必敬，心裡甭提有多受用了。那時三劍客沒事就閉門練簽名，黑春的字很藝術，練得飛簷走壁，誰也認不出來；白秋寫字笨拙老實，大智若愚。但此刻源夢六完全忘了自己當年的寫法，肯定跟在手術單上簽字不同，他拚命回想，依稀記得「源」字兩半好像捆綁在一起，「夢六」在旁邊像兩朵花盛開……嗯，差不多了，他打算翻到空白頁表演一番，滿足這個娘娘腔的要求，突然，幾個扎眼的大泱國字從紙面跳出來，他感到眼睛一陣刺痛，這刺痛一直穿到心底——沒錯，是「杞子」，他一眼就認出來了，那是杞子的親筆簽名。他激動地抓住猩猩多毛的手，連珠炮似的一連問了七八個問題，猩猩身體通了電似的一抖，一句話就打發了他，他說這本子不是我的，是我從一個死人的口袋裡發現的。源夢六說在哪兒？猩猩說在地下，可能只剩骨頭了。源夢六急吼吼地說我的意思是你在什麼地方撿到這個本子。猩猩被偶像的樣子唬住了，薄嘴一撇說不出話來，過了半晌，才委屈地說事情發生在一片樹林裡，那是五年前的事了。

源夢六又翻了一遍簽名本，不禁將它緊抱胸前仰首長歎。線索雖被一刀切斷，但杞子還活著。

這個發現令他止不住渾身戰慄。他彷彿嗅到了杞子的氣息，她的聲音夾在風裡，身影在樹葉間飄忽搖晃。杞子啊！

猩猩又雙手交握垂放小腹，羞澀且快樂地說，你要是喜歡這小本子，現在它就是你的了，我一直希望能把我最喜歡的東西送給我的偶像。噢！上帝太眷顧我了，我真幸運。我的名字叫薩瑪，如果你能記住它——薩瑪，我可以死得瞑目了。

源夢六呆著不動，入了定似的，不為粉絲抽搐般的情感表白動容。

這一餐他一口沒動，並非沒有水難以下嚥，而是受了杞子的刺激，他突然覺得在臭氣熏天的地方吃東西有一種豬狗不如的恥辱，他這輩子沒受過這樣的待遇，他的個人尊嚴抬起了頭。他改變策略，按鈴，要求清洗廁所，寫詩也得沐浴熏香洗澡更衣才行。一個聲音只是冷冷地提醒他谷歌的交稿日期，請他珍惜時間和生命，不完成任務的後果將會是扔進河裡餵魚。他暗罵這撥心狠手辣的傢伙，不擇手段地逼迫一個外科醫生寫詩，態度專制蠻橫，好吧，我倒要看看，你們怎麼能讓我這雙手寫出詩來。

接下來一天比一天難過，飯菜分量越來越少，有時一整天都吃不上，水也斷了，身上發霉長蟲，只有蝨子肥了，被窩裡的跳蚤如散兵游勇不時發起攻擊。他想起自己衣冠楚楚的過去，鮮豔如新的襯衣，乾淨的內褲，講究的鬢角……此刻，如果有一面鏡子，他也沒有勇氣去照，他知道這回比穿過原始森林時更加狼狽。他開始便祕、長痔瘡、犯口臭，肌肉縮水皮膚鬆弛，他明白，他們正在把他的尊嚴變成狗屎，然後讓他寫一首歌功頌德的谷歌，將他抬上詩人的大轎，把尊嚴還給他。

他拿起筆，面對白紙做出思考的姿態。

寫吧，他在心裡說，一首詩，一首谷歌，十行，二十行……我只想洗個澡，換身乾淨衣服，很簡單。

他開始寫。白紙如銀幕放起了電影。穌菊里麥穗般金黃的身體，椰子似的乳房，一個男人內心的蠢動與挫敗。他繼續寫。紅頭文件，人工授精，芙也蓉在病房的血流到了樹林裡的垃圾場。他越寫越快，越寫越瘋狂，他的筆和電影畫面猛烈交火，它們短兵相接，嘈雜混亂，那些聲音、顏色、吶喊，遠處凜冽的雪山，太陽像一柄利劍刺中了他的雙眼。他眼睛流血。他接著寫。杞子在西廂的嬌媚，在廣播裡的憂傷，在圓形廣場，她變成一隻火鳳凰飛出硝煙，極速拋下紅色大地，掠過青色的天空，遁入雲層。他寫啊寫，他寫黑春寫白秋，寫悔恨寫悲傷，他寫飢餓……他和杞子一起暈倒，輸液，一起站起來，他們形影不離，他們昂首前進，說著相同的話，朝著相同的目標，她靠著他猶如靠著大樹。他寫啊寫。他們餓得發昏，進了一家漂亮餐館，他們點了神戶牛肉、刺身拼盤、烤秋刀魚、海鮮燴、炒銀杏、榴槤酥、黃酒、白酒、清酒，大盤小碟滿滿一桌，香味撲鼻。他倒好酒遞給她，猛然一聲槍響，鮮血噴濺中，杞子的腦袋飛了出去，當這顆腦袋飛離身體的瞬間，他從她放大的瞳孔裡看見了自己，面目骯髒不人不鬼。

他倏然夢醒，垂涎的美食消失了，面前只是一疊白紙。

夢中的杞子留在眼前，還是從前的蒼白秀美，尖下巴單眼皮，眼仁漆黑。

他幾乎無力爲夢驚懼，身上微汗，手腳發軟。

從這一刻起，他不餓了，也不再想吃東西了。知道杞子還活著，他力量陡增，一切重新有意義了，迷失方向的小鳥終於回到了溫暖的巢。她在看他，在聽他，他要對杞子做出回應，對過去有所彌補，對自己缺席的歷史表示遲來的敬意。他十分欣喜的在這一刻摸到了自己的良心，它並沒有被沉默蒙蔽。他要在內心做到與黑春白秋平等，不再允許自己鄙視自己。記憶的磁帶倒到十年前的圓形廣場，好，從琉璃街到北屏街，穿過人群，與眾人一起閉目靜坐。呼吸如雷。不信被風傳播的謊言。不信烏雲不散。原來回憶可以驅寒可以咀嚼可以下嚥也可以填充飢餓，就好像涮完火鍋吃飽喝足。他仰望星空幾乎微笑。

夜裡饑寒交迫。風在外面嗚咽。他無法入睡，在昏燈下捉蝨子，聽指甲碾爆牠飽滿身體時的清脆響聲。每想到杞子就是一隻蝨子，指甲上的血點在街道擴散，他的手指就會哆嗦一下。他把血揩到牆上，血塗畫出了圓形廣場、人群、標語、糞便、車輛、戴鋼盔的員警……他尋找自己的位置，但找不到，也不知該把自己畫在什麼地方，面牆想到天亮，又一個艱難的夜晚過去了，勝利的曙光並沒有穿透黑暗，他只能憑感覺斷定白天黑夜，房間永遠是昏黃的燈光。正當他爲此心存僥倖，燈滅了。屋頂的星星滅了。除了漆黑什麼也看不見。這黑來得是時候，他需要關燈睡覺。他不知道自己是否閉上了眼睛，他感覺不到自己的存在，腦海裡空了，猶如一隻扁平的蝨子趴在地上。

但是一陣尖銳的鈴聲捅入大腦深處，刺穿了他的睡眠。鈴聲響了足足兩分鐘，他感到地板的震顫與晃動，成千上萬的腳在腦海裡奔跑，還有巨浪拍岸的訇響，戰馬嘶鳴，凍土炸裂，斷肢者尖聲慘叫。門猛然打開，一道光劃破黑暗，冷風直入。他看見杞子站在門口，——不對，是隋棠，她好像剛去了一趟美容院，皮膚粉嫩，長髮流淌——她說她這些天過得很好，他們陪她去參觀了療養院，那是一個世外桃源，她很喜歡，她想留下來。他已經被飢餓和睡眠折磨成半昏迷狀態，見到她立刻有了迴光返照的清醒，他根本沒在意她說什麼，只顧爲自己的髒汙身體感到難堪，並且使勁往被子裡藏，嘴裡大聲喊「出去，不要進來」。他一直喊著，直到他聽不見任何動靜，這才掀開被子探出頭來，猛見隋棠肅立在旁，一隻手正伸過來要撫摸他。

「你應該吃東西，」她語調幽幽，眼光充滿愛憐，「然後寫詩，谷歌，或者愛情詩，很多很多，像你以前一樣。你以爲你在堅持什麼有價值的東西，其實那毫無意義，都是浮雲。」

他躲開她蒼白的手。鮮紅的嘴唇。她的眼睛通紅，彷彿要滴下血來。

「隋棠，只要你快樂，你想怎麼樣都行，那是你的事情。」他虛弱無力地說。他不反對隋棠的選擇，剩他孤身一人，他突然覺得身體更輕了，這正是他喜歡的無責一身輕，他像個臨終者那樣充滿寬容與安詳。「我在北屏，在人群中，遠比現在一個人待在這房子裡孤獨。我現在每天和他們在一起，他們……你知道的……我們談女人，談詩歌，想罵誰就罵誰，我每天都能看見杞子，聽到她演講，她跟我聊她的夢想……我從不再寫詩時就已經死了，如果天鵝谷要以詩歌的名義消滅我的肉身，那算是成全我……有時候來路不正的東西使人熨貼，讓你心裡不舒坦的恰恰是太嚴肅的東西，比如理想啊信仰啊，這類東西令你一生都安寧不了……扼殺寫詩的衝動，比你想像的痛苦，就像……好吧，別怪我粗俗，就像面對你熱戀的女人，你必須控制勃起，拒絕進入她的身體……這些年，我在心裡寫了幾百首詩，它們，都快堵到我的嗓子眼了……我不想發表，我嫌丟人，你想想，連加萬都拿了詩歌大獎……嘖，詩歌已經變成了婊子……的呻吟。詩人的尊嚴，就這樣被糟蹋了。如果詩人們的語言不能找到有對下一代有用的旗幟……我們至今未被傳授……如何用語言聯結自由……每個人都是一座孤島……」

他開始邏輯混亂，語無倫次。

「如果倒退十年，杞子──」他輕聲叫道，伸手抓了個空，腦袋無力地垂下，「我一定陪你堅守到底。」他說到最後仿如夢囈，聲音低到他自己都聽不見，餘下的話在他唇齒間變成風。「誰會把你們當烈士寫進史書裡呢？寫歷史的，又不是你們的人……你們連良民都算不上……人們對歷史背後的事情不會有興趣，一切都會煙消雲散。」

源夢六從被窩裡抬起身來，發現房間已奇蹟般復原，水晶燈明亮，地上地毯，窗前依舊是藍色大海，屋頂星星閃爍。屋裡瀰漫著一股久違的香味，一望便知廁所打掃好了，書也重新上架。新的蠶絲被罩溫暖輕盈，像姑娘的肌膚柔軟覆蓋，這一瞬間他以爲自己又入了洞房，嚇了一跳。一低頭，發現自己穿著嶄新的睡袍，腰帶繫著活結，紅內褲也是新的，大小合適。他不禁像個瞎子似的亂摸，摸頭髮頭髮微微潮濕，剛洗不久還沒乾透；摸臉上臉上光溜溜的，鬍鬚和蝨子不知去向。我呢？我不見了！他惶恐起來，是什麼人把我那具骯髒的身體弄乾淨了？未經允許剝掉了我的衣服？他們都幹了什麼？如果不是身體虛弱，他一定會從床上彈起來，此時他只是絕望地癱倒下去，像是一命嗚呼。

床頭櫃上的空瓶表明他打過點滴。屋裡溫度正好。他不餓，喉嚨有點痛，他知道他們往他胃裡灌了食物，他們要他活著，他便死不了。好，且看你們又來什麼招式，結果是一樣的，我不會爲你們天鵝谷寫詩，我不會去歌頌這個變態封閉的社會。已經過了多少天了？隋棠眞的來過？她去看過療養院？不對，那是夢，夢是相反的，隋棠的處境一定很糟糕，像她那樣的姑娘，寧願忍受疼痛也不願忍受骯髒，她怎麼能在臭烘烘的環境裡呼吸。機器人，出來說話吧，傷害一個無辜的姑娘，違背你們以善爲美的本質，只有弱者才會欺負手無寸鐵的人，因爲你們自身不堪一擊。

他憤憤地按響了鈴，四肢仍然無力，身體飄忽。他看見隋棠在門口出現，長髮流淌，寒氣逼人，她冰冷的表情淋熄了他的激動，一堵無形的牆砌在他和她之間，奔湧而出的情感激流在內心迴旋，他的臉憋紅了。

「你氣色還好，好像恢復得不錯。」她走進來漫不經心地說話，看不出有被軟禁過的痕跡，眼睛紅得像兔子，像有血要馬上滴下來，「……太當回事了，一首應景詩，也就是一篇軟文而已，想想眞沒有必要拿命來玩……現在還剩最後三天，他們會讓你嘗點皮肉之苦。我勸你吃飽喝足，那樣才有可能扛得住馬鞭的抽打，還有尖利竹籤的……但願你能挺過去吧。」

她說什麼抽打，笞刑？竹籤？他們要對一個外科醫生、一個普通公民非法動刑？他的表情打出了強烈的疑問號，他不相信天鵝谷的精神領袖會愚蠢到動用嚴刑來逼人就範，粗暴的流氓手法應該用來對付重要人物，他不過是個無權無勢的外地人。

「隋棠，你去療養院看過？你打算留在天鵝谷？」他見她還好，心裡既安慰，又失落，他不想揣摸她的意圖，女人的變化有她的道理，他不會探究。他在想隋棠是否眞的來過，他搞不清楚那是幻覺還是現實，「希望你沒有背叛你自己。」

隋棠並不回答，只是沿著自己的思路說下去。「不過，我必須提醒你一下，你陶醉在自我想像的英雄主義之中了，你以爲在這件雞毛蒜皮的小事上可以實現你的崇高與偉大，洗清你過去的懦弱與冷漠……太一廂情願了。如果你能寫出一首谷歌保全自身離開天鵝谷，倒是更值得稱讚，至少你的詩歌還能當護身符用。」

他想隋棠一定是被施了什麼魔法說出這番話來，她身上那股詩歌的正義與熱血一消失，立刻黯淡無光，漂亮也頓時俗氣了。他在這一刻發現她和杞子的區別，她是一個平庸的女人。他很想告訴她，杞子還活著，但這個消息對隋棠沒有意義，她已經回到物質的虛榮中，她們這一代人壓根兒沒有眞正的理想與追求，她對他的篤定與神祕必然感到費解，因爲她沒有患難中的愛情，她會覺得阿赫瑪托娃與帕斯捷爾納克從未談過戀愛但彼此深愛的感情荒唐可笑。他跟她說再見，他淡定地說他願意死在一條清冷的河裡，不留痕跡，也不需要任何人惦記。

## 26

上午十點鐘，黑猩猩薩瑪大駕光臨。他扮相驚豔嚇人，頭髮用黑色頭箍全部攏後，臉上化了中國戲的旦角彩妝，勾眉畫眼之後顯得異常俊俏。他身上穿了一件血色長袍，腰間繫著寬帶，衣袖卻是武生風格，用布條纏得嚴嚴實實，腳下踩著一雙高底靴，走路直打晃。源夢六是看過中國戲的，薩瑪這身行頭顯然在糟蹋中國戲曲，當然他怎麼弄無所謂，關鍵是穿成精神病的樣子，他是不是眞的瘋了。

薩瑪抿嘴微笑拋媚眼，說他要先完成一個儀式，那就是要朗誦一首詩給他的雙臂聽，它們充滿感情之後就不會下手太狠。這番話在源夢六聽起來也是瘋的，他打斷他的朗讀，要他說清楚怎麼回事。薩瑪說今天要對你進行鞭笞，對於一個專業打手來說，這沒什麼特別，但對於一個詩歌愛好者來說，拿鞭子抽自己喜愛的詩人，這是千載難逢的榮耀。他開始詩歌朗讀，一張嘴竟是那首〈喪鐘爲誰而鳴〉，一會兒工夫，唱念做打全用上了，念完從後腰抽出一條柔韌竹鞭，將鞭子捏成一個圈，再鬆開鞭梢，鞭子「嗖」的一聲彈直了，嗡嗡地震顫。

源夢六看得心驚肉跳，弱弱地問了一句，要打哪兒？薩瑪說打全身。打多少鞭？薩瑪嫵媚地瞄他一眼，那得看我的力氣了。見源夢六緩緩拉長臉做出誓死如歸的樣子，薩瑪又表達了內心的欣賞，他認爲他具有鞭子下的詩人應有的表情，他相信詩人的氣節，他決定幫詩人一把。於是變魔術似的從什麼地方掏出一瓶紅色顏料，低聲說道，你得配合我，我每抽你一下，你就慘叫一聲，並且要做出痛苦萬分的樣子，這樣才能蒙混過去。他那神色像說著什麼情話似的十分曖昧，還用肩膀親密地頂了源夢六一下，悄悄地藏好顏料。

「OK，現在，咱們去舞台。」

「去舞台？」

「對呀，就是鞭笞你的地方。」

源夢六木然跟著薩瑪。冰凍的湖面平整如鏡，太陽照在上面反射出刺目的光，有一種不眞實的感覺。他的眼睛幾乎不能適應這世界的明亮與風景，他低頭走路，腳下石板的裂紋讓他頭昏眼花。鞭笞？他開始以爲這是個好詞，是他們要鼓勵他，看見竹鞭才明白是抽打，像抽打牲口一樣。不過，這似乎也沒有什麼不同，落在對你有圖謀的人手裡，任何手段都沒有區別。「對呀，就是鞭笞你的地方」，他心想這娘娘腔的語氣彷彿在說一個桃花盛開的地方，充滿美好與嚮往。不過他說的也沒有錯，只是桃花將在我的屁股上開放，如果鞭子還帶鐵鉤，桃花就會變成爛牡丹，說不定內臟也會稀裡嘩啦地流出來。想到這個，他竟出奇的淡定。他不打算領薩瑪的情配合他尖聲慘叫，那種餿主意是對一個有尊嚴的男人的嚴重侮辱。他希望自己在第一鞭子抽下去便悲壯地昏迷不醒，把身體交給命運。他很希望杞子能看到這一幕，看到一個在鞭子底下絕不呻吟的詩人。他要證明他配得上她。

他們走過石橋。湖泊。樹林。多天的禁閉讓源夢六習慣了自言自語，他一路上喋喋不休。

她失散十年了，我的未婚妻，她還活著，我知道她一直活著……她不能回來，不能跟我聯繫，她找不到我。她一定知道我在等她。你說不是？你憑什麼這麼說？你懂愛情嗎？打情罵俏誰都會，別的呢？當災難來臨……那一天加萬說的是眞話，他叫我晚上不要出去，會有大事發生……如果我立刻轉告杞子，而不是在家裡蒙頭大睡……誰知道加萬這隻烏鴉也會充當吉祥鳥？……我之所以沒有和他們一起走上被告席，不是由於懦弱……而是我眞的不知道，也不相信會有那樣的事……誰都不相信。他們是一群無辜的鳥……失去了自己的天空……

有一刻他攔住薩瑪，要他講講他撿到小本子時的情形，死者是什麼人，爲什麼死，生前到過什麼地方，可是薩瑪對此一無所知。他很好奇偶像爲什麼對一個小本子這麼大的興趣，並且他說：「經常會有外地人死在樹林裡。」

他們很快到了。空空蕩蕩的劇場，空空蕩蕩的屋頂，空空蕩蕩的觀眾席，空空蕩蕩的舞台。

帷幕拉開。舞台背景是一間昏暗的囚室，牆上塗滿憤怒的文字。追光燈打下來，照著一架筆直的木梯，梯上搭著繩索，這是笞刑的道具。燈光跳到左側，有一張古舊條案，上面擺著筆筒和紙，一盆沒開花的玫瑰。

源夢六在後台換上了指定的白色青蛙服，在令人昏昏欲睡的光線中走向木梯，塵埃在半空裡飛舞。他轉過身去，衣服後面挖空了，露出光溜溜的後背、屁股，還有突起的蝴蝶骨。他像一個元神出竅的木頭人，在薩瑪的引領下，面朝木梯站立，伸直雙臂叉開腿，讓他把自己綁在梯子上。薩瑪在他屁股上拍了幾下，又掐了掐，檢測它的彈性與結實度，他將以此來決定手中鞭子的力道。毫無疑問，鞭笞也是一種藝術，手中的鞭子與腦中的意識完美結合，才能誕生傷而不死的傑作，薩瑪深諳此道。

他檢查偶像被綁的雙手，低聲問：「疼嗎？會不會太緊？」

偶像輕微地動彈了一下。

薩瑪幾乎是熱淚盈眶，充滿了與偶像親密接觸的激動與戰慄。最後，他湊到偶像耳邊說：「你這副模樣比受難的耶穌還要帥氣。記得配合我，一定要叫啊。」

一切準備妥當，薩瑪揮鞭瀟灑地抽打了一下地面，聲音清脆響亮，騰起一小股灰塵。

於是，後台樂隊弄響了二胡、月琴、小三弦。

片刻，淒婉的旋律戛然而止。薩瑪運氣丹田，逼出嗓音怪異的戲曲念白：

「我最崇敬和喜愛的詩人啊，在我的鞭子抽下去之前，你是否會改變主意？」他最後一個字念得很重，音調還往上抖了幾抖。這時，二胡嘎吱嘎吱鏗鏘有力地怪叫幾聲。薩瑪用手捋了一下竹鞭，順勢給鞭子塗上了紅色顏料。「現在，我代表天鵝谷精神領袖再問你一次，關於谷歌，你到底寫，還是不寫？」他蘭花手一指，擺出一個經典造形。

源夢六下巴擱在橫條上轉動不得，眼睛瞪著前方。「……我以我未婚妻的名義發誓，你們死了這條心吧……你們這群瘋子！」他的腔調和薩瑪一樣。

薩瑪面朝觀眾席大笑兩聲，不無諷刺地說道：「他說，他要以一個女人的名義……」他又轉過身去，「噢？那麼，那個女人，她是個什麼了不得的人？」

「她，她直面鮮血淋漓的世界，比你們的精神領袖強一萬倍！」

木梯開始旋轉，源夢六的身體被轉向觀眾席。燈光在他身上凝聚，臉上蒼白有汗。

薩瑪微微怔了一下，背轉身掏出一小薄本，翻到了自己要說的話。「你……你不能爲了抬高你的未婚妻，故意把天鵝谷精神領袖貶下去，這不符合辯論精神，你知道不知道？」

「哼，讓你們精神領袖來，就算是我的臨終遺願吧，我要看一看他的醜陋面目，以便在陰間也能記住他，找他算帳！」

「你找他算什麼帳？」小鑼猛然敲了兩響，薩瑪翻到另一頁，「他無私地爲人民服務，不虧欠任何人……」

「他在剝奪我的自由，剝奪很多人的自由、權利，甚至生命。」

薩瑪收起本子，悄聲說道：「偶像，注意你的台詞，你這可是在誹謗誣陷啊。」

「嗯?我，我被你們綁在這兒，我就在事實中，說著眞相，我就是眞相，你……竟然是非不辨、黑白顚倒、指鹿爲馬、血口噴人，天理何在?!」偶像的嘴皮子如放鞭炮，他停頓時，大鑼哐哐哐炸了三響，「……作爲一個詩人，我討厭使用成語，我痛恨詞不達意，我他媽的……」

「且慢！你說……你是一個詩人?!」薩瑪轉身面向劇場，朗聲笑道：「哈，哈，哈哈哈哈……

你們聽見了嗎？他承認他是一個詩人了！」

偶像面色赤紅，張口結舌。

京劇六大件起鬨似的全部奏響。

驟歇。

偶像如夢初醒。「是，我就是一個詩人……現在，我作爲一個詩人鄭重地告訴你們，我，絕不會爲天鵝谷寫詩！」

話音一落，武場三大件狂躁鳴響，單皮鼓、大鑼、小鑼一通鏗鏘爛炸。

薩瑪的鞭子啪地抽過去，白屁股現出了第一道紅印。伴奏立刻變得喜慶悠揚。在歡樂祥和的氛圍中，薩瑪實現著自己的價值，他顯然是一個嚴格要求的人，他以標準優美的姿勢完成每一次抽打，但是該死的偶像並不配合，像個啞巴一聲不吭。他只好每抽他一下，同時發出一聲誇張地嚎叫，場面效果非常慘烈，很快他和他的偶像一樣血跡斑斑。

十分鐘後，薩瑪猛然倒地，撲通一聲，宣告笞刑結束。

舒緩低迴的二胡聲宛如溫柔撫慰的手伸向天空。

「一個詩人，在不寫詩的時候所獲得的尊嚴，也許遠比他寫詩時獲得的尊嚴更大，」薩瑪慢慢抬頭站起來，扔掉手中的鞭子，朝觀眾席攤開雙臂，「趴倒，站立，誰能說哪一種更卑微，哪一種更高尚？不寫，也許比寫更有勇氣。」

徐徐拉合的朱紅色帷幕遮住了舞台。

燈光熄隱。

## 27

過去，在靈魂漆黑的漫漫長夜中，每一天都是凌晨三點鐘，這時候已沒有黑夜，一直亮堂著，眼前老有紅玫瑰晃動。什麼人趁我熟睡時在房間抽菸喝酒，一股汙濁難聞的怪味，到處是菸屁股，我怎麼會睡得這麼死。源夢六覺得嗓子乾疼。床頭櫃上擺著三個杯，分別是白水、綠茶、米酒，他全部喝光了還是渴。天花板的星星不再閃爍。視窗似乎有海水湧動，隱約有浪潮拍岸的聲音。門是虛掩的，一絲寒氣從門縫裡溜進來，不冷，倒是很清神智。虛掩的門似乎在暗示他逃跑，他輕蔑地一笑，一個人怎麼能逃出自己的內心。他平靜地等著來人拎他去受罪。他已經把這件事看作一場戰鬥，短兵相接，絕不棄甲而逃。

門縫裡擠進一縷陽光，在地上刷了一道槓，一直連到他的腳邊。極度虛弱中他有一種異常充實的感覺，心裡像暖氣片一樣釋放著溫熱。他把簽名本拿出來，摸著杞子的名字，想她也許真的死了，但內心是麻木的，生與死的概念已經沒有意義，無論如何，他會認爲她一直隱祕地活著，養著玫瑰與狗。他揣好本兒，去洗手間收拾自己，對著鏡子洗臉、刮鬍，他看不清鏡子裡的人，他對自己的模樣失去了概念。他相當沉悶地做完這一切，用修長的手指捋了一把臉，出來見隋棠已在房間，桌上擺著一盤焦黃油亮的片皮兔，調味碟一樣不少。

「這是怎麼回事？我又成貴賓了？」撲鼻的香味令他唾液分泌加劇。

隋棠一笑。「說不定這是你在人間最後的晚餐。」

「最初的也好，最後的也罷，有什麼關係？」他很不斯文地吃起來，「你說吧，用不著拐彎抹角的了。」

「你別對我這麼不友好，在天鵝谷，只有咱倆是自己人……」隋棠不滿的語氣帶點撒嬌的味道，「薩瑪因爲作弊瀆職，被發配拉磨改造去了……呃，誰知道呢，也許是做表面功夫吧。眞沒想到，你的粉絲已經滲透到這麼偏僻的地方……」

「SO？」他簡短地說。

「你生氣了？你爲什麼生我的氣呢？我又沒有賣友求榮……」

「這個……味道不錯，好像是多瑞的手藝，嘗一嘗？」

她不理他，逕自走到窗邊去推窗戶，突然竄進來的冷風吹得他猛一激靈，抬起頭看見窗外泛著金色油光的大海，他驚訝萬分，彷彿看到了神蹟。那片貨眞價實的大海，遼闊無邊的大海，海浪在湧，海鷗在飛，海風不斷往這邊吹。他的手碰到窗沿，牆上又彈開一條縫，原來是一扇活動門，推開它，外面是陽台，連向那條很長的通道，橋似的架在海上。他不由得牽住了她的手，她順從地隨著他走出去。他們走到橋盡頭，回望遠處身後的孤島，天下海上兩茫茫，不信身在人間。

「我這些天一直覺得雲裡霧裡。隋棠，咱們是在作夢吧？」人有時會產生一種醒著的夢魘，尤其當他連續幾夜難以成眠，站在炫目的太陽底下，天地遼闊，這種感覺更加厲害。源夢六人在橋邊，海水微波蕩漾，心裡也有什麼浪潮在攪拌，他想寫詩，詩句已經迸到嗓子眼，不，在嘴唇邊，立刻就要像鳥離巢那樣飛出來了。不行，不能這樣。他眺望遠方艱難地把詩句吞嚥下去，顯然是被噎住了，臉色漲得通紅。不久便感到頭暈噁心，胃不爽，腸絞痛，一彎腰對著大海吐了起來。片皮兔變成穢物灑向海面，悄然淹沒。隋棠說是海風把你吹壞了。

「我一定是中毒了，要我死還不容易，為什麼要暗底裡下毒？」他叫嚷著往回走。

隋棠追著他說你神經啊，我吃了另半隻片皮兔，一點事兒也沒有，是你的腸胃拒絕油膩東西，你應該先吃稀飯。

「吃稀飯？我還是喝西北風吧！你沒看我現在都能飄起來了。」

他眞有點仙風道骨，像只飛不起來的大風箏跌跌撞撞，好幾次差點掉進海裡。

他們沿原路返回，怪異的是，原來的地方不見了，整個地勢格局似乎都發生了改變。他們莫名其妙地到了半山腰上的一個隱祕院落，遼闊的院門像廣場入口一樣，門口立著裸體雕塑和一架廢棄的裝甲車，車上面架著一管長炮指向遠方。院裡什麼也沒有，只有天井中央一道大柱沖天，底座有一個籃球場那麼大，緩慢地收縮上去。源夢六想起他順著穌菊里手指看到的白色煙囪，應該就是這根東西了，穌菊里當時的嚮往神色他記得一清二楚。

他圍著底座轉了一圈，沒有入口，仰起頭幾乎又看不到頂。他本能覺得這不是什麼煙囪，也許是一個軍事瞭望塔，從上面可以看到天鵝谷全景，還有遙遠的海平面。隋棠也表示贊同。他一邊檢查磚塊，一邊問她前些天在什麼地方，受了什麼款待。隋棠支吾不清，她說我住的地方根本沒法描述，你別以爲我在瞎編，我好像夢遊一樣，每天都在不同的地方，吃香的喝辣的，聽各種知識講座，「他們說你在寫谷歌」。

「你太不了解我了……哪像你，任人擺布，還當起了說客。」

「你倒是擺布擺布我看看，你不過是裝風流。」隋棠說道。

「我是捨不得擺布你……要擺布早擺布了。」他曲指敲著磚面聽聲響。

「嘿，幹嘛讓我做漏網之魚？……那稣菊里……」

他用手勢示意她安靜，好像有重大發現，其實只是爲了打斷隋棠的盤根問底。

「用你的豬頭想想，這個建築物會是幹什麼用的？怎麼才能進去？」

「燒鍋爐供暖的吧，反正是排廢氣的。」

「嗯，有點想像力。你認爲咱們能進去嗎？」

「我覺得……也許牆縫眼、門旮旯之類的地方藏著什麼機關按鈕。」

「眞老套，你還不如說芝麻開門、般若波羅蜜什麼的……」

彷彿咒語靈驗，身邊突然像飛機打開一道艙門，他腳下不穩，幾乎是跌了進去。

彷彿影像展館，數不清的電子螢屏閃爍，無聲地喧囂。

螢幕A：萬獸樹下。一身白袍的千藏躺在白布單覆蓋的大石頭上，入殮師正給他剃頭、刮鬍。收拾整潔後，四個人單手抬起布單，彷彿儀仗隊的人扯平一面國旗，莊重地將千藏放入冰棺，鋪上一層白菊花，蓋上棺。

早晨的陽光金黃冰冷。遼闊的天空蕩漾不太起眼的雲漪。

一隻低飛的鳥突然掉落在地。

演奏樂隊和數十名送葬者全是白袍，看起來葬禮幾乎隱身在白雪世界。

善來和多瑞也在其中，他們穿著笨拙的雪地靴，表情嚴肅，深雪裡的艱難跋涉形成更加強烈的儀式感……送葬隊已經到達半山腰，雪山突然裂開，雪塊滾動，緊接著一股雪潮滾滾而下，雪霧奔騰，片刻間吞沒了玩偶似的送葬隊伍。

螢幕B：醫院裡已經空了。大門口的公告上說，瘟疫病菌是禿鷲帶來的，所有鳥類和爬行動物都傳染了，人也不可避免，公告沒有提到垃圾場與禿鷲的食品——廢棄的嬰兒，路上有成群結隊的人離開家，去躲避這場災難，不斷有人倒下了，有的沒人管，有的被匆匆掩埋，或者隨便扔到什麼地方……他們聚集在懸崖邊，因爲索道是通向外部世界的唯一途徑……第一趟纜車上硬擠了四個，磕磕碰碰地滑行一半，繩索突然斷了，纜車像塊石頭筆直地墜向深淵……

螢幕C：一圈穿白大褂的人正滿臉學術地圍觀一只玻璃缸，討論、觀察、記錄……玻璃缸裡是一個拖著臍帶和血跡的嬰兒，在酒精液體裡划動手腳，像一條垂死的魚……他很快張著嘴，不再動彈……

所有的螢幕都在講故事，有的是錄影，有的是現場監控……最後全部螢幕關閉，只留下巨大的黑白螢幕還在播放，內容是源夢六熟悉的場景，圓形廣場上靜坐的情況……後來人群混亂，大批穿制服人衝進廣場……就像舜玉他爹描述的那樣，一個充滿血腥的夜晚，火光燒紅了半邊天……

一束強光從塔頂射下來衝散昏暗，因爲距離太遠，光線到達地面時已經非常柔和，室內一切清晰可辨。一個類似於DJ區域的主席台，牆中間掛著橫七豎八的標語條幅，兩側擺著幾台小型機器，中間一張豹皮椅，椅背朝外，椅上的人露出半截後腦勺。

「眞佩服，沒想到你們這麼快就到了這兒……那麼，咱們的遊戲也該結束了。」豹皮椅後的聲音，是精神領袖阿蓮袞在說話，還是通過機器傳送。

近在咫尺，源夢六對阿蓮袞的眞實面目很好奇，但他控制住了。「阿蓮袞領袖，我什麼都不知道，什麼也不想知道……我沒有問題要問，只請你照顧好天鵝谷受困的人，並且告訴我們回去的路。」說到「我們」時，他才發現隋棠沒有進來，她留在門外。

「纜繩斷了，我也無能爲力，想必你也發現了，他們已經不需要我了。因爲他們非常自覺、自律，並且能相互監督……好的統治者就是能讓人感覺不到他的存在……好的精神領袖只要把精神留在那兒，什麼都不用操心……至於你們，放心好了，你已經贏得了回去的資格，道路向你們敞開。」

「……什麼都不用操心？」源夢六忍不住質問：「難道你不知道活生生的人命已經擺上了你這個精神領袖設置的祭壇？」

「當一個人了解他眞正的願望之後，他作爲人的本性才能得以充分實現。比如千藏，他找到了他自身的價值，崇高的死亡爲他挽回了個人的尊嚴……」阿蓮裘慢悠悠地說道，「一個人對自我應該有一個正確的認識……」

「我最後說一句，精神領袖，」源夢六控制好情緒與語言節奏，「你的精神是一個陷阱……無非是爲了成全一套殺人的制度。總有一天……」

「你怎麼理解，那是你的事情。」那張豹皮椅開始緩緩轉動，一百八十度旋轉之後停下來，只見精神領袖阿蓮裘坐在輪椅上，低著頭，長髮遮臉，「十年了，你終於可以從過去的歷史中解脫了。」她扯掉了別在衣領上的小型麥克風，抬起頭，露出整張雪白的臉。

如果以前源夢六經歷過什麼驚心動魄的事，都不如眼前這一幕來得震撼。

他像條狗在滾燙的骨頭面前束手無策地徘徊，愣然站住，發出貓一樣充滿疑慮的低聲嗚咽：

「杞子?!」

「不，我是天鵝谷的精神領袖，我是阿蓮裘！」

她不加粉飾的眞實聲音令他激動狂喜，眞的是杞子！他突然奔向她。但是，主席台周圍那圈隱祕的雷射籬巴把他擋了回去，他的衣服被燒了一個洞，身體差點受傷。

她把雷射籬巴關掉，電動輪椅從側邊下了主席台，緩緩停在他的面前。

啊，杞子，她像他第一眼見她時一樣年輕漂亮。他幾乎要擁抱她，想對她說我一直在找你，我知道你一定活著，但他只是呆愣原地，他的溫情被什麼扼制住了，他面對的是阿蓮裘理智與冷靜混合後無比漠然的眼神，像冰窟窿一樣透著寒氣。

「……十年前的杞子，跟這兩條腿一樣，已經被坦克輾碎了。」阿蓮裘從大腿根處卸下兩條腿，剩下短促的上半截杵在椅子上，像個半身雕塑。

源夢六彷彿被焊死在地。他感到自己的腿也失去了知覺，無論是吃驚倒退，還是痛心上前，它們都挪不動半步，紋絲不動地卡在那兒。

「……同時被輾碎的，還有眞相、理想……還有美和善……」她玩弄著假肢，這一幕看起來有點恐怖。「後來的人照樣過得如魚得水是吧？那只是麻木，或者生存哲學，並不代表那個國家的觀念有什麼改變。」

「杞子……」他想喚醒她似的，其實是他自己糊塗了。

「黑春因爲救我，身上著了火，燒傷了……舜玉他爹把我們藏在他朋友的醫院搶救，第三天，祕密開車送我們到很遠但很安全的地方……整整一年，我們都在不斷地轉移和逃亡。」

源夢六愕然：「……我完全不知道這些事情……我到處找你……黑春他，他在哪裡？」

「他傷得很重，一隻眼燒壞了，手指粘連，面目全非……到天鵝谷以後，用半年時間寫了一本《基因城邦》，」她的輪椅緩慢悠閒地轉著圈兒，「他說，勝過莫爾的《烏托邦》，手稿在我這兒。」

「他眞的寫了這本書……嗯，我完全知道他會怎麼寫……但是……原來……天鵝谷竟然是你們的實踐作品?!」源夢六結結巴巴，「黑春在哪？我要跟他談談。」

「這恐怕有點難度。」她指了指主席台上的桌子，「他就在上面那個陶罐裡。對他來說，寫完《基因城邦》，肉體就多餘了。他自己選擇的。」

「他……你……你們……」源夢六腦袋快要爆炸開來。

「舜玉她爹現在怎麼樣？還在打理青花酒館吧？」她閒聊似的開始裝假肢，動作從容熟練。

「酒館查封了，他被判刑坐牢……」

「他被判刑？哈？他犯了什麼罪？」她停下手裡的活，話不覺帶了感情色彩。

「罪名一串，窩藏通緝犯、護送暴動分子、參與顚覆主權……進去第二年死在監獄，他怎麼死的，我不知道……沒有人能告訴我……」

假肢咣噹一聲掉在地上。

她按了一下遙控器，將所有的電子螢幕全部打開，凌亂閃爍的螢光混亂了她臉上的表情，但眼裡冰冷的哀傷堅硬明亮。她已經不是當年那個快樂的小姑娘，連她的身體都有一種不可言說的沉重。

「他是你的親生父親……」

「是的，當我知道的時候，已經太遲了，」他把假肢撿起來遞給她，「沒見他最後一面，沒送他最後一程，沒有留下他的骨灰……」他的聲音慢慢低到地底下去了。

她轉過椅背裝另一條假腿。

「帶塤了嗎？」她問。

「沒有。」

她看著他，把輪椅開到他身邊，伸手從他上衣口袋裡掏出了塤。

「吹一曲。」她命令，也像請求。

從她這個準確無誤的、熟悉的動作中，他知道她還記得過去，不覺心中一暖。往事浮湧。他無法拒絕她的命令，或者請求，此刻他複雜的內心也需要一條釋放的管道。

他雙手捏塤，不加思索地吹起了〈傷別離〉。

這棟圓柱形的建築像一個巨大的音箱，神祕、低沉、滄桑、哀婉、淒厲的塤樂好像擴散到了整個宇宙，世界上每一個角落裡都充滿了聆聽的生靈。他們低泣、嚎叫、悲鳴，他們嗚咽，他們靜默。

螢幕畫面。遷徙的人群。他們衣著得體，表情高貴，他們不像逃難，倒像是去朝聖，或者參加音樂晚會。

廣場上滾滾的硝煙。黑暗被點燃了。舜玉她爹在人群中尋找。他手裡緊握那枚仕女塤。

黑春用鴨蹼一樣的手寫作。他沒有頭髮，五官燒得模糊不清，整個腦袋是一團醜陋恐怖的肉球。

阿蓮裘的右眼滾下一滴眼淚。只有一滴。冷靜而透明的一滴，但已如一粒火星濺進油庫，她面無表情的內心，所有隱藏的情感都被點著了，無聲地燃燒。

塤在一個綿長低沉的尾音之後安靜下來。

她揿了一下遙控器按鈕，從椅子上緩慢站立。她對遙控器的使用像打字員對電腦鍵盤一樣熟練。她隱祕地操作左右兩腿，屈膝、行走、併腿直立，動作流暢，幾乎看不出那是一雙假腿，如果不是那掩蓋不了的機械性節奏……不妨這麼說，她看起來像個逼眞的機器人。

「有兩件事，是你父親爲你感到得意的，」她以一種送客的姿勢說道：「一是你的詩，二是你對塤的感覺……他原想等事情結束和你好好喝幾杯。」

「像我這樣……也許他在爲我感到羞恥，我沒有在你身邊，沒有保護好你。」

「不，你要保護的是舜玉，你同父異母的妹妹。我有整個廣場、整個北屏、所有等待眞相的人群保護……」她語氣漸露驕傲。

「……杞子，」他努力化解橫亙在他們之間的某種堅固無形的東西，回憶最初的相識也許是最好的辦法，「我記得在審訊室那次，你說正在研製一台神祕機器……我當時的確在心裡嘲笑你，那怎麼可能……」他頓了一下，突然大驚失色，看見了那天湖上突然而起的龍捲風，「你成功了……」

阿蓮袠鼻孔裡一聲冷笑。「我是天鵝谷的精神領袖阿蓮袠。」

「杞子?!」

「我是天鵝谷的精神領袖阿蓮袠!」

「你變得太陌生……」

「權力、美色、肉體折磨你都抵抗住了，你拒絕寫詩，已經證明了你是一個詩人，你沒什麼好慚愧的了。」

「……我要帶你走，你不能留在這兒，死亡在蔓延，天鵝谷已經完了……」

「走？我能去哪裡？回你的祖國？哈哈哈哈，」她的狂笑聲戛然而止，「回去？告訴她，除非她選擇最美麗的春天，玫瑰開花的春天，走最光明的道路，用最眞誠的態度，來向我認錯！向所有人認錯！向全世界認錯！」

她憤然撇下他，邁著機械迅疾的腳步走上主席台，從桌上拿起一條紅布熟練地纏上頭，手裡捏著遙控器，一邊走動，一邊大聲朗誦從前的〈絕食書〉，彷彿台下有無數的人正在傾聽：「在這陽光燦爛的日子裡，我們絕食了……」

朗讀到高昂激越時，她從抽屜裡拿出一疊紙，向天空拋撒傳單，聲調陡然增高：

「……民主是人生最高的生存情感，自由是與生俱來的天賦人權，每個人都有權知道眞相……」

傳單飄落，源夢六隨手撿起一張，是黑春《基因城邦》的手稿，恰是他非常眼熟的片段：

「重建羅馬共和國或者早期元首制的羅馬是可能的，要達到這一目的，需要具勇敢機智聰明天才的人構成的統治階級……我們不需要庸眾來參與政治民主……國與國之間的較量，無外乎是國民素質的較量，是知識的較量，因此，富國強民要從基因著手……我們創造新社會並不是因爲我們優於他人，只是因爲我們是純樸的人，有著簡單的人類需求——空氣和光亮、健康和榮譽，還有自由以及完美的精神追求。我們，公正無私的操行與生俱來……優秀的天鵝谷新民族，若干年後將會讓世界矚目……」

杞子的聲音仍在滾動：「別了，父母！請原諒，孩兒不能忠孝兩全。別了，人民！請允許我們以這樣不得已的方式報效……」

源夢六以最快的速度撿拾散落的手稿。他隱約感覺到這部作品的價値與分量。這是黑春的夢想與心血，他有責任幫黑春整理出版。並且，他從內心渴望閱讀它。

杞子朗讀完了，喊了幾聲口號，像是猛然間發現源夢六似的，朝他叫道：「你，你怎麼在這兒，快回去，回去等我！」她用遙控器打開了門艙。

他只是怔了一下，彎下腰更爲迅速地撿傳單，他想，是他的出現刺激了她，使她回到當年的情境當中不能自拔。

「我不孤單，我和很多人在一起，所有人都在陪我……你，還不走？」見他不動，她突然摸出一把槍，「馬上離開這兒！」

他心裡猛地一抽，「杞子……你冷靜一下。」他說。

她開了一槍，打碎了電子螢幕，火星四濺。

她像槍口一樣瞪著他。

他明白她陷在那股邪門的魔勁裡頭。

他慢慢地走出艙門。

門立刻像水一樣合上了。

寒氣夾裹，身體立刻冷卻，源夢六這才意識到在屋裡出了很多汗，不知道是熱的，還是驚的，濕透的衣服冰冷地貼著皮膚，不覺心都緊縮了。看手中攥著一疊亂七八糟的紙，某一瞬間大腦空白，幾乎記不得這是黑春的手稿。

他將它們草草理順捲起來揣好，在圓柱子附近找隋棠。這時猛聽得裡頭彷彿傳來連續的爆炸聲響，腳上也有震感，一仰頭，望見柱子頂端冒出青煙，青煙很快變得濃烈。

「老天——」他急得亂了陣腳，一邊喊杞子，一邊尋找那道艙門，他拍著牆磚圍著牆柱奔跑。煙囪似的出口裡濃煙翻滾更爲厲害。牆磚隱約發熱。每一塊牆磚都保持固有的堅硬和勝利的冷漠；它們用錯落的線條焊結彼此，像結實的詩句嚴絲縫合，拒絕分裂。

隋棠突然冒出來，抓住源夢六的手便跑。

狂奔數十步，只聽到身後一聲訇然巨響，兩人就地撲倒，一股熱浪像風一樣掃過頭頂，毛髮彷彿都被扯直了，緊接著泥沙如雨傾落，霎時粉了一身，兩人像被埋在土裡一般。

源夢六慢慢支起身體，回頭一望，圓柱建築已經坍塌，混亂的煙霧中火光明滅。一頁稿紙翻落身邊：

……

白鴿帶走了我們的眼睛
人們只剩下飢餓的舌頭
所有被肅靜淹沒的疆域中
都有荊棘般的手臂在揮動
世界上不會存在任何高於你們的事物
在這片國土之上

暴風驟雨與你們一樣平等
陽光的碎金在監獄裡
墓地裡的鐘聲敲響
反抗將竄改你們的面孔
雷電刺破被封鎖的地平線
沉默是卑鄙的行為
孩子啊，請高舉你們的靈魂
一位母親已穿好漆黑的喪衣
高貴地迎接
如死亡般燦爛的黎明
……

二〇〇九年一月—二〇一一年二月

文學叢書 347

# 死亡賦格

作　者　盛可以
總編輯　初安民
責任編輯　洪玉盈
美術編輯　林麗華
校　對　吳美滿　洪玉盈

---

發行人　張書銘
出　版　INK印刻文學生活雜誌出版有限公司
新北市中和區中正路800號13樓之3
電話：02-22281626
傳眞：02-22281598
e-mail：ink.book@msa.hinet.net
網　址　舒讀網 http：//www.sudu.cc

---

法律顧問　漢廷法律事務所師
劉大正律師
總代理　成陽出版股份有限公司
電話：03-3589000（代表號）
傳眞：03-3556521
郵政劃撥　19000691　成陽出版股份有限公司
印　刷　海王印刷事業股份有限公司

---

出版日期　2013年2月　初版
ISBN　978-986-5933-60-9

定　價　330元


Published by INK Literary Monthly Publishing Co., Ltd.

Printed in Taiwan

國家圖書館出版品預行編目資料

死亡賦格／盛可以著.
--初版．--新北市中和區：INK印刻文學，
2013.02　面；　公分.--（文學叢書；347）
ISBN　978-986-5933-60-9（平裝）

857.7　　102000883